本书受华北电力大学中央高校基本科研业务费专项资金资助
项目名称：基于评价理论的人物报道文本研究，项目号：2019MS070

《三体Ⅰ》
文体与翻译研究
基于评价理论视角

A Study on Style and Translation of *The Three-body Problem I*:
An Appraisal Theory Perspective

王皎皎　国　防　刘朝晖◎著

知识产权出版社
全国百佳图书出版单位
——北京——

图书在版编目（CIP）数据

《三体Ⅰ》文体与翻译研究：基于评价理论视角/王皎皎等著. —北京：知识产权出版社，2021.8（2023.2 重印）

ISBN 978-7-5130-7686-9

Ⅰ.①三… Ⅱ.①王… Ⅲ.①幻想小说—文学翻译—研究—中国 Ⅳ.①I207.425

中国版本图书馆 CIP 数据核字（2021）第 175768 号

责任编辑：兰　涛　　　　　　　　　　责任校对：谷　洋
封面设计：杨杨工作室·张　冀　　　　责任印制：孙婷婷

《三体Ⅰ》文体与翻译研究：基于评价理论视角

王皎皎　国　防　刘朝晖　著

出版发行：知识产权出版社有限责任公司	网　　址：http://www.ipph.cn
社　　址：北京市海淀区气象路50号院	邮　　编：100081
责编电话：010-82000860 转 8325	责编邮箱：lantao@163.com
发行电话：010-82000860 转 8101/8102	发行传真：010-82000893/82005070/82000270
印　　刷：北京建宏印刷有限公司	经　　销：新华书店、各大网上书店及相关专业书店
开　　本：787mm×1092mm　1/16	印　　张：14.5
版　　次：2021年8月第1版	印　　次：2023年2月第2次印刷
字　　数：201 千字	定　　价：68.00 元

ISBN 978-7-5130-7686-9

出版权专有　侵权必究

如有印装质量问题，本社负责调换。

目 录

第一章 绪 论 ··· 1
  1.1 研究背景 ··· 1
    1.1.1 科幻小说 ··· 1
    1.1.2 中国科幻小说 ·· 2
  1.2 《三体》研究概述 ·· 5
    1.2.1 文学视角 ··· 6
    1.2.2 政治与道德哲学视角 ···································· 8
    1.2.3 翻译视角 ··· 9
    1.2.4 语言学视角 ·· 10
  1.3 研究内容及意义 ·· 12
  1.4 本书的结构 ·· 13

第二章 理论基础 ··· 15
  2.1 评价理论 ··· 15
    2.1.1 评价理论的概念 ··· 15
    2.1.2 评价理论的发展历程 ···································· 16
    2.1.3 评价理论与系统功能语言学 ··························· 17
    2.1.4 评价理论的运作体系 ···································· 18
    2.1.5 评价理论的国内研究与应用 ··························· 23
  2.2 评价文体学 ·· 25

2.2.1　评价理论在文学语篇中的应用 …………………… 26
　　2.2.2　评价文体学概述 …………………………………… 28
　　2.2.3　评价文体学在文学研究中的应用 ………………… 31
2.3　评价理论与翻译研究 ……………………………………… 32

第三章　现代汉语评价系统 …………………………………… 36

3.1　引　言 ……………………………………………………… 36
　　3.1.1　广义的评价 ………………………………………… 37
　　3.1.2　狭义的评价 ………………………………………… 39
3.2　态度系统 …………………………………………………… 39
　　3.2.1　情感意义 …………………………………………… 39
　　3.2.2　判断意义 …………………………………………… 41
　　3.2.3　鉴赏意义 …………………………………………… 44
3.3　介入系统 …………………………………………………… 46
　　3.3.1　相关研究概述 ……………………………………… 46
　　3.3.2　介入意义的实现 …………………………………… 51
3.4　级差系统 …………………………………………………… 53
　　3.4.1　语　势 ……………………………………………… 53
　　3.4.2　聚　焦 ……………………………………………… 59
3.5　级差意义的特殊实现方式 ………………………………… 59
　　3.5.1　重　叠 ……………………………………………… 59
　　3.5.2　量　词 ……………………………………………… 62
　　3.5.3　修　辞 ……………………………………………… 64
3.6　小　结 ……………………………………………………… 65

第四章　态度意义与人物塑造 …………………………………… 67

4.1　引　言 ……………………………………………………… 67
4.2　人性之恶：作为消极情感经历者的叶文洁 ……………… 68
　　4.2.1　以叶文洁为评价对象的情感意义 ………………… 69

4.2.2　与叶文洁有关的判断意义 …………………… 82
　　4.2.3　与叶文洁有关的鉴赏意义 …………………… 83
4.3　人是虫子：与汪淼有关的态度意义 ……………………… 96
　　4.3.1　以汪淼为评价对象的情感意义 ……………… 97
　　4.3.2　以汪淼为评价对象的判断意义 ……………… 97
　　4.3.3　鉴赏意义：消极的反应性 …………………… 100
4.4　人类必胜：以史强为评价对象的判断意义 …………… 104
4.5　人物对话体现的判断意义 ……………………………… 110
4.6　判断意义的特殊体现形式：隐喻 ……………………… 116
4.7　小　结 …………………………………………………… 117

第五章　介入与末日叙事 …………………………………… 120
5.1　引　言 …………………………………………………… 120
　　5.1.1　小说中的介入 ………………………………… 120
　　5.1.2　《三体》的末日叙事模式 …………………… 122
5.2　末日来临 ………………………………………………… 123
　　5.2.1　直接引语：收缩性介入 ……………………… 123
　　5.2.2　"两可型"话语：扩展性介入 ……………… 125
5.3　末日起因 ………………………………………………… 127
　　5.3.1　探索外星文明的是与非：叙述者干预的
　　　　　　收缩性介入 ……………………………………… 127
　　5.3.2　叶文洁：言语、思想行为的叙述体与直接引语 …… 129
5.4　末日反思 ………………………………………………… 136
　　5.4.1　人类内部异化：叙述干预的收缩性介入 …… 136
　　5.4.2　虫子的威力：在叙述干预中的"断言" …… 142
5.5　小　结 …………………………………………………… 143

第六章　级差与科幻语言 …………………………………… 144
6.1　引　言 …………………………………………………… 144

6.2 语势：量化 ··· 146
　　6.2.1 数　量 ··· 146
　　6.2.2 体　积 ··· 149
　　6.2.3 跨　度 ··· 155
　　6.2.4 量化的共同体现形式 ································ 162
6.3 语势：强化 ··· 165
　　6.3.1 品质强化 ··· 166
　　6.3.2 过程强化 ··· 170
　　6.3.3 情态强化 ··· 173
6.4 量化与强化的共现 ·· 174
6.5 聚焦 ··· 177
6.6 小　结 ··· 179

第七章　评价视角下的翻译策略 ····································· 181
7.1 态度意义的翻译 ·· 182
　　7.1.1 态度标记词显性化 ··································· 182
　　7.1.2 人品判断个性化 ····································· 184
　　7.1.3 物值鉴赏女性主义化 ································· 188
7.2 介入意义的翻译——个人视角和上帝视角的切换以及
　　介入资源的丰富 ··· 192
7.3 级差意义的翻译 ·· 199
　　7.3.1 通过词汇使语势减弱或持平 ·························· 201
　　7.3.2 通过段落切分实现聚焦 ······························ 204
　　7.3.3 通过改变标点符号，长句变短句，增强语势 ·········· 206
　　7.3.4 增译以提升语势和清晰聚焦 ·························· 206
　　7.3.5 通过减译增强语势 ··································· 207
　　7.3.6 通过斜体使焦点明显 ································ 208

参考文献 ··· 210

第一章 绪 论

1.1 研究背景

2015年8月23日,在第73届世界科幻大会上,刘慈欣的代表作《三体》英文版获得象征科幻文学界最高荣誉的雨果奖最佳长篇小说奖。《三体》的成功开启了中国科幻文学迈出国门、走向世界的新纪元,成为中国科幻小说正式登上世界舞台的标志性事件,包括《三体》在内的中国科幻小说研究正如火如荼地展开。

1.1.1 科幻小说

科幻小说诞生于19世纪初的欧洲,并于20世纪20年代至60年代在美国得以繁荣,史称科幻小说的黄金时代(刘慈欣,2013)。在西方科幻史上,科幻小说曾经被冠以多种不同的名称,包括奇妙的旅行(voyages extraordinaries)、科学浪漫故事(scientific romances)、科学奇幻小说(science fantasy)、脱轨小说(off-trail story)、变异小说(different story)、不可能小说(impossible story)、科学的小说(scientifiction)、惊异小说(astounding story),等等;根斯巴克在1929年确定了科幻小说的名称,一直沿用至今（詹姆斯等，2018：16）。学界对科幻小说（Science Fiction）的定义并不统一，世界著名的当代科幻文学研究者达科·苏恩文（Darko Suvin）给出的定义是"科幻小说是一种认知间离（cognitive estrangement）的虚构性文学"，具有陌生化、认知、创新三大特点（苏恩文，2011a：34；苏恩文，2011b：4；吴岩，2008：332）。吴岩（2004：9）用统计学的方法确定了大学生样本群体对科幻文学的内隐定义的六因素，分别为文学状态因素，包括文学、有趣、引人入胜、发人深省和幽默等；探索特征因素，包含探索、惊险、未来和幻想等；科学内含因素，包括科学性和预见等；认知方式因素，包括奇特、奇妙、神奇、离奇、神秘等；审美因素，包括出人意料和新奇等；警世因素，包括恐怖等。也就是说，用六因素可以确定科幻小说与科普读物、童话故事、奇幻小说的区别特征；科幻小说与情节性较强的惊险小说、侦探小说和恐怖小说有某种联系，所以把科幻小说当作类型小说是有根据的。科幻小说还具有面对未知和面对未来的特点。总之，文学是科幻小说的第一要素，科幻小说隶属于文学，是文学中的一个"关于探索与科学相关的神奇现象领域的、具有警示作用的文类"（吴岩，2004：9）。因此，作为类型文学，科学小说与文学在"叙事、人物、情节、环境、叙事语法、话语模式等方面的共性更为明显"（吴岩，2008：101）。在科幻批评界，达蒙·奈特（Damon Knight）是以科幻批评家的身份赢得声誉的第一人，他也是凭借批评作品赢得雨果奖的第一人。他认为科幻小说是一个"值得严肃讨论的文学领域"，常规的批评标准，如原创性、真诚、风格、结构、逻辑、自治性等可以有意义地应用于科学小说批评研究（詹姆逊等，2011：219）。

1.1.2 中国科幻小说

作为历史悠久的文明古国，最早从《山海经》开始，中国数千年来的神话、传奇、小说、戏剧都是科学幻想萌芽的土壤。20世纪初，科幻文学引入中国，我国出现了真正意义上的科幻作品的翻译和创作，在梁启超、鲁迅的倡导下，科幻小说在清末民初蓬勃发展。中华民国中后期到中华人民共和国成立前，科幻创作的两个主要趋向，即社会展望和科学普及，都得到了进一步的延续。中华人民共和国成立到"文化大革命"前的十七年中，中国科幻小说在学习凡尔纳和苏联科幻风格上大有发展。在"文化大革命"结束后，进入了第一个发展高峰（1976—1983年）。1984年以后受到阻碍，从20世纪90年代之后，我国的科幻事业开始了新一轮的上升，《科幻世界》成为全世界发行量最大的科幻杂志，以刘慈欣、韩松、王晋康、何夕等为代表的科幻作者群体的成熟，以及80后、90后作家的崛起，中国科幻作品的数量和质量得到提升，中国的科幻文学进入一个新的时代。2012年第三期《人民文学》推出科幻小说专辑，一共刊发了科幻作家刘慈欣的四篇科幻小说。这是《人民文学》自20世纪80年代刊发童恩正的《珊瑚岛上的死光》以来，时隔30年对科幻小说的再次关注。2012年《科幻世界》主编、科幻读物出版人姚海军在《人民日报》发表评论，据不完全统计，截至2012年7月，《三体》三部曲发行量达到40万套，"科幻小说火了"的论断频出。2015年8月23日，在第73届世界科幻大会上，刘慈欣的代表作《三体》英文版获得象征科幻文学界最高荣誉的雨果奖最佳长篇小说奖。这是该奖项首次被亚洲科幻文学斩获，也是第一部获得雨果奖的翻译小说。2016年，中国第一次召开了国家级的科幻大会，中国科幻文学的影响力在不断提高（武田雅哉等，2017；锡德，2017；李广益，2015，2017）。

科幻作家刘慈欣从1999年以来陆续发表了《流浪地球》《球状闪电》等脍炙人口的作品，从1999年到2006年，连续八年荣膺中国科幻文学最高奖"银河奖"，创下纪录，因此，被称为"中国科幻第一人"，被认为是中国新生代科幻文学的领军人物，2015年获雨果奖后，更是赞誉不断。刘慈欣本人多次发表过关于科学小说创作的论文、随笔、文集等，在这些文章里，读者能看到他对科幻纯粹的热爱，"科幻对于我们已不仅

3

是一种文学形式，而是一个完整的精神世界、一种生活方式"（刘慈欣，2015），也能看到他对科幻小说的见解，"科幻是关于变化的文学""工业革命以后，科学给人们带来了无尽的神奇感，进而引发了对由科技所创造的未来的想象和向往，由此诞生了科幻文学"（刘慈欣，2013）。在《重返伊甸园——科幻创作十年回顾》中，刘慈欣总结了自己科幻创作的三个阶段：第一阶段是纯科幻阶段；第二阶段是人与自然的阶段；第三阶段是社会实验阶段。《三体》第一部就是第二阶段的代表作，刘慈欣认为"自己迄今为止最成功的作品都出自这一阶段"。在《三体》第一部中，作者"尝试以环境和种族整体作为文学形象，描写了拥有三个恒星的不稳定的世界和其中的文明种族，这个外星世界和种族都是作为整体形象描述的，在这样的参照系中，按传统模式描述的人类世界也凝缩为一个整体形象"。

就创作风格而言，"宏细节"是该部作品的重要的特点之一。在刘慈欣的作品中，巨大的物理体积、漫长的时间跨度和广阔的空间延伸在各种事物、事件以及场景中得以细致地描述（吴岩，2008：307）。刘慈欣本人把这些物理参量，如时间、距离、体积、质量、力、速度、温度、亮度等，被命名为"宏细节"。这种庞大的，甚至粗野的宏观美感与传统小说中精致、细腻的意境营造是完全不同的。

高翔（2008：255）研究了中国科幻小说的语体特点，科幻小说是用富有文学性的形式讲述寓含科学理论的故事，目的不是解释普及科学理论或某种专门学科的知识；科幻小说的语体不是科技语体，而是"文艺语体"下的"小说体"范畴。刘慈欣的小说风格简洁、准确、克制，尽可能用比较容易理解的词语表达故事中涉及的科技背景或架构。在辞格使用上，较多使用简单比拟与引用的目的一是为了形象地描述或抒发感想；二是为了便于读者理解，将专业生僻的事物比作另一种常见的事物，并予以说明。

学界对刘慈欣的作品给予高度评价，在这里举例说明。早在 2008 年刘慈欣《流浪地球》出版时，复旦大学严锋教授就提出刘慈欣"单枪匹马"把"中国科幻文学提升到了世界级水平"的论断。海（境）外学者对中国科幻小说和刘慈欣也给予关注。严锋的好友、美国卫斯理学院东亚语言文化系副教授宋明炜在中国和美国发表了多篇关于刘慈欣的文章，如 2011 年发表在《上海文化》的文章《弹星者与面壁者 刘慈欣的科幻世界》。2011 年哈佛大学东亚系教授王德威在北大演讲时，认为刘慈欣的作品是震撼人心的。"从绝对的科普式的知识论的遐想到人之所以为人的伦理方面的考量，还有最后对人的想象力的一种憧憬，这些构成了刘慈欣小说所有精彩的叙事之下最基本的张力（王德威，2011）。"文学在乌托邦和恶托邦之间，创作了各种各样的异托邦，在这样的谱系里面，"从鲁迅到刘慈欣，他们的文学对于我们思考中国的现在和未来，已经做出了非常有意义的见证或建议"。美国德宝大学出版的在世界科幻理论界产生过重要影响的《科幻研究》杂志在 2013 年出版了中国专辑，集中刊发了吴岩、宋明炜、刘慈欣、飞氘、韩松等 10 位作者的文章，向西方全面介绍了中国科幻文学的发展。近两年，海外的年轻学者也加入研究队伍，宋明炜与美国耶鲁大学东亚系博士生金雪妮合写的文章《在崇高宇宙与微纪元之间：刘慈欣论》，在中国科幻历史语境中讨论刘慈欣的作品，尝试对刘慈欣及其他作家代表的新浪潮的美学、政治、伦理意义做理论化的解释。

1.2 《三体》研究概述

《三体》三部曲包括《三体Ⅰ·地球往事》《三体Ⅱ·黑暗森林》和《三体Ⅲ·死神永生》，是刘慈欣创作的系列长篇科幻小说。《三体》第一部从 2006 年 5 月起在《科幻世界》上连载了八期，好评如潮。《三体》单行本出版后，读者们在豆瓣网站、百度贴吧等多个网络论坛展开热烈讨论，为后来的"三体热"酝酿了人气。《黑暗森林》于 2008 年 5 月首次出版。2010 年 11 月，随着《三体Ⅲ·死神永生》在成都签售，读者期待已久的三部曲最终完成。《三体》成为流行文化的热门话题，影响深远。刘慈欣和《三体》研讨会也相继召开。"一部小说能够激起文、史、哲以及法学、政治学、社会学、国际关系等各个领域学者的广泛兴趣，放眼 20 世纪以来的中国现代文学都是极其少见的（李广益，2017：5）"。而且还衍生出《〈三体〉中的物理学》之类的科普著作。针对科幻作品开展阅读教学也成为热门话题，如 2017 年教育部统编版初中语文教材选入刘慈欣科幻小说《带上她的眼睛》，2018 年刘慈欣科幻小说《微纪元》成为考题，出现在高考全国卷（Ⅲ）中，2019 年首份 2020 新高考官方模拟卷中考查了与科幻小说相关的系列材料，2020 年教育部发布全国中小学生阅读指导目录，其中包括刘慈欣的《三体》、凡尔纳的《海底两万里》以及张之路的《非法智慧》三部科幻文学作品。

利用中国期刊网计量可视化分析对以《三体》为关键词的查询结果进行主题统计后发现，学界对《三体》的研究主要集中在以下四个方面。一是从文学的视角，针对《三体》创作特点的研究，主要包括叙事手法、修辞手段、人物塑造、创作风格、美学风格等层面上的研究；二是从政治与道德视角探讨《三体》中对宇宙道德、生存哲学、宇宙社会学等问题的思考；三是从翻译的视角，从关联理论、翻译策略、译者主体性等多个方面对《三体》英译本进行探讨；四是从语言学、语用学的视角，以概念整合理论、顺应论及系统功能语法为指导，分析《三体》的语言特征和语体功能。本书将分别从以上四个视角对相关研究进行概述。

1.2.1　文学视角

较早对《三体》进行的文学研究来自科幻研究的专家和已有科幻小说阅读经验的学者，郑莹（2008）认为，在《三体》中刘慈欣的科幻创作是对现代性带来的负面影响的反思。有些研究注意到《三体》的中国形象，"刘慈欣热情地展示着宇宙的浩渺、真理的冷酷，歌颂着人类不断探索宇宙、与自己的命运抗争的壮举，用一种令人激动的崇高风格，使沉重的黄土地和浩渺的星空奇妙地对接，宣示着古老农耕民族的觉醒、新生与复兴，由此开启一条通道，使国人长久被困于革命历史叙事的国家认同感终于可以投射进未来的空间，在刘式宇宙观美学中尽情展开着他们对未来中国的想象与期许"（贾立元，2010）。在《三体》故事中最重要的四个人物都是中国人，他们是四个道德缺陷与中国力量并存的矛盾体。"通过把人类推入一个非常处境，刘慈欣聪明地以非常时期的中国反应来侧面展开未来想象（贾立元，2011：43）。"江晓原、刘兵（2011）谈到《三体》系列引发了我们对当下以何种方式生活和发展的思考。严锋（2011）指出，《三体》的风格既有华丽的细节和繁复的铺陈造成的厚重感，也有刘式的精确、冷静与超然。王瑶等（2011）认为《三体》系列无论是在情节设置、人物塑造上，还是叙事技巧上，都已达到相当的水准。胡敏（2011）认为《三体》三部曲不仅是刘慈欣对自己创作十余年心路历程的一种回顾、一种再现，更是一种自我超越，展示了三个阶段的不同创作理念，不同创作风格，彰显了刘慈欣走向创作成熟的轨迹。纳杨（2012）认为《三体》三部曲就像一部人类生存史，充分体现了科幻小说的现实意义，值得今天的现实世界借鉴。吴岩等（2012）回顾了21世纪头十年的中国科幻文学后指出，在世纪之交，韩松和刘慈欣是最有影响力的科幻作家，刘慈欣的《三体》系列不仅关注人与自然的关系，而且会在结尾升级为一种哲学探讨，给人以深远的意境。

2012年后，专注于《三体》的研究日渐增多并开始细化。黄灿（2014）认为《三体》中"习见"与"惊异"的结合是刘慈欣的基本策略，也是《三体》三部曲的张力艺术。曾军（2016）认为《三体》的科学想象力是从"奇点"这一科学边界开始的，并展开了"奇点奇观"的科学想象；《三体》的"奇异性美学"在于建构了《三体》的"多维时间"观念体系,并选择了不同的时间叙述方式。

在对《三体》叙事的研究中,黄帅(2014)认为刘慈欣将《三体》的故事置于民族寓言的叙事结构中,通过营造宏大壮阔的史诗氛围与令人拍案叫绝的想象力,"将中国十七年文学中的力量感和国家意志与对西方现代性的焦虑与向往糅合在一起,由此塑造了一种新的叙事能动性。"赵柔柔(2015)从刘慈欣对《三体》情节发展的叙述策略方面进行了分析,认为刘慈欣主要采用了积木式的叙事手法,将一个个"叙事块"拼接起来,构成了《三体》的整个故事。冯仰操(2016)从刘慈欣对三体世界的叙述策略方面进行了研究,认为刘慈欣主要采取了伪装、隐喻、象征等迂回策略,选择了游戏、骗术和童话等一系列含蓄的形式建构了三体世界。陈颀(2016)认为《三体》三部曲的核心问题是人类与三体的文明冲突以及由文明冲突引发的历史终结和人类未来问题;以汪淼为代表的知识分子叙事、以罗辑为代表的英雄叙事、以程心为代表的末人叙事分别构成三部曲的叙事视角和情节主线。杨宸(2017)认为《三体》的叙述模式是历史模式和末日模式。

方晓枫(2016)围绕叶文洁、庄颜、程心三位女性形象,以忠诚、慷慨、仁慈等伦理学概念作为价值参照,透过故事情节的展现和人物内心的表达,发现她们均具有丰饶而深沉的人间大爱。

1.2.2 政治与道德哲学视角

《三体》也引发了学者对于政治和道德哲学的思考。2016年中山大学设立核心通识课"《三体》中的政治和道德哲学问题",由中山大学哲学系张曦老师主持讲授。对这方面问题进行探究的论文有霍伟岸(2016)的《〈三体〉中的政治哲学》和欧树军(2016)的《"公元人"的分化与"人心秩序"的重建——〈三体〉的政治视野》;著作有吴飞(2019)的《生命的深度:〈三体〉的哲学解读》,全书围绕《三体》三部曲的情节设计，分别从生命与人性、死亡与不朽、社会契约与差序格局三个维度进行解析，认为《三体》诉诸的终极问题是"生命"，以中国人的生活和思维方式思考科幻小说中的大问题，面对的是真实的人类问题，其中部分内容刊载在学术期刊《哲学动态》2019年第3期的专题中。专题的另两篇文章讨论了《三体》的科技世界观（杨立华，2019）和在极端条件下弱者如何生存的问题（赵汀阳，2019）。

1.2.3 翻译视角

对《三体》的译介与传播的研究大致从2015年开始。2014年11月，世界著名科幻文学出版社之一的美国托尔出版公司，出版了由美籍华裔科幻作家刘宇昆翻译的《三体》《The Three-Body Problem》第一部，之后《三体》英译本迅速走红。短短三个月内，《三体》英译本在全球范围内销售两万多册，跻身"2014年度全美百佳图书榜"。相继获得雨果奖、星云奖、坎贝尔奖、普罗米修斯奖、轨迹奖等多项科幻小说的世界大奖的提名，并于2015年8月23日斩获第73届雨果奖最佳长篇小说奖。"这样一个站在巨人肩上且具有自身独特性的作品获得了世界性的成功（吴岩，2015）。"这些提名与获奖充分证明国际科幻界对中国科幻小说的认可（王雪明，刘奕，2015）。如前所述，在此之前就有海（境）外学者关注刘慈欣及《三体》，如宋明炜教授指出要"抓住一切机会、用各种形式向学界和公众推介《三体》和中国科幻，为中国科幻文学的海外传播立下汗马功劳"（李广益，2017：4）。《三体》获雨果奖后，在译介与传播方面引起学者的浓厚兴趣，如吴赟、何敏（2019）、刘舸、李云（2018）、陈芳蓉（2017）、顾忆青（2017）等探讨了《三体》在美国的接受度。

学界已形成共识，作为中国科幻小说里程碑式的著作，刘慈欣的《三体》获得国外科幻界的好评，并受到国外众多读者的喜爱，从根本上来说，与译者出色的英译工作是分不开的。《三体》的译者刘宇昆不仅从事科幻小说创作，而且是致力中美文化交流的译者。越来越多的学者认为，从翻译视角研究《三体》能够有效地指导中国科幻作品的翻译实践，推动中国科幻走向世界。郎静（2015）从女性主义翻译理论研究的角度出发，研究刘宇昆的译者主体性在译本中的体现，展现译者在翻译过程中对原文本所做的女性主义改写。崔向前（2016）考察了译者刘宇昆在翻译过程中的主体性，尽管译者长期处于边缘化的地位，得不到重视，但随着翻译理论研究的发展，译者作为翻译过程中最积极的因素，他们的作用和主观能动性逐渐得到学者们的关注。丁慧慧（2017）借助接受理论的期待视野对翻译的启示，对《三体》的英译本进行描述性研究。汪静（2018）基于接受理论的四个核心理念，即读者期待、视野融合、审美距离以及"不确定性"，分析了刘宇昆在翻译过程中对目标语读者的充分考虑以及他是如何做到使译本被译入语观众所接受的。许欣（2019）结合译者的主体性与操纵理论，对《三体》英译版进行描写性研究，分析译者在意识形态和诗学两个方面的因素影响下主体性的体现。张锦（2019）选取了科学和文化方面的例子，通过参照关联理论探索《三体》的翻译实践活动。陈芳芳（2019）从阐释学运作理论的角度出发，分析了译者刘宇昆在翻译《三体》中国文化负载词时采用的翻译策略。

国内对《三体》翻译研究的角度主要包括海外读者对中国译介文学的接受和评价以及汉译英翻译策略，如文化负载词的翻译策略、硬科幻的忠实翻译原则、译者主体性等，这些研究都比较深入而且有说服力，但是尚未有人从评价意义的角度探讨科幻作品的翻译，科幻作品的翻译研究还没有与评价理论关联起来。虽然有学者从不同角度研究了《三体》译者主体性，但没有人从评价视角探讨译者主体性。

1 2.1 语言学视角

相比之下，《三体》在语言学领域的研究显得比较薄弱。《三体》作为极具代表性的中国科幻小说，具有自身独特的语言魅力，因此具备一定的语言学研究价值。但从文献检索的结果来看，基于语言学理论和系统剖析《三体》的研究比较少。刘秋芬、汤丽（2016）对《三体Ⅱ：黑暗森林》进行了语言学解读。从语言和思维关系的角度指出地球文明和三体文明在交流方式上存在较大差异。具体表现为三体文明没有口耳等器官，大脑直接以电磁波的方式呈现他们的思维，从而实现交流。他们的思维对外界是完全透明的、真实的。相比之下，地球文明需要使用大脑进行思维活动，然后借助口、耳等器官进行语言交流。人类大脑内部的思维需要借助语言来表达，这样就会导致语言既可能忠实地反映说话者的思想，也可能掩盖他的真实思想。同时，由于表达工具的局限性，一种语言不可能分毫不差地展现表达者的表达意图，表达者的言外之意和言内之意之间会出现一定的偏差。对《三体Ⅱ》中语言和思维的关系、语言行为和语言演变等问题进行研究类似于科普的解释，但不是对作品文本本身进行的研究。宋改荣、梁沙沙（2017）运用概念整合理论对《三体》中的部分隐喻小句的隐喻生成模式进行了分析，认为隐喻意义的建构有利于创造语篇的连贯性，也有利于我们理解语篇的深层含义。概念整合理论为读者多方位解读科幻类小说提供了新的途径，但是对文本的解读不够细致。闫雅莉（2017）从修辞学的角度对《三体》的主题进行阐述、解析。她首先运用广义修辞学的理论观点，以刘慈欣《三体》中的隐喻符号、时空符号和身份符号为切入点进行了微观的修辞分析，揭示其中蕴藏的修辞内涵，然后通过对文本的编排结构和文本中体现的价值观的分析对《三体》讲行宏观研究。她认为，通过对《三体》两个文明面对生死抉择时的表现的描写，刘慈欣表达了他对人类中心主义观点的嘲讽，并通过关键人物的不同选择传达了他对传统的善恶观、道德观的质疑。袁志平（2017）分析了在《三体》中经常出现的比喻修辞格，并对比喻修辞格进行了细致分析，指出运用比喻是科幻作品中的必要修辞手段，因为科幻作品的科学性使得人们对科幻事物的理解比日常出现的事物要难。另外，陈薇薇（2018）对《三体》中的修辞特色进行了研究，芦京（2020）对《三体》中的语言变异现象进行了研究。总体而言，从语言学视角开展的《三体》研究非常有限。

1.3 研究内容及意义

从上述的回顾我们能够看到，包括《三体》在内的中国当代科幻小说在文学研究方面，如科幻小说的界定、主题、风格等取得了空前的繁荣，但是在文体学方面的研究还存在很大空间。本书以评价文体学为理论基础和研究视角，参照评价理论的态度、介入、级差三个子系统，用文本分析、语言实证的方法，尝试阐释以下三个问题。

1. 《三体Ⅰ》的成功和主要人物叶文洁、汪淼、史强的成功塑造密不可分，其中隐含作者运用了何种态度资源刻画人物形象？

2. 其中隐含作者运用了何种介入资源与读者对话，这些介入资源体现了《三体Ⅰ》的哪些叙事技巧？

3. 其中隐含作者运用了何种级差资源实现《三体Ⅰ》的科幻语言之美？

4. 上述评价资源对《三体Ⅰ》的主题构建起到了什么样的作用？

韩礼德（1983）指出，文体分析包括三个步骤，即分析阶段、解释阶段和评估阶段。"文体学家衡量来自各个部分的证据，并研究不同证据如何形成连贯的、整体的类型，以及这些类型对作品作为整体的语境的意义""分析与阐述是一个互相交织的过程"（胡壮麟，2000：116）。本书遵循韩礼德提出的对文学的"先描述，再解释"的步骤，以定性方法为主。

另外，本书试图将把评价理论应用于评估科幻文学作品《三体》的英译本，即从态度评价、介入评价和级差评价三个方面，深入研究译者操纵评价意义采用的翻译策略以及取得的效果。

本书从语言学的理论研究入手，是对《三体》研究的重要补充。目前的研究中较少有把评价理论和评价文体学系统地应用于某一具体文学作品的分析，对中文长篇小说的研究几乎是空白，因此，本书也是评价理论和评价文体学应用于中文长篇小说的一次有意义的尝试，尤其在中国文化走出去、中国作家走出去的大背景下，对包括《三体》在内的中国科幻小说进行研究更具有重要意义。

1.4 本书的结构

本书包括八章。第一章绪论主要介绍《三体Ⅰ》的研究现状，并提出研究问题。第二章是本书的理论基础，评价理论和评价文体学。第三章是现代汉语评价系统，简单介绍了现代汉语广义的评价研究，并以系统功能语言学框架下的评价理论为基础，结合学界的相关研究，梳理了基于评价理论的现代汉语评价系统。第四章是态度和人物塑造，以《三体Ⅰ》的三个重要人物，即叶文洁、汪淼、史强为研究对象，分析了隐含作者如何利用情感资源、判断资源、鉴赏资源塑造人物、营造自然环境和社会环境。第五章是介入和末日叙事，以末日叙事的起因、经过及反思为切入点，选取的语料包括"人物思想/言语—读者"和"叙述者—读者"，分析了隐含作者如何利用介入资源与读者直接对话，达到与读者结盟的目的。第六章是级差与科幻语言，选取了在《三体Ⅰ》中最具科幻色彩的"三体游戏"为语料，分析了隐含作者如何运用级差资源描绘变幻莫测的"三体世界"。第七章是用评价理论审视《三体Ⅰ》英译本的翻译策略，探究译者主体性在态度、介入和级差三个方面的具体表现。

本书的撰写分工如下：国防和王皎皎完成第一章，国防完成第二章的评价理论和评价理论与翻译研究，王皎皎完成第二章的评价文体学，以及第三章至第六章；刘朝晖完成第七章。

本书涉及科幻小说、现代汉语、评价文体学、翻译学四个学科的研究，作者能力有限，敬请各位读者批评指正！

第二章 理论基础

2.1 评价理论

对评价理论感兴趣的研究者或许会注意到一个问题，国内文献提到 Martin 的评价框架时用到两个名称"评价系统"和"评价理论"，那么究竟应该用哪个术语呢？因为评价理论从系统功能语言学的人际功能发展而来，所以最初称作评价系统（Appraisal System），但随着研究的不断发展深入，学界较多使用"评价理论"一词。2021 年 1 月底，在中国知网检索，限定学科为"外国语言文学"和 CSSCI 期刊级别，分别以"评价理论"和"评价系统"为条件搜索，删除不相关的文章，如"教材评价""动态评价理论""写作自动评价系统"等后，以"评价理论"为搜索词的搜索结果为 89 篇，以"评价系统"为搜索词的搜索结果为 45 篇，前者几乎是后者的两倍，而且从发文时间来看，近些年越来越多的论文使用"评价理论"一词，因此，本书使用的"评价理论"是指这一理论框架，使用的"评价系统"是指具体的语言层面的操作体系。

2.1.1 评价理论的概念

评价理论（Appraisal Theory）是系统功能语言学在对人际意义进行研

究的过程中发展起来的新词汇语法框架，它关注语篇中可以协商的各种态度（胡壮麟等，2017）。Martin 和 Rose（2003）在著作《语篇研究——跨越小句的意义》中给出的评价理论的定义是"评价理论是关于评价的，即语篇中所协商的各种态度、所涉及的情感的强度以及表明价值和联盟读者的各种方式"（Martin 和 Rose，2003：23）。

2.1.2 评价理论的发展历程

20 世纪 90 年代初，Martin 着手研究评价系统。在 1991—1994 年他主持的"Write It Right"（写得得体）科研资助项目中，他和他的同事们一起对澳大利亚新南威尔士州的中学和其他场所的英语水平进行研究。研究开始时，他们只关注叙事体文本，后来开始关注在文学评论中的评价、媒体、日常对话、科技和历史文本的主观性、艺术的价值观念和政治话语中的责任根源，试图理解评价性词汇的修辞功能及其与社会角色有关的人际语义。在 1996 年"第 23 届国际系统功能语言学年会"（ISFC23）上，Martin 宣读了关于"评价系统"的论文之后，在为硕士研究生开设的《功能语法》和《学术用途英语》等课程中，Martin 将"评价系统"作为课程内容的一部分进行讲授，并于每年暑期举办"评价系统"研讨班。2000 年，在 S. Hunston 和 G. Thompson 主编的 *Evaluation in Text：Authorial Stance and the Construction of Discourse* 论文集中，Martin 的论文 *Beyond Exchange：Appraisal Systems in English* 收录其中。这篇论文融入了他和他的团队多年的研究成果，从语篇语义学视角将评价资源范畴划为评价系统（appraisal），这在评价理论研究中具有里程碑意义。在论文中 Martin 指出，评价是用于协商（情感系统）、判断（判断系统）和估值（鉴赏系统）的语义资源以及对这些语义资源的扩展，相当于后来的级差系统和介入系统的资源。2003 年，Martin 与 Rose 合作出版了 *Working With Discourse：Meaning Beyond the Discourse*，即《语篇研究——跨越小句的意义》）一书，该书系统介绍了评价理论的三个系统，即态度、介入和级差。2005 年，Martin 和 White 合著的 *The Language of Evaluation: Appraisal in English*，即《评估语言——英语评价系统》）问世，这是第一本评价理论的专著，它全面、系统地论述了评价系统，尤其注重对级差和介入两个子系统的阐述，使评价理论的研究更加规范和系统化（王振华，2001；王振华，马玉蕾，2007；付瑶，2015）。

2.1.3 评价理论与系统功能语言学

Martin 的评价理论起源于韩礼德（Halliday）系统功能语言学。韩礼德（1961，1966，1967a，1967b，1968，1970，1978）早期对语言的本质属性、语言研究方法的思考可提炼为 8 种主要学术思想，即层次思想、语境思想、级阶思想、盖然思想、系统思想、功能思想、语篇思想和符号思想（何伟、丁连杜，2019）。功能思想是指语言具有三大元功能，即概念功能、人际功能和语篇功能。概念（ideational）功能是指语言的经验功能，即它是对存在于主客观世界的过程和事物的反映；人际（interpersonal）功能是指语言反映人与人之间的关系，如表达他们对事物或人的态度或观点，或反映说话人与听话人之间的社会地位和亲疏关系；语篇（textual）功能是指语言在实际使用中表达完整思想的基本单位是"语篇"（text），概念功能和人际功能要由说话人组织成语篇才能实现，语篇功能使语言与语境发生联系（胡壮麟等，2017）。概念功能主要由及物性系统来实现，人际功能主要由语气系统来实现，语篇功能主要由主位系统来实现。在语气系统中，系统功能语法通过语气、情态、情态状语等系统揭示人际关系的亲疏。但就通过语言看作/读者或说/听者对事态的观点和立场这一点，传统系统功能语法，即评价系统以前的语法，尚无完整的体系。Martin 在深刻理解和充分继承系统功能语言学理论的基础上看到了这一盲点，创立了评价系统（王振华，2001：14）。韩礼德评论，

Martin 的研究很重要，对功能语法中的人际功能研究做出很大贡献（张德禄，何继红，2011：89）。张德禄（2004）也认为，评价理论是系统功能语言学的最新成就之一。多数评述都认为评价理论的贡献集中在词汇方面，如韩礼德（2008）指出，评价词汇研究与他的人际语法研究构成互补关系，张德禄（2004：59）认为"评价系统是以词汇作为体现的形式特征"，王振华、马玉蕾（2007：23）认为"评价理论只是对人际元功能在词汇层面的发展"，胡壮麟（2009：3）指出，"评价系统重点是放在词汇层，"但是根据房红梅（2014）的分析，评价理论不是对原有模式的简单修补，而是在其他多方面发展了系统功能语言学。评价理论把人际系统研究从小句层拓展到语篇层，从语法层拓展到语义层；从注重交换互动拓展到注重立场互动；深入了对人际语境的研究，把人际语境细化为"权力"和"亲疏关系"两个变量。因此，评价理论使系统功能语言学的人际系统研究在多方面向纵深发展（房红梅，2014）。

2.1.4 评价理论的运作体系

评价理论是系统功能语言学在对人际意义的研究中发展起来的新词汇——语法框架，它关注的是语篇中表现出来的各种态度（Martin 和 Rose，2003）。评价系统包括三个子系统，即态度系统、介入系统、级差系统。态度系统是整个评价系统的核心，直接表达话语者的观点、态度和立场，并进一步划分为情感、判断和鉴赏三个子系统。情感系统用来解释情感反应；判断系统对人的性格和行为的伦理道德进行评判；鉴赏系统对文本/过程及现象的美学价值进行评价。介入系统通过自言和借言来展示态度的来源及语篇中不同的声音。级差系统是对态度和介入的分级，以态度为核心表现情感的强弱，并进一步划分为语势和聚焦，级差系统贯穿整个评价系统（Martin 和 Rose，2003）。

（一）态度系统

根据 Martin 和 Rose（2007）的研究，态度是指对人类行为、文本/

过程和现象做出的判断和鉴赏,即态度是语言使用者从读者的角度对所描述的对象、事物和人的评价。态度系统又进一步划分为三个语义子系统:情感系统、判断系统和鉴赏系统。"情感系统用来解释语言使用者对行为、文本/过程及现象做出的情感反应。判断系统用来解释语言使用者按照伦理/道德(规章制度)对某种行为做出的道德评判。鉴赏系统用来解释语言使用者对文本/过程及现象美学品格的欣赏。其中,情感系统是态度系统的心脏,也是推论态度系统其他两个子系统的依据(王振华,2001:15)。"

1. 情感系统

情感系统是解释语言现象的一种资源,它是使用者对行为、文本/过程和现象的心理情感反应(Martin 和 White,2005)。讨论"情感"时有三种情况:"品质"情感、"过程"情感和"评注"情感。

"品质"情感是指由定性词或短语表达的情感,通常是形容词和副词。"过程"情感是指由过程短语表达的情感,包括心理过程和行为过程。前者是指精神状态,后者是指通过行为来表达情感。"评注"情感是指通过情态助词表达的情感。分析情感评价资源是语篇分析的重点。情感又可以分为哪几种类型呢?依据是什么呢?除对情感系统的分类进行关注外,还应考虑影响"情感系统"的四个要素。

第一,情感资源可以分为积极(positive)和消极(negative)两种。积极情感通常是指积极的品质和良好的情感,消极情感则与负面和非主动情绪相关。

第二,无论是积极还是消极,情感资源可以分为低、中、高三种水平。

第三,当情感被情感表达为"过程"时,情感可以分为现实型和不现实型。现实型是指反应性感觉,而非现实型是指欲望性的感觉。现实型情感主要表现在三个方面:愉悦或不愉悦;安全或不安全;满意或不满意。提到情感,人们可能首先想到的是愉悦或不愉悦,因为这是内心的事情，涉及悲伤、快乐和喜欢。安全或不安全涉及我们对周围环境相关的安全或焦虑感，包括自信、信任、恐惧和焦虑。满意或不满意涉及与人们从事的活动相关的成就感和挫败感，包括尊重和好奇心。

第四，情感可以进一步分为直接和间接反应。在这方面，直接反应是对某些确切的情感触发因素的直接或显性反应，间接反应是对某些确切的情感触发因素的间接或隐性的反应。

2. 判断系统

判断系统属于伦理范畴，是指根据伦理道德的标准评价语言使用者的行为（王振华，2001：17）。判断系统与社会、文化规则紧密相关，判断系统可以分为社会评判和社会约束。社会评判又分为积极评判和消极评判。积极的社会评判使人敬佩，消极的社会评判理应受到批评，但批评并不是法律意义上的，被批评的行为不算是恶行，与罪无关。一般而言，社会评判可以分为三个方面：常态性、才能性、可靠性。社会约束是指根据社会的和文化的法规做出的评判，与合法性和道德性有很大关系。社会评判与社会约束的最大区别在于涉及的情况是否触及法律。对社会评判通常在口头活动中进行解释，而对社会约束通常以书面形式进行。此外，判断资源在上下文中表意时可以是隐性的或者是显性的。

3. 鉴赏系统

鉴赏系统涉及对事物价值的评估。与判断系统不同，鉴赏主要根据美学来评估对象，美学通常被定义为人类的情感状态和反应（Martin 和 White，2005）。作为态度系统的子类别，鉴赏可以分为三种类型：反应性、构成性和估值性。反应性是指事物是否引起注意，取决于两个方面，即冲击与品质。构成性是指均衡性与复杂性。估值性是用社会的标准来评判，与事物的价值有关，是关于事物的创新性、真实性和及时性的问题。此外，与情感系统和判断系统一样，鉴赏系统也分为积极和消极两个方面。

（二）介入系统

介入是一种语言手段，用于衡量演讲者的观点及其来源。换句话说，介入指人们在使用语言表达态度的时候，要么单刀直入、直陈所思，要么假借他人的观点、思想、立场，间接表达自己的思想、观点或立场。参考巴赫金的对话理论后，Martin将介入分为"自言"和"借言"。

1. 自言

自言是指讲话者直接表明所持立场、宣布观点，不容纳其他声音，即没有对话空间。自言构成的立场是公认合理的、不证自明的。自言比借言更主观。在使用自言时，讲话者要对他或她的评价用语负责。自言是指讲话者无需借用他人的话语，无需他者的参与即可直接表达自己的观点。另外，自言有两个子类别，即断言和假定。前者关注在当前的陈述中，命题被直接表述和有效利用；后者是指直接消除当前陈述中有争议的主张。

2. 借言

借言是指说话者在谈话中允许其他声音的出现，利用不同的声音补充或间接地支持自己的观点。借言有两个子类别，即话语扩展和话语收缩。话语扩展是指扩大对话空间，允许不同立场和声音的存在，分为接纳和归属。接纳是指"表达一种个人的主观意见"，承认在逻辑上还存在其他可能的声音，通过情态动词、情态类形容词和推断性的从句等方式来表达。归属是指属于外部的某种声音，包括宣称和疏离。

话语收缩会缩小对话选择的空间，限制对话立场和不同声音的存在。话语收缩包括否认和公告。否认是指讲话者拒绝或直接排斥另一种声音，公告是指充分肯定另一种声音。否认又进一步分为否定和反预期。否定指的是直接排斥或直接反对某种声音，通常使用否定词或某种已有的声音替代；反预期是指话者引用与自己观点不同的话语，并对其进行反驳，使预期受挫，如表转折类或者表示为让步的句子。公告进一步划分为认同、断言和引证。认可涉及外部声源，引用的命题预设为真实的，具有权威性的,并且讲话者与其所持观点一致。断言是指表明话语者强调或明显介入的形式。引证指的是将当前的命题表述为无可争议的、众所周知的。

(三)级差系统

级差系统是指态度的可分级性,描述讲话者情感程度的强弱以及对在话语空间中的外部声音的容纳程度。级差系统从语义领域的两个角度对态度和介入系统进行定位。因此,级差可进一步分为语势和聚焦两个子系统。

1. 语势

语势是为了明确评价态度、介入资源的强度和数量程度,还用于对人们的人际关系以及言语能力进行定位。语势包括强化评价和量化评价。强化评价涉及对质量和过程的评价;量化评价涉及对实体的数量、体积以及跨度的评价。

Martin 和 White(2005)进一步将集约化区分为孤立式、注入式、重复式。孤立式强化主要是指通过一系列表示不同强度的语义词实现语义的放大或缩小。注入式强化是指依据词语自身的性质实现的,该词处于表示不同程度、有相近之意的一组词中。重复式强化主要是指重复使用一个单词或同时使用几个具有相似含义的单词的方式。

2. 聚焦

与语势不同,聚焦是指把不能分级的态度资源进行分级,强调清晰度和精确度。聚焦分为明显和模糊。"明显"表示接近于原型,而"模糊"表示仅属于类别中的边缘成员的情况,这表明与原始事物或情况的关系较弱(Martin 和 White,2005)。明显化通常是基于原型的,提供了直接的态度含义,因此,明显化的效果是最大化讲话者的声音,从而使听者坚信不疑。另外,模糊会弱化讲话者观点,从而含蓄地提供一种和解的姿态。

需要说明的是,态度系统是评价系统的中心,构建人际意义的态度系统主要来自情感、判断、鉴赏等表态词汇。但不含有表态词汇的语篇同样有可能包含话语者的态度，纯粹的概念意义也可以在语境中具有评价的功能（李战子，2004）。因此，评价系统研究需要从词汇、句法、语篇等多个层面入手。Martin 和 Rose（2003：37）指出，在分析一些非典型化的评价表达时，语境是一个特别敏感的变体。因此，在分析时应考虑语境的因素。评价理论对语篇分析的解释得到越来越多研究者的认可。

2.1.5 评价理论的国内研究与应用

1998 年，张德禄在《外语教学与研究》上发表论文《论话语基调的范围及体现》，是国内对评价理论的最早关注。但由于当时评价理论的理论框架还不成熟，该论文未能引起人们的广泛关注。2001 年，王振华在他的论文《评价系统及其运作——系统功能语言学的新发展》中，介绍了有关评价系统的产生背景、理论框架及其操作，这是国内第一篇详细介绍评价系统的论文。此后，国内语言学界从理论和应用两方面展开研究与探讨。

在理论研究方面，国内学者对评价本质和标准、评价子系统的再分类以及评价的实现手段等进行了深入细致的研究。张德禄（2004）认为，评价系统对传统的系统功能语法起着补充作用。刘世铸（2006）探讨了评价的本质，他认为评价是一个包含评价者、被评价者、评价标准和价值评判四个要素并且相互关联的统一体。基于对评价四个要素的认识，他进一步修正了评价理论的现有框架，把评价系统看作是一个包含态度、介入、级差和评价标准四个子系统的话语资源。王振华、马玉蕾（2007）从创新性、一致性、抽象性和适用性四个方面阐述了评价系统的魅力，讨论了该理论带给学者的魅力和困境。房红梅（2014）认为评价理论从多方面发展了系统功能语言学。

有些研究专注于介入系统和级差系统。王振华、路洋（2010）讨论了对话性理论和多语性理论对介入系统的影响，认为对话性理论是介入系统的理论基础，并进一步讨论了介入框架及其借言和自言的深化，认为介入系统中的自言尽管后来得到发展和补充，但仍有较大的研究空间。赖良涛、白芳（2010）指出，巴赫金的对话理论是 Martin 和 White 发展的评价系统中介入子系统的重要理论基础之一，介入系统部分地借鉴了巴赫金关于对话性来源、体现方式的观点。黄雪娥（2012）对"借言"子系统进行重新分类，使得介入系统的分类界限更为清晰、简单易懂。陈玉娟（2014）指出，介入系统不宜直接用于小说文本的分析，只有把介入意义与其调节各类对话方结盟关系的作用结合起来才能揭示介入系统在小说评价意义表达中的功能。张德禄（2019）从词汇是最精密的语法的角度探讨评价系统中介入的体现模式。对级差系统的研究相对较少。何中清（2011）探讨了级差范畴的发展及理论来源，级差范畴的发展经历了 3 个阶段：萌芽、完善和成熟阶段，理论来源主要有分级、强化和模糊等相关理论。岳颖（2012）认为级差主要通过三种方式将作者的立场自然化，同时构建读者，通过语义值凸显或弱化事件，通过不同的表达式和意义分支引发评判或鉴赏意义，通过在语篇中的策略性分布表达态度。岳颖（2014）对评价理论框架内级差的发展进行了综述性研究，探讨了评价理论的理论渊源与理论模式。级差思想源于语法、语义、语用和认知等研究领域，该理论模式在初期表现为语言体现资源，后来逐渐发展为具有类型学和拓扑学互补视角的语义型模式。

在汉语评价研究方面，彭宣维（2004）对现代汉语的褒贬词义系统从情感、判断、鉴赏三个方面给予了分类描述；彭宣维（2010）应用评价理论对现代汉语的介入与级差现象进行描写；彭宣维、刘玉洁、张冉冉等（2015）开发了汉英平行评估语料库，这是第一个专门的双语数据库，有力推进了评价理论等相关理论的研究、描写和应用研究，详见本书第三章。

作为最具概括性的评价研究框架，评价理论已被广泛应用于各种不同题材的语篇分析中，如法律语篇、新闻语篇、政治语篇、文学语篇等。

徐玉臣（2013）回顾了 2001 年至 2011 年这十年间评价理论在中国的研究，发现评价理论已成为越来越热门的研究课题；阶段性成果既有对评价系统的理论研究，也有实践应用的研究。理论研究包括对隐性评价和评价系统的子系统进行的探讨，评价理论与其他语言学理论及文学理论的交叉研究等。实践应用的研究既有应用评价理论分析英文不同体裁的语篇，也有探讨汉语中的评价机制及评价资源的研究，还有评价理论在外语教学中的应用研究。刘兴兵（2014）对国内评价理论的相关文献进行了回顾，发现近十年来评价理论和语言的评价意义已成为语言学研究的一个热点，主要侧重在对理论的应用和评价上，应用类文献中对具体语篇或者具体类别语篇的话语分析占绝大部分；研究结果基本和徐玉臣（2013）相同。王显志、马赛（2014）通过总结 2002—2013 年评价理论在中国的发展，发现无论在理论研究还是实际应用方面均取得了阶段性的成果。国内的应用研究涉及不同体裁的语篇分析、评价资源的翻译、外语教学、汉语中的评价机制等领域，印证了评价理论的普适性。王新（2017）以网络版《中文期刊全文数据库》（CNKI）为数据源，整理筛选了 2002—2016 年与评价理论相关的期刊论文，表明评价理论不仅在理论层面取得了较为可喜的阶段性成果，还在应用研究层面取得了一定的突破。刘婷婷、徐加新（2018）发现对评价理论的研究日益多角度化、多语言化，并且呈现跨学科的研究趋势，体现了评价理论较强的研究张力。同时，评价理论对英语教学也具有一定的促进作用。

我们将重点介绍评价理论在文学语篇和翻译研究中的应用。

2.2 评价文体学

评价理论应用于文学语篇的诸多研究中，评价文体学最具创新性，并且上升到了学科的高度。本节重点介绍评价文体学。

2.2.1 评价理论在文学语篇中的应用

国外将语言学应用于文学的批判性研究始于20世纪70年代。韩礼德（1971）以系统功能语言学为理论基础进行文体学研究，在《语言功能与文学文体》一文中对戈尔丁的小说《继承者》所做的及物性分析开创了系统功能文体学（胡壮麟，2001；张德禄等，2015：51）。韩礼德的功能文体学理论的核心是"功能的思想"，把文体视为"前景化"，即"有动因的突出"（韩礼德，1971）。韩礼德有以下主要观点，如文学分析的范畴离不开语言学范畴，语言规则与语言应用应紧密结合起来审视文本中描写的对象，"我们必须对所有层次的范畴类型保持敏感，如语音和文字符号、词汇语法的和语义的组织""分析与阐述是一个互相交织的过程"（胡壮麟，2000：116）。

评价理论为文学研究提供了一个新的框架，这是对功能文体学的扩展（刘世铸，2010；宋成方，刘世生，2015）。较早将评价理论应用于文学文本分析的研究有 Macken - Horarick（2003）；Page（2003）；王振华（2002）；戴凡（2002）等。

关注文本中的情感意义能为文学研究提供新的视角与解读，如尚必武（2008）以态度系统为研究视角，从词汇层面对《灿烂千阳》中的两个主要女性人物的行为、性格、情感等展开分析，揭示了她们被压迫、受歧视的悲惨命运。聂尧（2015）借鉴在评价理论中有关情感要素的研究成果，即《基于评价理论的文本情感分析——以 Last Orders 与 As I Lay Dying 为例》，对比了在叙事风格、情节和主题等方面都很相似的格雷厄姆·斯威夫特的小说《杯酒留痕》和福克纳小说《我弥留之际》，通过数据统计分析两部小说的主要人物，揭示了这两部作品的本质差异。

将介入系统用于文学作品分析也有新的发现。王振华（2002）以介入系统为视角，以语篇和句式为基础，分析了杂文作者的"直接投射"

和"间接投射"等介入方式。崔萌萌（2014）分析了在短篇小说《凉亭》中介入资源的作用。根据情节发展，可以将语篇分为三个阶段，小说的第一、第二阶段较多地使用否认资源（否定和反预期），在开篇就展现了两位主人公之间的激烈冲突，奠定了小说的基调；在第三阶段较多使用扩展性借言，表明了未来的某种可能性，使小说的结尾更加开放；从全篇来看，小说通篇处于一种紧张的氛围，大量的否定资源暗示了一触即发的冲突，牵动着读者。陈玉娟（2014）认为，小说中存在四类对应的说话者和听话者的关系，即叙述者—读者，人物言语—读者，人物言语—人物，人物思想—读者。

评价理论还可用于除小说外的文学作品。单慧芳、丁素萍（2006）将评价理论运用于对经典童话《丑小鸭》的分析中，研究发现，在故事的叙述语言中的情感资源集中描述了主人公痛苦的经历和奇特的困难，判断资源可分析叙述语言在描述主人公身体常态与非常态的功能，丑小鸭在变成美天鹅前后的语言上的鉴赏资源比较丰富。韩颖（2014）从态度和介入系统角度对格林童话的研究发现，格林童话态度资源的分布特点体现了民间童话的语域特征和教育导向。李桔元、李鸿雁（2018）分析了在独幕戏剧《荷兰人》中两位主人公的评价资源的使用特点及其态势意义，研究发现，两位主人公利用介入资源调整协商对话，或扩展、或压缩对方声音的语义选择，在与听者积极的互动中构建自己的态势，并进一步根据这个短剧的三个阶段分析了评价资源的动态使用怎样表征人际关系的变化及剧本的社会意义，必须要说的是，"小说与戏剧的最大区别在于，小说文本是叙述者的话语，而戏剧文本是故事中人物的话语。对话实际上是剧本的全部"（王佐良，丁往道，1980：470）。

评价理论和叙事学的结合也是一个研究角度。王雅丽、管淑红（2006）认为，在对文学作品进行评价研究时，应结合语篇层面的评价手段，如叙事视角、背景气氛以及通过作者叙事风格体现的叙事语气等，对小说主题进行批评性的分析。

2.2.2 评价文体学概述

在将评价理论应用于文学作品的诸多研究中，评价文体学模式（彭宣维，2011，2012a & b，2013，2014a & b，2015；彭宣维，程晓堂，2013；彭宣维等，2015）取得了理论上的创新：评价文体学的"出发点是系统功能语言学的层次观，基础是马丁等人的评价范畴，着眼点是韩礼德关于语言、社会、文化与记忆关系的基本见解"（彭宣维，2015：3）。在学科定位上属于广义的功能文体学范围。评价文体学的分析模式在学界有不少介绍与评论（徐玉臣，2013；刘兴兵，2014；杨尉，2016；Yang，2016；封宗信等，2017）。

评价文体学以评价理论的诸范畴作为元范畴，考察了西方文学批评史上对文学艺术在批评和审美观念上的评价取向，从评价思想的来源与评价范畴的历史渊源来看，文学行为包括实践与理论研究，是以评价为特点、手段和目的的互动性艺术话语行为。文学批评与审美的不同方法、不同侧面、不同结论都是围绕这一点展开的（彭宣维，2015：23）。因此，"文学性就是评价性""文学实践与文学研究是以评价为特点、手段和目的的互动性话语行为""文学批评的出发点和终极目的是文本中的评价内容以及相关体现评价主旨的相关叙事技巧或修辞方式"（彭宣维，2015：115）。评价文体学以评价范畴为依据分析文本，使得文学文本分析得到更具体的范畴化表达。此外，马丁和怀特提出的评价的两种体现方式，即铭刻（inscribed）和引发（invoked）对于文本中的评价意义具有指导作用。语言的所有层次和所有级阶都可以通过引发方式体现评价意义，因此，这是将评价范畴作为价值观念的根本原因（彭宣维，2015：11）。

建构评价文体学的潜在认识论基础是现在主义思想。依据现在主义的三个基本原则，即一维过程性、轨迹在线性与层次结构性，评价文体学构建了操作方法的三个基本原则：①过程性原则是指前景化评价成分随事件走向而次第出现；这是对韩礼德有关前景化论述的发展，体现了"作为过程的文本"的基本特点；②在线性原则是指同类评价成分随文本不断累增而彼此关联，这一原则引入主体间性和文本间性的概念，突出情景语境和文化语境的意义及文本发生过程（logogenetic）；③层次结构性原则是指过程性和在线性共同促成评价主旨即文本整体评价意义，评价主旨是隐含作者有意识的安排，是隐含作者赋予文本中的评价期待。依据这三个基本原则，研究者可以根据文本的评价主旨及其前景化评价成分，有效识别文学文本中的各种评价文体成分，探讨文本背后的评价主旨及其层次关系，进而建构批评—审美模型。

评价文体学不仅关注文本的各类评价成分，还引入了叙事学的相关概念，并且注重隐含作者注入文本过程的潜在评价主旨及其相关策略；隐含作者、叙述者和叙述对象三种叙事角色的不同配置决定了评价意义的识别框架（彭宣维，2015：12；刘玉洁，陈玉娟，2018；陈玉洁，2014）。作者—文本—读者一体化的解读模式是指文学作品的评价意义是隐含作者、文本与真实读者互动建构而成的，隐含作者在创作作品时抱有评价目的，文本具有评价指向，读者解读作品的评价成分与评价主旨。从系统功能语言学的早期模式（Halliday，1961）、经典模式（Halliday，1994）和扩展模式（Halliday，1995，2006）来看，这种阅读互构观具有语言学意义，与系统功能语言学的总体理论模型兼容（彭宣维，2015：190）。因此，评价文体学强调文学的评价研究一定要结合叙事学有关隐含作者、叙述者、叙述对象等概念，在识别文学文本的评价意义时必须考虑评价来源与隐含作者、叙述者、叙述对象的评价立场，需要注意隐含作者是支配一切评价的主导评价者。之前也有学者论证了系统功能语言学框架下的小说的多层次语境（Halliday，1978：146；杨信彰，1992：29；张德禄，2005：264；张德禄等，2015：148），但评价文体学对态度系统在小说中的范畴识别更加明确、具体。

评价文体学认为文学文本背后存在的评价主旨可以是显性的，也可以是隐性的。文本既存在局部评价现象，即"局部评价主旨"，也存在整体评价现象，即"整体评价主旨"。底层评价主旨统摄表层评价成分，解读基于文本和隐含作者可能的动机，并以自身体验为依据构建评价主旨。

评价文体学建构了一个"由三个侧面的评价意义组织而成的篇章模型"，即"随文本过程分布的评价成分链""以不同评价意义为立足点，随文本过程次第生成的评价范畴链""整体的评价组织包括背后的文化语境及相应的修辞模式"（彭宣维，2015：227）。前两个侧面为语词组织，第三个侧面为话语修辞。由于文学作品的评价主旨的不确定性，局部成分和整体组织不一定存在直接的因果关系，前景化和非前景化的区分不是绝对的。局部文本存在的评价意义不是孤立的、无关联的，而是自下而上，即局部成分构成整体及自上而下，即整体性文化因素统摄相关成分。两个方向的互动作用而共同形成的整体的作品的评价主旨（彭宣维，2015：244）。另外，辞格具有评价初衷，"从文本的整体高度对常见辞格的评价组织做了延伸阐述"（彭宣维，2015：244），说明这些修辞策略的多种评价机制是评价的有效手段。

评价文体学在具体文本分析的基础上，尝试建立文学批评与审美的一体化模式。在分析个体文本中积极和消极评价特征的基础上，提出共时视角下评价特征之间的对立波动平衡模式；在分析个体文本与历史文本中的评价特征的基础上，提出泛时，即共时和历时一体化视角下评价特征的穿梭波动平衡模式，总结了八对常见的波动平衡对应关系：①积极与消极；②频次（分布的远近与多寡）；③直接与间接；④对应与错位；⑤主与次（中心与边缘）；⑥显与隐；⑦共时与历时；⑧虚位与补偿（彭宣维，2015：282-285）。

2.2.3　评价文体学在文学研究中的应用

除上述理论研究外，评价文体学还应用于具体的作品研究。

彭宣维（2015）以 1/3 的篇幅对《廊桥遗梦》进行了详尽的应用分析，阐述了评价意义的主要范畴同整体评价主旨、各类中心评价成分、类推、意识形态等方面的关系，从中可以看出评价文体学在人物刻画、个性心理、抒情写景等方面的研究价值。

张冉冉（2017）探讨了介入意义在散文《猛禽》中的评价型组篇方式及功能，除评价范畴外，还引入了评价者、评价对象和评价极性等语义因素，分析基于同一评价者、同一评价对象的介入成分在语篇中的动态转移；研究发现，语篇介入链、不同介入链间的互动对语篇主旨和结构具有重要作用。

岳颖（2017）以评价系统的态度、介入与级差为基础，从实例化视角探索评价成分在语篇中的展开过程，属于话语发生范畴。研究发现，在语篇从开始至结束的展开过程中，评价成分不断出现，彼此间产生互动效应，同时评价系统具有意义资源，在语篇过程中，每一例评价成分均可进入相关意义范畴，从而形成累积效应。

也有学者关注汉语小说中的隐含评价，如张鸣瑾（2014）基于汉英对应评价语料库及《林家铺子》《春蚕》《荷花淀》和《人生》等小说中的语篇进行分析，发现文学文本存在的多种态度意义除通过显性评价表达外，还存在很多隐性表达。显性评价与隐性评价在意义表达上存在互动关系，并且相辅相成。小说语言中的隐性评价主要体现在及物性结构上，而且涉及物质、心理、关系、行为、言语等多种过程，其中以物质、行为和言语过程更为多见。

赵倩莹、周杰（2017）基于汉英平行评价语料库分析写景散文，为写景散文类体裁的分析提供了一种新视角，促进了评价理论与文体学、教学法之间的结合。

上述研究不仅说明评价文体学为文学作品提供了新颖的视角和解释力，而且其中的语料基本都来自汉英评价意义的平行语料库，该语料库系彭宣维教授主持的国家社会科学基金项目"评价理论在文体学上的应用及评价语料库的研制"的研究成果，为现代汉语的评价系统研究建立了细致的框架。

2.3 评价理论与翻译研究

评价理论作为语篇分析的工具，关注作者如何在文本中表达他的主观态度。越来越多的研究人员关注评价理论与翻译相结合的潜在价值。评价理论对语篇翻译研究具有以下两个方面的启示。一是评价理论和语篇翻译都采用了社会符号学的研究视角。二者均把使用中的语言看作特定场合中的特定符号（Neubert，1992；Martin 和 White，2005）。因此，翻译研究涉及的对等实际是指这些特定符号意义上的对等。由于语言特质上的差异，源语语篇与目的语语篇对于同一态度的表达很可能会采用不同的语言资源。有了这种认识，译者在进行翻译工作时就会有更大的自由度，只要能实现态度意义上的对等，译文可以采用不同的态度资源而不必拘泥于词与词一一对应的翻译。二是翻译研究从介入系统的研究中得到启示。介入系统注重研究态度的来源，而翻译研究同样要考虑态度的来源。其不同点在于翻译研究不仅要考虑原文的态度，还要考虑译文要表达的态度。翻译研究既要涉及原文作者，又要涉及译者，乃至翻译的委托者和赞助者。在翻译的过程中，译者会综合考虑各方需求，对对话的扩展与压缩进行调整（张先刚，2007）。张美芳认为，在翻译的过程中，译者的介入体现在对原文的评价意义的理解以及在译文中的表达，渗透着自己的价值观（张美芳，2002）。

根据巴赫金对话理论，语篇是包含交际者和所处语言环境中多种声音协商的结果（李战子，2002：114），而翻译活动是一种较为复杂的沟通、交往行为。在翻译实践中，要考虑现实文本与观念文本两个层面。作者的语旨与表达层面，即作品，就是他的情感倾向与立场，观点的表现和价值判断与选择要借助观念文本中的主人公表现出来（吕俊，2003）。在翻译实践中，译者一方面要尊重作者的情感表达与价值观念，尽其所能将源语篇的态度忠实地传达给译文读者，另一方面译文的生成还要考虑译文读者的期待，对态度的表现方式做出一定的调整。因此，译作实际上是译者与原作者及译入语读者间意义协商的结果，翻译的过程势必包含态度的跨语构建，而评价理论是态度跨域构建最好的选择（张先刚，2007）。张先刚（2007）指出，分析作者表达的态度是翻译者在翻译过程中必不可少的工作，而评价理论作为语篇分析的工具，是迄今为止最全面的态度工具。评价理论是翻译研究中一种分析态度含义的有效工具。在评价理论的帮助下，翻译人员可以从源文本和目标文本的不同角度和对比态度分析源文本的全部或部分，并且评估翻译结果。乔艳华（2013）验证了评估系统在文献文本分析中应用的可操作性和实用性，并证明该系统为指导翻译实践和文学欣赏提供了有价值的基础。李鑫（2016）从评估体系的角度分析了国际宣传中翻译的缺陷，并提出了相关的翻译方法、策略和原则。杨彬、孙炬、曹春春（2017）讨论了旅行指南翻译策略。他们指出，为了成功地再现作者对目标词的态度和评价，翻译人员对感叹词的关注应少于对原文的评估资源，这可以更好地激发旅行者对目标的兴趣。程微（2010）证明了翻译与人际意义之间的关系，并将翻译视为人际互动，经过案例分析后指出，需要从"自下而上"和"自上而下"两个方面确保在翻译过程中准确传达人际意义。一些人从评价理论的角度对翻译过程中的"不忠实"现象进行探究，总结了导致"不忠实"翻译的原因。张美芳（2002）指出，受自身价值取向的影响，译者有时可能会产生"不忠实"的翻译及与原始翻译不同的评价含义。通过案例分析，她总结了译者为什么会偏离原始的价值取向的原因：首先，价值取向因文化社区而异；其次，不同民族的审美标准也不同；最后，每种语言都有自己的特征、独特的表达方式和思维习惯。钱宏（2007）以广告翻译为研究对象，以评价体系为理论框架，研究了翻译的"不忠实"现象。研究表明，在评估维度和评估对象上，源文本和目标文本之间差异较大。该研究总结了导致"不忠实"翻译的四个原因。第一，译者的主观意识直接影响了他对原文的理解。第二，由于审美标准的不同，翻译人员可能会故意与源文本有所不同，以满足目标受众的期望。第三，社会和文化价值观对译者的影响不容忽视。第四，译者和作者有着不同的思维习惯。梁思华（2015）分析了"不忠实"翻译背后的原因，并证明了评估系统在翻译领域的适用性。

著名翻译研究学者 Jeremy Munday 在评价体系的框架内发表了有影响力的著作 *Evaluation in Translation: Critical Points of Translator Decision-making*。Munday（2012）专注于翻译过程的研究，确定并分析了译者发挥主观性的关键点。通过将评价系统与翻译研究相结合，Munday 为翻译研究做出了巨大贡献。2012 年，White 发表了他的著作 *Attitudinal Meanings, Translational Commensurability and Linguistic Relativity*。该书探讨了评价体系内对态度意义的识解如何有助于翻译研究和对比语言学领域的一些长期争论的话题。尽管该书在很大程度上只考虑英语的两个术语和法语的一个术语，但是它阐述了评价理论能够被广泛应用的道理（White，2012）。

评价理论作为语篇分析的有效工具，对语篇翻译的意义是不言而喻的。在翻译实践中，对于如何把握源语语篇的整体态度及其在目的语语篇中的再现是长期困扰译者的一个问题。事实上，评价理论在国内的翻译研究中已经得到了长足的发展。司显柱（2014：103）认为，虽然将评价分析应用于翻译研究起步晚，但取得的成果较为可观，既有研究方法上的客观、量化，也有研究语料的文本类型上的拓宽，如商务、新闻、广告、文学等都有所涉及。在评估翻译质量和指导翻译实践的过程中，评估理论起到了切实可行的作用。以语言的评价系统为研究对象的评价理论对于翻译研究和实践的价值有以下三个方面：其一，为识别和发掘源文语篇蕴含的评价意义并在译文中再现提供了新的路径；其二，为深入考察和探讨译者的主体性、主体间性提供了新的手段；其三，为完善翻译质量评估参数的设置提供了新的依据（司显柱，2018：94）。译者可以用评价理论从不同层次、不同角度分析源语语篇的态度资源，对态度问题进行细致、周到的解读。通过分析、对比源语语篇及其在目的语语篇中对态度资源的处理对译文进行评估，评价理论的研究方法对语篇翻译理论还可以起到补充作用。由此可见，评价理论可以作为译文评介的可操作的理论模式，具有一定的可行性和学术价值（夏云，李德凤，2009）。目前，运用评价理论对小说翻译进行探讨的研究为数不多，运用该理论对科幻作品翻译进行探讨的研究更是鲜见。因此本书将尝试运用评价理论，结合词汇、语法层面和语篇层面的评价分析，对中国著名的科幻作家刘慈欣的科幻作品《三体》的原作与美籍华裔科幻作家刘宇昆翻译的《三体Ⅰ》译作的评价意义的跨语传递进行分析，以期拓展评价理论与翻译研究相结合的思路。

第三章 现代汉语评价系统

在进入对《三体Ⅰ》的分析之前，我们需要厘清现代汉语评价系统，为后续研究做好铺垫工作。本章语料来源一是 Martin 和 White（2005）的例证翻译；二是彭宣维等（2015）的著作《汉英评价意义分析手册》，其中语料来自彭宣维教授 2007 年国家社科基金项目"评价理论在文体学上的应用及评价语料库的研制"的研究成果——汉英对应评价意义语料库；三是北京大学 CCL 语料库；四是所引用的文献资料；五是作者本人搜集的语料。

3.1 引　言

根据刘兴兵（2014）的论述，英语评价语言的研究主要有八大流派：一是 Labov 等对评价作为叙事结构的一个部分的研究；二是 Chafe 等对言据性（Evidentiality）的讨论；三是 Halliday 对情态的详细分类；四是 Hunston 对评价的三个功能状态、价值、关联/重要性（Status，Value 和 Relevance/Importance），特别是状态功能的探讨；五是 Biber、Hyland 等对立场（Stance）的研究；六是 Hyland 等对元话语（Metadiscourse）的研究；七是 Martin 等提出的评价理论（Appraisal Theory）；八是计算语言学领域的情感分析（Sentiment Analysis）或观点挖掘（Opinion Mining）。就现代汉语评价语言的研究而言，崔晋苏、王建华（2018）的述评认为，目前学界对现代汉语评价话语的语言学研究主要涉及三个理论视角：评价理论（Appraisal Theory）、语言的主观性（subjectivity）、语用学（pragmatics）。我们认为，三者因视角和理论框架不同，关注的语言现象也不同，可相互借鉴学习。评价理论（Appraisal Theory）的存在基础是语言的社会属性、主体间性（intersubjectivity）和巴赫金的对话主义，在价值论上，评价理论的态度系统是以情感主义为基础，介入和级差系统是以巴赫金的对话主义为基础（胡文辉，余樟亚，2015）。语言的主观性（subjectivity）的哲学基础是主体性（subjectivity）（成晓光，2009）。系统功能语言学和语用学也有互补性（Butler，1987；O'Donnell，1987；朱永生，1996；张德禄，1992/2004；宋成方，2017）。因此，我们可以把对现代汉语的评价研究大致分为两类：广义的评价和狭义的评价。第一类是广义的"评价"，是指说话人的主观性表达、情感传递或价值判断，第二类是狭义的"评价"，是指以基于系统功能语言学的评价系统为理论框架，对汉语本体或话语的研究。本章介绍学界对广义的评价研究的总体情况，梳理评论理论（Appraisal Theory）框架下的现代汉语研究，讨论广义评价与狭义评价共同关注的语言现象，如情态动词、情态副词、言据性、元话语等。

3.1.1　广义的评价

广义的现代汉语评价研究是从20世纪70年代至80年代初期开始的（刘慧，2011）。赵元任（1968：784~785）把副词分为九类，其中一类就是"表示评价的副词（adverbs of evaluation）"，朱德熙（1982）指出"值得，配"都有"表示估价"的作用。20世纪90年代学者们主要围绕着词汇褒贬义或感情色彩展开了深入讨论。邹韶华（1993）认为褒义词无论在数量上还是语用频率上都远胜贬义词。朴珍仙（2014）在论文

《近二十年汉语主观性研究综述》中提出，语言的主观性研究于1992年进入语言学的研究视野。陈小荷（1994）最早提出"主观量"这一概念。陈小荷指出，"'主观量'是含有主观评价意义的量，与'客观量'相对立，"并把"主观量"分为两小类：主观大量和主观小量，前者评价为大，后者评价为小。李宇明（2000）的《汉语量范畴研究》是第一部全面系统研究汉语量范畴的著作。沈家煊（2001）介绍了语言的"主观性（subjectivity）"和"主观化（subjectivisation）"，并指出"主观性"是指语言的这样一种特性，即在话语中多多少少总是含有说话人'自我'的表现成分，也就是说，说话人在说出一段话的同时表明自己对这段话的立场、态度和感情，从而在话语中留下"自我的印记"；而作为共时概念的"主观化"是指一个时期的说话人采用了什么样的结构或形式表现主观性。这篇文章将西方的主观性理论引入中国，为汉语主观性研究提供了新的视角。李善熙（2003）《汉语"主观量"的表达研究》是第一篇研究汉语主观量的博士论文，论文详细分析了语音、词汇、语序、复叠、语气词等表达手段。刘瑾（2009）分析了汉语主观视角体现在量度、人称代词和时空范畴。刘慧（2011）从词汇层、句子层、话语标记层、语篇层评价项进行汉语评价特征的描写。张颖（2017）使用中国高中生作文的文后评语自建小型评价语料库，对其中的评价性形容词的句位表现进行定量分析。方梅（2017）研究了负面评价表达的规约化，并指出负面评价除词汇手段外，还可通过特定构式表达，构式是指其整体意义解读不能从组成成分的意义简单相加获得，负面评价构式指不依赖贬义词汇而表达言者的对立情感或批评态度的构式。从规约化程度来看，负面评价构式可以分为词汇构式和语法构式两类。词汇构式只具极有限的可替换性和极低的能产性，俗语化程度高；而语法构式具有一定的可替换性和能产性。这对汉语评价研究是重要补充，但因使用的语料以口语和北京话为主，结论对于普通话和现代汉语书面语是否适用有待进一步研究。

3.1.2 狭义的评价

狭义的现代汉语评价研究相对较少，微观层面的研究有刘悦明（2011）的《现代汉语量词的评价意义分析》，王振华、张庆彬（2012）的《分析"个"的非典型结构的人际意义》，唐青叶、俞益雯（2012）的《现代汉语"程度副词＋名词"构式的评价功能分析》，宋成方（2012a）的清华大学博士后报告《情感意义的多维研究——基于对汉语常用情感词实证分析的考察》，宋成方（2012b）的《汉语情感动词的语法和语义特征》，宋成方（2014）的《现代汉语情感词语表达系统研究》，杜海（2015）的《汉语言据性的评价分析》，陈景元（2016）的《基于网络热点事件的汉语评价研究》，何伟（2016）的《基于评价系统理论的汉语评价词典构建》，朱永生（2018）的从词汇和句式两个层面探讨了汉语中的隐性评价及其实现方式。应用研究有本书第二章提到的汉语小说研究，还有汉语与英语、俄语、日语等语言之间的对比研究等。对宏观研究进行最为系统研究的是彭宣维教授。彭宣维教授2007年主持的国家社科基金项目"评价理论在文体学上的应用及评价语料库的研制"的研究成果之一是建立了汉英对应评价意义语料库。评价语料库所选语料主要是20世纪的汉英书面语。语料分为文学类和非文学类，共有小说、历史、文明史、民俗等11种不同体裁的118个义本，对于现代汉语评价系统的研究具有重要意义。在语料库研制的基础上，彭宣维等（2015）完成了《汉英评价意义分析手册》，涉及评价系统各范畴在具体语料中的实现方式。

3.2 态度系统

3.2.1 情感意义

宋成方（2014）通过从9种语义分类词典中选择的情感词语分析中

发现它们在语体、音节、构词方式、词性、级差、极性和释解方式 7 个维度上存在差异。这些词语以这 7 个维度为基础构成一个情感意义的词语表达系统，该系统能够为情感词语选择提供理论框架。结合宋成方（2014）和彭宣维等（2015）学者的研究成果，我们总结出现代汉语情感意义的语义实现。

表 3-1　情感意义的语义实现

情感意义		行为表现	心理状态
意愿（inclination）	欲望（desire）	建议、请求、要求	想念、渴望、向往
非意愿（disinclination）	恐惧（fear）	发抖、战栗、畏缩	害怕、恐惧、恫吓
愉悦（happiness）	欢快（cheer）	咯咯笑、大笑、深感欣慰	高兴、愉快、欣喜若狂
	喜爱（affection）	握手、拥抱	喜欢、喜爱、酷爱
非愉悦（unhappiness）	痛苦（misery）	抽泣、哭泣、痛哭	心情低落、伤心、悲痛
	厌恶（antipathy）	辱骂、谩骂、诋毁	反感、憎恶、深恶痛绝
满意（satisfaction）	兴致（interest）	留意、潜心、废寝忘食	好奇、专注、全神贯注
	满意/赞扬（pleasure）	称赞、褒奖、赞不绝口	自足、满意、心满意足、激动
非满意（dissatisfaction）	厌倦/无聊（ennui）	烦躁、漫不经心、开小差	无聊、腻烦、厌倦
	不满意/生气（displeasure）	警告、责备、申斥	生气、烦闷、恼怒、大发雷霆
安全（security）	信心（confidence）	声称、主张、断言	自信、坚信
	信任（trust）	委托、信用、信任	信任、信赖、值得托付
非安全（insecurity）	不安/忧虑（disquiet）	担心、惶惶不安、提心吊胆	忧虑、焦躁、心急如焚
	吃惊（surprise）	诧异、惊叫、晕厥	吃惊、大吃一惊、震惊

以上列举的词汇都是评价性词汇，均属于铭刻类（inscribed），也称为直接情感（direct/explicit Aaffect）。但文学作品的情感成分分析较为复杂，需要注意以下三种情况。

1. 引发类情感（invoked），也称为间接情感（indirect/implicit affect），一般来说有以下三种情况：第一，文字描述并不包含明确的评价因素，但实际上隐含某种评价立场；第二，表面评价意义与隐含情感错位，或并无情感义；第三，身体行为描写或环境描写可能间接表达情感。总之，分析者要根据语境进行识别。

2. 表达情感意义的句式，如祈使句、祈愿句等句式可以表示意愿和欲望。

3. 修辞方式体现情感意义，如拟人赋予事物以人格特点时，它们的情感反应也属于情感范畴；隐喻表达的情感意义大部分是间接的，要结合语境分析隐喻的评价意义。隐喻和夸张、重复等其他修辞手段都具有级差意义，详见 3.5.3 修辞。

3.2.2 判断意义

3.2.2.1 判断意义的词汇及小句实现

判断意义最典型的情况是由形容词实现的。

表 3－2 判断意义—社会评判的语义实现

社会评判 (social esteem)	积极（positive）	消极（negative）
常态性 (normality)	幸运、有魅力的	不幸、倒霉、时运不济
	正常、自然、亲和	奇怪、古怪
	冷静、稳定、四平八稳	飘忽不定、捉摸不透
	时髦、新潮、前卫	过时、邋遢、倒退、退化
	著名、默默无闻、未被赞颂的	费解、鲜为人知、落败、失败

续表

社会评判 (social esteem)	积极（positive）	消极（negative）
才能性 (capacity)	有力、精力充沛、活力四射、精力旺盛、强壮	虚弱、柔弱、羸弱、病快快
	健康、气色好、有精神	病弱、瘸腿、残疾
	成熟、有经验、经验丰富	不成熟、幼稚、无助
	机智、幽默、灵光	无趣、沉闷、无聊
	有见地的、聪明、有天赋	笨、蠢笨、愚钝、反应慢
	沉稳、平和、稳健、有条理、明智、清醒	神经质、神经兮兮、疯狂、狂乱、毫无理智、发疯
	明智、审慎、内行、精明、敏锐	幼稚、新手、愚蠢
	博学、有教养、有知识、有文化	无知、粗野、目不识丁、文盲
	胜任、合格、称职、能干、技术娴熟、技艺高超	无能、无才艺
	成功、高产	不成功、低效、低产
可靠性 (tenacity)	勇敢、英雄、无畏	胆怯、懦弱、胆小
	警觉、耐心、警惕	冲动、鲁莽、不耐烦
	仔细、认真、一丝不苟	草率、随心所欲、多变、马马虎虎、迷迷糊糊
	有毅力、有决心、坚韧不拔	意志薄弱、不专注、沮丧
	可信赖的、可依靠的	靠不住、不可信
	真诚、忠实、忠心、忠贞、始终如一	花心、背叛、摇摆、犹疑
	灵活、随机应变、善于应对、适应能力强	固执、倔强、顽固不化

表 3-3 判断意义—社会约束的语义实现

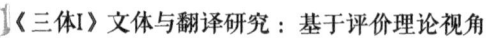

社会约束 (social sanction)	积极（positive）	消极（negative）
真诚性 (veracity)	诚实、真诚、可信	撒谎、欺骗、隐瞒、欺诈、虚伪
	坦诚、直截了当	迷惑、善于操纵、狡诈
	坦荡、老练	大嘴巴、信口开河、刀子嘴

续表

社会约束 (social sanction)	积极（Positive）	消极（Negative）
正当性 (propriety)	善良、有道德的、遵守伦理的	丑恶、道德低下、邪恶
	守法的、公平、正义	违法、不公平、非法、违法
	敏感、友善、体贴	刻薄、残忍、残酷、冷漠
	谦虚、谦逊	自负、自大、傲慢、势利、冷若冰霜
	礼貌、毕恭毕敬、虔诚	粗鲁、无礼、轻视、傲慢
	利他的、慷慨的、大方的	自私、贪婪、一毛不拔、贪财、贪得无厌

判断意义可通过名词及名词词组、动词及动词词组、副词及副词词组和小句或几个小句等表达，如体现常态性的有过得不错、得以幸存、平平安安地回来了；体现才能性的有男子汉、女汉子、痨病鬼、老上海、中国通；体现可靠性的有闲汉子，朝着愉快的事情想，好死不如赖活着；体现真诚性的装，摆设，故意做出一副天不怕地不怕的样子；体现正当性的有圈套、罗网、诡计、做的好事，等等。而且文学作品里的具体语境和叙事者的角度和立场也是非常重要的依据。另外，群体、组织、机构等作为"有意识的参与者"（Halliday 和 Matthiessen，1999），可能出现在某些文学作品、政府报告、历史或文明史等语类中，他们的行为也可以被评判，主要是才能性和可靠性词语。

3.2.2.2 情态体现判断意义

情态系统包括情态（modalization）和意态（modulation），情态包括概率（probability）和频率（usuality），意态包括能力（ability）、意愿（inclination）和义务（obligation）（韩礼德，1985/1994）。韩礼德对语气、情态和人际隐喻的研究在人际语法和评价系统之间建立了桥梁，而评价系统的提出及其在语篇分析中的运用加固了语法和语义之间的联系（Martin 和 White，2005）。马丁认为情态系统和判断的五个范畴存在明确的体现关系，频率体现常态性，概率体现真诚性，能力体现才能性，意愿体现可靠性，义务体现正当性。杨曙、常晨光（2012）的研究表明，在现代汉语的情态系统中，概率和义务是情态系统的核心成员，部分表达评价意义；意愿和能力情态具备明显的评价语义，但因为现代汉语的情态复杂，文章并没有给出情态与评价各范畴的明确对应关系。彭宣维等（2015）发现在实际语料中频率和概率体现的判断意义并不明显，而应归入介入系统的接纳和级差系统的强化；情态动词"能/能够""可以"体现才能性，情态动词"要""一定要""必须"可以表达决心和意愿，情态动词"应""应该""必须"体现恰当性。

汉语界对汉语情态系统的研究也取得了很大成果，虽然目前对汉语情态的分类并不是十分明确，但都和评价有关（齐沪扬，2002；彭利贞，2007；刘慧，2011；张云秋、李若凡，2017）。朱冠明（2005）确立了在现代汉语中的25个情态动词：能、能够、可以、会、可能、得（dé）、敢、肯、愿意、情愿、乐意、想、要、应、应该、应当、该、值得、配、别、甭、好、一定、得（děi）、必须；同时，他也承认，由于汉语词类的特点，这样的分类"可能带有一定的主观性"（朱冠明，2005：20）。

3.2.3 鉴赏意义

鉴赏是对事物、过程、人的外表的评价。

表3-4 鉴赏意义的语义实现

鉴赏意义	积极（positive）	消极（negative）
反应性：冲击 (reaction: impact)	引人注目、迷人、有吸引力 有趣、引人入胜、令人激动 热闹、令人振奋、强烈 显著、非凡、轰动性	无聊、乏味、沉闷 枯燥、苦修、无吸引力 平淡、单调、一眼看穿 平凡、普通、平淡无奇

续表

鉴赏意义	积极（positive）	消极（negative）
反应性：品质 （reaction：quality）	好，不错、很好	坏、令人厌恶、恶心
	可爱、漂亮、宏伟	朴素、丑陋、奇形怪状
	有趣、妩媚、令人愉快的	难闻、令人生厌、令人不舒服
构成性：均衡性 （composition：balance）	平衡、和谐、统一	失衡、失谐、不规则
	对称、比例协调	不对称、瑕疵
	一致、周全、逻辑	矛盾、错乱、逻辑混乱
	匀称、苗条、婀娜多姿	难看、杂乱无章、扭曲
构成性：复杂性 （composition：complexity）	简洁、纯粹、优雅	辞藻华丽、华而不实、繁复
	明晰、清楚、精确	神秘、模糊、含混不清、混乱
	精细、丰富、准确	贫乏、单调、庞杂、过分简单化
估值性 （valuation）	深刻、深奥、透彻	肤浅、微不足道、无足轻重
	创新、革新、原创	守旧、保守、常规、模仿的
	及时、期待已久的、里程碑	过时的、过期的、不及时的
	独特、独一无二、杰出	普通、平庸、日常
	真的、真品、真正的	赝品、伪造的、假冒的
	值得的、有价值的、无价的	劣质、廉价、毫无价值
	恰当的、有效的、有帮助的	无效、无用、报废

　　鉴赏意义主要由词和小句实现，其中词包括形容词、副词、名词、动词及其相应的词组。形容词是鉴赏意义的主要形式，在各个词类中的比例最大（彭宣维等，2015：120）。小句可作为一个整体体现鉴赏意义。

　　情景语境包括上下文语境和语篇外的外在话语场景。语境可以决定语言成分是否具有鉴赏意义，以及就精密度来说，具有哪种鉴赏意义。彭宣维（2015：127）强调了小说的自然环境描写体现的评价意义。如果自然环境描写突出环境的美好或恶劣，是对环境的鉴赏，或为了突出某一环境特征，与人物的心境形成对比，那么环境描写属于反应性评价。如果自然环境描写突出环境对人物行为或命运的影响，那么，从对人物的重要性或影响的角度来说，环境描写体现估值性评价。

同理，小说中的社会环境的描写可以暗示人物命运，或强调社会环境对某些人或某个组织的影响，所以应结合语境从影响角度来识别具体的评价意义，如社会状况对人们有利，则体现积极估值性，不利则体现消极估值性（彭宣维，2015：130）。

对于小说中的人物描写而言，如果需要突出人物的外貌特征，就应识别为鉴赏意义，如果需要揭示人物的内心情感，则应识别为情感意义。

3.3　介入系统

3.3.1　相关研究概述

介入的语义实现有情态动词、言据性动词、情态副词、语气附加语、评注附加语，等等。汉语界对相关的语言现象的研究主要分为三类：副词和情态、言据性和元话语。

3.3.1.1　副词和情态研究

副词和情态一直是汉语界的重要研究内容，由于副词和情态研究涉及面广，又相对分散，且术语界定不统一，存在交叉性（张云秋、林秀琴，2017：129）。术语主要有语气副词、情态副词、评价性副词等。

张谊生（2000）的《现代汉语副词研究》、齐沪扬（2002）的《语气词与语气系统》等文章认为语气副词是表达说话人主观意志、情感认识的副词，主要用于命题之外，表示说话人对于命题的主观态度。它与情态的表达有密切的关系，是体现人际功能的一类副词（史金生，2003；谷峰，2012）。史金生（2003）认为评价类语气副词表示的是对已知事实的价值与特点的评价，而不是对真实性的承诺。他列举了包括"原来、反正、明明、竟然、居然、毕竟、偏偏、恰巧"等五十多个评价类语气副词。齐春红（2006）将现代汉语语气副词分为"典型语气副词项"和"边缘语气副词项"两类。潘田（2010）借鉴系统功能语言学对英语情态附加语及其表义内涵的分析，结合汉语语气副词自身的表义特点，归纳出汉语语气副词三种不同的情态表义类型：句子情态类、语篇评论类和语境推理类。

也有学者将表达情态意义的副词命名为情态副词，情态副词传达了说话人对所说话语的态度、评价以及交际角色之间的关系。崔城恩（2002）将情态副词按照表达的态度和感情分为以下12类：肯定、决定、揣测、委婉、比附、侥幸、逆转、反诘、领悟、诧异、料定、表情。张云秋、林秀琴（2017）分析了情态副词的人际意义，如"最好、还是"是道义情态之盖然，并有赞同的态度；"万万、绝对"表示道义情态之必然，并有反对、否定的态度。即使都表示肯定，有一些词包含前境回应，即说话人对说话之前的预想的回应，如"果然、果真"表示认识情态之必然，并表示结果在意料之中；"竟然、居然"表示认识情态之必然，并表示情况出乎意料。同时，很多情态副词具有交互主观性，包含人际呼应，即关注交际角色之间的关系，如"反正"表示认识情态之必然，说话人关注到听话人可能有与自己相同或者不同的看法，但说话人仍然排除各种情况表达自己的想法或做法，在这种任何情况下都不改变结论或结果的态度蕴含说话人坚决肯定的语气。"千万"是道义情态之必然，多用于否定句，表达说话者担忧听话人做什么而恳切叮咛，使祈使内容务必实现。张云秋、林秀琴基于原型范畴化理论按情态和语气的连续认定了159个情态副词，并把这些情态副词分成典型、较典型和非典型三种类型。情态副词的主观性高低不同，承担的人际功能复杂度不等，它们分别对情态量级起到细化和补充的作用，也使主观性在某些方面得以量化。这个研究结论和情态表达的判断或介入的级差意义不谋而合。

评价性副词始于赵元任的研究成果。赵元任（1968：784～785）把副词分为九类，其中一类是"表示评价的副词"，包括"倒、幸亏、居然、果然"等24个副词,该小类副词可以表达评价主体以主观预设作为评价标准得出的价值判断及主观情态。张谊生(2014：57)认为,像"索性、反正、简直、也许、显然、难道、果然"这一类词,一直都是被当作语气副词处理的,但是它们的基本功能在于充当谓语进行主观评注。"由于汉语副词内部本来就存在相当的差异,而且过细的分类有时并不利于对词类的认识和掌握,所以,我们姑且称为评注性(evaluation)副词。"评注性副词的传信功能主要有四种方式,即断言功能,如"的确、确实、万万、压根儿、难道、何必";释因功能,如"难怪、怪不得、无怪乎、原来、本来";推测功能,如"非、准、定、一定、也许、大概";总结功能,如"终归、毕竟、显然、其实、反正、横竖、好歹"。另外,张谊生也认为各范畴之间只是侧重点的不同,评注性副词表示的情态和语气有一部分在一定程度上同传信有关。方梅(2017,6：3)区分了饰句副词和饰谓副词,前者修饰整句或大于句子的话语层面,后者修饰谓语。从语义类别看,饰句副词多数是时间副词,另外一部分是评价副词。饰句副词具有话题链阻断效应。

对副词的个案研究也有很多,较早的有陈小荷(1994)对句中表达主观量的主要手段,即对副词,如"就、才、都"等的分析。功能语言学界何伟、张瑞杰(2016)研究了副词"也"的用法,研究指出,对语气副词"也"的研究非常之多,但仍然没有形成一致的观点；研究认为,副词"也"主要有关联副词和情态副词两种用法,分别表达逻辑意义和人际意义。传统意义上表达委婉的"也"是一种情态触发成分,通过触发小句的语境信息引导听话人推断出小句附加的情态意义。

翁义明、王金平(2019)注意到文学作品中评价语气副词表现的说话者"情理之中"或"预料之外"的意义；文学作品中人物性格的细微刻画及人物关系的描述可以体现在评价类语气副词传达的人际功能中。

3.3.1.2 言据性研究

周亚红、茅慧(2018)在中国知网上以"evidentiality""言据性"

"实据性""可证性"为关键词,对1994—2017年4月间发表的言据性研究文献进行了系统梳理,发现汉语传信范畴的研究成果几乎是外语类传信范畴的研究的两倍。学界对于汉语言据性的界定和性质并不统一,但基本都认为言据性属于一种语义—语用范畴,既指明信息的来源、获取方式,又表达言者立场、言者态度(赖小玉,2009;房红梅,2012;乐耀,2013/2015;李水,辛平,2020)。陈颖(2009)认为直接体现信息来源的传信标记主要是动词及动词结构和中动结构;间接体现信息来源的传信标记主要有认识动词、助动词、副词、语气词、固化结构、话语标记、插入语和复句等。乐耀(2013)认为引语的引用句承载引述的信息内容,直接引语的保真度高,间接引语则可以伴随当前言者对信息的主观态度。

杜海(2015)基于评价理论(Appraisal Theory)的介入系统分析了汉语言据性,在认同(concur)方面的据素(evidentials)有"自然地、很明显地、公认的、当然"等;断言(pronounce)方面的据素有"我们坚信、我们得出的结论是、你不得不同意、实际上、事情的真相是"等;引证(endorse)的据素有"证明、展示、说明、发现、指出"等;接纳(entertain)有"可能、兴许、大概、我个人想是、我个人认为、这表明、应该、应当";宣称(acknowledge)有"某某宣称、某某认为、按照、据某某的说法、某某同意"等,疏离(distance)有"声称";否认(disclaim)和言据性联系较少。需要指出的是,介入成分的识别要视语境而定。

3.3.1.3 元话语研究

中国较早介绍元话语的是学者成晓光1999年发表在《外语与外语教学》上的论文《亚言语的理论与应用》和冉永平(2000)的博士论文《语用学研究者第一次运用现代语用学理论对汉语的话语标记语进行系统的研究》(李秀明,2011)。

汉语界对元话语进行较全面系统研究的是李秀明2006年的博士论文《汉语元话语标记》，经修改后出版专著。李秀明在系统功能语言学的研究基础上，用两章的篇幅集中分析了语篇功能和人际功能的元话语标记，共讨论了21类120个话语标记的形式和功能，这是"目前见到的话语标记个案研究最丰富的专著"（周明强，2015）。其中的证据来源标记语作为四类语篇功能元话语标记中的一类，另外三类是话题结构标记语、衔接连贯标记语、注释说明标记语。证据来源标记语（evidential markers）再细分为两小类，即直接证据标记语，如"笔者亲眼看见、实验结果证明、大量数据说明"等，和间接证据性语用标记语，如"据悉、据媒体透露、据消息灵通人士透露"等。人际功能语用标记分为含糊表达标记语、明确表达标记语、评价态度标记语、交际主体标记语四类。含糊表达标记语标识作者不愿意或者不能对某个命题信息做出完全肯定的表达和评价，如"恐怕/或许/也许我们可以说、可能、大致说来、一般来说、一般认为、在某种程度上/意义上、甚至可以说、个人认为、窃以为"等。明确表达标记语标识作者对某个命题的确定性，强调作者的话语权力，如"很明显、显而易见的是、不用说、毫无疑问、众所周知、大家知道、不言而喻"等。评价态度标记语是指说话人对话语中陈述出来的命题、事件、人物及其特征品质的评价性话语，还可以指说话人对自己的言语行为进行的评价。常见的评价态度标记语主要有"不幸的是、令人遗憾的是、令人兴奋的是、令人高兴的是、幸运的是、万幸的是、不应该的是、有趣的是、有意思的是、特别有意思的是、值得一提的是"。交际主体标记语主要是为了体现说话人对接下来的话语表达采取的言说方式，主要有"恕我直言、实话实说、从内心上来讲、确切地说、客观地讲、严格地说、说真的、不瞒你说"等。

值得注意的是，李秀明的研究的重要意义还体现在"评价态度标记语"的理论基础是 Martin 和 Rose（2003）的研究，是汉语界较早参照评价理论的研究。李秀明（2011：160）指出评价态度标记语被视为说者对听者的一种邀请,"当听众接受了这种邀请时,说话人和听众之间的团结一致或共同情感得到了加强。一旦这种情感连接建立以后,听者就有可能对话语中蕴含的更广泛的意识形态方面的东西持开放态度。"

需要说明的是,副词和元话语的研究存在交叉性。沈家煊(2009)指出,副词和连词具有元语用法,即一个词语如果以引述的形式出现,用意不在传递命题内容,而在表明说话人对所引述的话语的态度,它就是典型的元语。否定副词"不"的元语用法就是在引述一个说法的同时对这个说法表示否定的态度。程度副词"好"的元语用法就是在引述和加强一个说法的同时对这个说法表示反讽的态度。增量副词"还"的元语用法就是在引述一个说法的同时表明这个说法提供的信息量不足,带"还"的说法才提供足量的信息。连词的元语用法是连接一些说法,而不是连接陈述的命题,同时说话人也可以对连接的说法表达某种态度或传递这些说法的言外之意,如"因为""如果……就……""虽然……但是……""不但……而且……""与其……不如……"等连词都有元语用法。但对连词的相关研究较为薄弱(王中祥,2016)。张谊生(2016:79)指出,汉语中的一些插入语、关联词语具有相对丰富的元语用法,尤其是汉语评注性副词更具有各种元语用法,主要涉及标记作用、评价作用和关联作用等。

3.3.2 介入意义的实现

表3-5根据彭宣维等(2015)制定的汉英平行评价意义语料库整理。

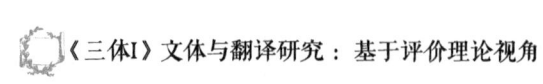

表 3-5 介入意义

收缩性介入（contract）	否认（disclaim）	否定（deny） 不、不是、别、无、没有
		对立（counter） 竟然、尽管、但是、然而、可是、除非、终于、相反、仅仅、甚至、只是、只不过、又、也、还、倒、就、而、而是、则、早已、早就令人惊奇的是、不幸的是、幸亏、好在、实际上
	公告（proclaim）	认同（concur） 显著性认同 当然、显然、的确、确实、至少、还是、况且、何况、从任何标准来看、从许多方面来说、我们知道/深知、注意到、不难看出、顾名思义、无疑、更不用说、难怪 衔接性认同 也、还、再、仍然、同样、与/如/像……一样 修辞性认同 反问句、特殊疑问句、条件问句等修辞学问句，这类问句"问中有答"，答案不言而喻 引导性认同 你想、你知道、使你想
		断言（pronounce） 语气附加语： 完全、简直、绝、绝对、正 评注附加语： 事实上、铁一般的事实是、关键是、最主要的是、我要说、就是、这就是、本质上、实在、只能 政府报告及法律语类：应该、必须、可以、有权、不得、将、保证、务必
		引证（endorse） 显示、表明、指出、证实、从……获知、我们得知、事实证明、由此可见、从……看

续表

扩展性介入 （expand）	接纳 （entertain）	接纳（entertain） 看起来、我想、……吧？ 也许、如果、可能、应该、能、可以、是不是 "叙述性问题"，假问句，答案是开放的
	归属 （attribute）	宣称（acknowledge） 陈述、报告、宣告、相信、认为
		疏离（distance） 鼓吹、谣传、所谓、说是、貌似

3.4 级差系统

级差意义主要分为语势（force）和聚焦（focus）。

3.4.1 语　势

3.4.1.1 量　化

量化（quantification）是对量的多少的分级，包括数量（number）、体积或形态（mass or presence）和跨度（extent）。

表3-6　量化的语义实现

数量 （number）	数量语	非确切数量：许多、无数、一些、有些
		确切数量：两家情愿
		顺序词：第三次
	总括数量词	全部、一切
	其他词类	泛滥、纷纷
	小句	蜀中山水，不知迷醉了多少古人和今人……（《神话世界九寨沟》）

续表

体积 （mass）	非确切体积	体积（大小）：巨、微小	
		厚度（厚薄）：薄、薄薄、肥厚	
		宽度（粗细）：细、细小	
		宽度（宽窄）：宽敞、窄窄的	
		长度（长短）：长、一尺多长	
		高度（高低）：一高一矮、崔嵬	
		深度（深浅）：浅、幽深	
		重量（轻重）：轻、沉重	
		亮度（亮暗）：昏暗、明亮	
	确切体积	实数+计量单位（十公斤、五米长）	
跨度 （extent）	邻近性 （proximity）	确切时间：2008年、明天	
		非确切时间：早于、晚于、刚刚	
		相对位置：这里、那里、附近、远处	
		绝对位置：在中国、在学校	
	广延性 （distribution）	确切时间：十分钟、一百周年、十四五期间	
		非确切时间：五千年的悠久历史、一万年	
		确切空间：8848.86米、一百千米	
		非确切空间：浩瀚、广阔、到处、密密麻麻	

　　需要注意的是，评价系统的级差是指对态度和介入进行分级的语义资源，所以并非所有表示数量、体积、跨度的词语或小句都是数量级差，要结合所在语境进行具体分析，看这些成分是否能引发评价意义或影响态度意义的强弱。

　　量化的实现方式是通过孤立式、注入式和比喻式等典型方式实现的。孤立式指通过孤立的词汇充当等级实体的修饰语；注入式是指通过名词性短语修饰等级实体；孤立式和注入式都有各自的比喻式，如表3-7所示。

表 3-7　量化的实现方式

	孤立式		注入式	
	非比喻	比喻	非比喻	比喻
数量	少、多、人人	蛛网似的电线	一群少先队员	一叶扁舟
体积	小、大、片片雪花	繁星似的蘑菇	七尺男儿	弹丸之地
跨度	古老	海洋般的果林	成片的雾	天涯咫尺

3.4.1.2　强　化

强化（intensification）的孤立式有修饰语，对于修饰语的研究很多，赵元任（1968：789~790）列出表示程度的副词（adverbs of degree），包括单音节副词，如最、很、太、真、够，和多音节副词，如非常、异常、特别、略微、稍为等。刘慧（2011：76）认为，大部分程度副词既可以修饰积极性评价词语，如"花岗岩的颜色非常美丽"；也可以修饰消极性评价词语，如"他的处境非常困难"；也有一部分程度副词，如"极、透、死、坏"等经常修饰消极性评价词。有些程度副词的修饰作用会有变化，如"绝顶聪明"和"伤心透顶"中的"绝顶""透顶"分别与褒义词及贬义词语搭配，但张谊生（2008）指出，近年来"透顶"也逐渐和褒义词语搭配，表达积极性评价。另外，对程度副词、修饰名词的研究也不少。朱磊（2017）总结了现代汉语程度副词的发展呈现的一系列新现象。第一，出现了许多新兴的程度副词，或者一些词语正处在向程度副词的演变过程中；第二，程度副词的功能大大扩展，如修饰一般动词、修饰名词、修饰状态形容词、可叠加和充当补语。

在注入式的强化方式研究方面，宋成方（2014）通过对现代汉语语义词典进行研究发现，情感词汇的强化在很多情况下都是通过偏正式词语表达心理活动的强度的，如"痛恶"的意思是"极端厌恶"；还有很多情况下是通过词语本身表达的，如"哀恸、悲恸、热衷、入魔、着魔、歇斯底里、神往"。饶琪等（2018）在计算语言学的研究的"集"的概念不失为一个新的视角,具体来说,以名词为观察视点,将表征与共享相同"概念空间"的形容词看成是"自组织"性的簇。用来形容女性外貌的词,如单音节的"美";双音节的"美丽、好看、漂亮";四音节的"楚楚动人、闭月羞花、沉鱼落雁、冰清玉洁、粉妆玉琢、国色天香、国色天姿、惊鸿一瞥、明眸皓齿、明眸善睐"等。这些形容女子外貌的词构成一个自组织的集,"美"在这个集合中是最常用的代表者。用来形容男子外貌的词,如单音节的"帅",双音节的"英俊、潇洒"以及通用性的"好看",四音节的"一表人才、眉清目秀、气宇轩昂、风流倜傥、高大威猛、温文尔雅"等,在这些词语中,"帅"是该集合的代表。

强化分为品质强化和过程强化,下面分别列出词汇层面的品质强化的方式和过程强化的方式。

表3-8 词汇层面品质强化的方式

重复式		注入式	孤立式		
排比	叠词		语法	词汇	
				非比喻	比喻
下流、卑鄙、无耻的行为	圆圆的	开心、兴奋、亢奋	有点贪婪、相当贪婪、非常贪婪	令人可怕的愚昧	冰冷、雪白、狂喜
悄悄地悄悄地	老老实实				一贫如洗、温暖如春、弯月如钩
安贫乐道、穷乡僻壤、姹紫嫣红					骄阳似火、繁花似锦、似水流年

在实际的语言使用中,由于汉语与英语的不同特点,存在以上手段的混合使用,如"特别开心特别开心"(孤立式+重复式),"快走、小跑、奔跑"(孤立式+注入式)等。

而在小句层面,目前在文献中暂未找到除祈使句和感叹句外的注入式和孤立式的例子。重复式的例子有整体的四字结构排比达到强化目的的例子,也有通过感叹句式的重复达到强化目的的例子。

● 杭州的春天,淡妆浓抹,无不相宜;夏日荷香阵阵,沁人心脾；秋天桂花飘香，菊花斗艳；冬日琼妆玉琢，俏丽媚人。

——《人间天堂——杭州》

- 我太开心了！我太开心了！

另外，隐喻和夸张、重复等其他修辞手段都具有级差意义（布占廷，2010；牟许琴，2011；彭宣维等，2015）。

1. 孤立式隐喻

- 只有林先生心里<u>发闷到要死</u>。　　——茅盾·《林家铺子》
- 他喝着闷酒，看看女儿，又看看老婆，几次想把那<u>炸弹似的</u>恶消息宣布，然而终于没有那样的勇气。

——茅盾·《林家铺子》

2. 注入式隐喻

- <u>像个不幸坠马而有一只脚套在镫里的骑手</u>，他如今被一只残缺不全的只有三条半腿的老狼倒拖着狂奔。

——周涛·《猛禽》

3. 重复式隐喻

- <u>红的像火，粉的像霞，白的像雪</u>。

——朱自清·《春》

过程强化一般是对动词的强化，孤立式过程强化是指用"很""非常""特别"等副词修饰动词强化过程，注入式过程强化是指用非核心动词强化过程，重复式过程强化是指用重复或排比的手段达到强化目的。

表3-9　词汇层面的过程强化的实现方式

重复式		注入式		孤立式		
排比	重叠	非比喻	比喻	语法	词汇	
^	^	^	^	^	非比喻	比喻
笑啊，笑啊，笑啊	研究研究	快走、小跑、奔跑	力挽狂澜	慢慢地移动	慷慨陈词	抱头鼠窜
厉兵秣马	想想办法		调虎离山	迅速地移动	惨淡经营	暴跳如雷

57

在小句层面，过程强化可使用小句或复句的重复或排比。

- 经济结构战略性调整取得成效，农业的基础地位继续加强，传统产业得到提升，高新技术产业和现代服务业加速发展。

——《党的十六大报告》

- 整齐的方阵，展现了共和国钢铁长城的时代风貌；铿锵的誓言，传递了全军将士对统帅的信赖、拥戴。

- 快走！快走！

1. 孤立式隐喻

- 老通宝像一匹疯狗似的咆哮着，火红的眼睛一直盯住了阿多的身体……

——茅盾·《春蚕》

- 它累极了，便卧在地上。然后，它又坐起来，可是它突然像被咬了一下似地跳起来，那只猛禽的铁爪还留在它身上。

——周涛·《猛禽》

2. 注入式隐喻

- 那简直不像买东西，简直像是抢东西，只有倒闭了铺子拍卖底货的时候才有这种光景。

——茅盾·《林家铺子》

- 这句早已淡忘而实际上已经深深种在他心里的话，忽然清晰地跳出来，阻止他冒险。

——周涛·《猛禽》

3. 重复式隐喻

- 它们不怕山高，把根扎在悬崖绝壁的隙缝，身子扭得像盘龙柱子，在半空展开枝叶，像是和狂风乌云争夺天日，又像是和清风白云游戏。

——李健吾·《雨中登泰山》）

3.4.2 聚 焦

聚焦（focus）是把不可分级的事物变为可分级事物的语义资源（Martin 和 White，2007：46），如 real，sort of 作为修饰语使用时就是把事物按典型性分级。绝大多数名词和动词都不可分级。体现锐化聚焦的有"真正的男子汉、正宗的特产、纯正的意大利风味、彻底的失败"；体现柔化聚焦的有"所谓的胜利、算是个男人、算是一个好皇帝、某种优越感、某种安全感"。"算"是对事物性质范围的推测判断和评议（张全真，2005；秦国栋，2010；孙洪威，柳英绿，2013；吴佳，2017）。

3.5 级差意义的特殊实现方式

3.5.1 重 叠

语言学界对重叠（reduplication）做过许多论述分析。根据研究的角度不同，对重叠的分类也不同，如"叠合、重叠、重复"等（李宇明，2000）、构词重叠、构形重叠和句法重叠（石毓智，2011），等等。重叠以前的基本形式称为"基式"，如"干干净净"的基式是"干净"；"厚厚"的基式是"厚"。对重叠式的句法、语义、语用等方面的研究成果也很丰硕，可参见吴吟（2000）的综述文章《汉语重叠研究综述》、于江（2001）的《动词重叠研究概述》、贺卫国（2011）的《新中国（中华人民共和国）成立以来动词重叠研究述评》、周孟战和张永发（2012）的《汉语副词重叠研究述评》、蒋协众（2013）的《21世纪重叠问题研究综述》等。

对于重叠的共识是重叠引起语气或表达的"量"的变化。总体而言，体词重叠,如名词重叠、数词重叠、量词重叠表示多量、周遍、强调,多表示事物在量上的增减;动词重叠多表示动作的持续、反复、动量增减等;形容词重叠多表示性状的增减或强调程度的变化等(张敏,1997)。张敏(2001)通过大量跨语言材料的比较发现,总体上重叠表示与量有关的概念,包括遍指(集合性全量、分布性全量)、复数、反复(次数多量)、持续(时量大)、程度、强调(主观增量)等。李宇明(2000:330~367)指出复叠与量的变化发生直接或间接的关系,是一种表达量变化的语法手段,"调量"是复叠的最基本语法意义,其中量变维度有两种,即加大或减小。复叠对空间量的调整能力十分有限,基本是向着减小的维度度量;名词、数词、量词和数量短语的复叠主要用于调整数量,调整的维度是加大。

学界对各个词类重叠的研究侧重点不同。吴吟(2000)指出,动词重叠和形容词重叠是20世纪重叠研究的重点。周孟战、张永发(2012)研究得最为充分的是动词重叠,从2000年到2009年,发表在中文核心期刊的就有近40篇,以及形容词重叠、名词重叠等,副词重叠的研究成果最少。蒋协众(2013)也发现,进入21世纪以后,重叠研究的重点主要集中在动词、形容词两大词类以及对重叠的综合研究上。

对于动词重叠的研究方面,刘月华(1984)把动词重叠分为已然、未然两类用法,认为已然多见于叙述性语句,描写作用大于叙事作用,以动作描写人物的表情、心理、态度等,如"摇摇头"表示否定或惋惜;"点点头"表示肯定、称赞。另外,由动词语素重叠形成的叠音复合词,如"嚷嚷(rāng rang)、吵吵(chāo chao)"等词都是对情感意义的强化。常敬宇(1996)认为动词重叠有时表示一个极快或频率高的动作,如"挤挤眼""摆摆手",多半是用身体某一部位的动态动作来表示人的心理、表情等,实际上也是突出描写作用。朱景松(1998)把动词重叠式的语法意义归结为三个方面:减弱动作、行为、变化的量;延续动作、行为、变化的过程;强化动作、行为、变化主体的能动性。

对于形容词重叠的研究方面，朱德熙（1980：35）认为形容词重叠表示说话人对于属性的主观估价，形容词的完全重叠作状语、补语时有加重、强调意味，作定语、补语时表示轻微的程度。李善熙（2003）分析了重叠和重复是主观量表达的手段，性质形容词重叠以后就有了主观量，而且基本上表示主观大量意义。王贤钏、张积家（2009）用实验的方式验证和说明了形容词重叠导致语义增量、动词重叠导致语义减量是一种较为普遍的认知效应。马春霖（2014）考察了七对"高低/矮、大小、宽窄、长短、粗细、厚薄、深浅"空间性度量形容词，研究发现，它们重叠之后与其基式一样具有不对称和标记性的现象。

对于副词重叠式，张谊生（1997）提出两个区别：一是基式和重叠式在语义功用上的区别，即缺略、增添、偏重、分化；二是基式和重叠式在表达功效上的差别，即轻与重、强与弱、文与白。张谊生的分析是对副词重叠式功能分析中最细致、最精彩的（吴吟，2000）。根据周孟战的综述，各家都认为，副词重叠增添了附加义，即强调。但是对副词重叠的分歧较大，一是因为对副词的判断标准不一致，二是因为一些常用的重叠形式，如"常常""刚刚""渐渐""时时"等在人们的日常生活中使用的频率极高，甚至比它的基式的使用频率还高，完全是作为一个词出现了。

对于名词重叠的 AABB 式，李桂周（1986）分出四小类，表"泛指"的，如"山山水水"；表"每一"的，如"家家户户"；带有修辞色彩的，如"风风雨雨"；表"时间和处所"的，如"上上下下"（吴吟，2000）。吴吟、邵敬敏（2001）认为名词重叠的 AABB 式的语法意义可以分为基本意义和附加意义，所有的名词重叠 AABB 式与其原来的 A 或 B 或 AB 相比，都在"量"上具有了增多的意义，因而"多量"是基本语法意义，此外，还有表每一、泛指、夹杂、相继、遍布、描写等附加意义的，这些附加意义在具体的句子中往往表现为核心意义。

我们认为，从形式上看，对某些词的重叠式的基式进行研究、分析是必要的，但从级差的量化、强化的角度看，无论有无基式，重叠词都具有或提升（upscale）或降低（downscale）的级差意义，如"黑乎乎、黑黢黢"可以看作对"黑"的品质强化，"大大小小""男男女女""老老少少"是对数量的强化。邢红兵（2000）对约600万字的语料库进行定量统计分析后得出结论，不能忽视无基式的重叠结构。他发现汉语重叠结构大部分有基式，但也有相当数量的重叠结构没有基式；有基式的重叠结构的能产性是有限的，无基式的重叠结构作为造词方式具有一定的能产性。无基式的重叠结构在数量上要比有基式的重叠结构少，但是它在各个结构类型中都有分布，应该得到研究者的重视。

3.5.2 量　词

量词一般翻译为 classifier 或 measure word，但并不等同于这两个词（方环海，沈玲，2016）。自《马氏文通》起，一百多年来的汉语量词研究大致可以分为两个方面，一是关于汉语量词基本问题如词类归属、次类划分、定名、性质等；二是汉语量词的具体研究，集中于个别量词、方言量词、专书量词、断代量词、量词专题研究五个领域（王博，王军，2020）。在印欧语系中没有量词，量词是汉藏语系的特点，因此，早期汉语语法学研究受西方语法学研究的影响，对量词的独立划类、定名历时较长、过程艰难（何杰，2008）。20世纪50年代后期量词才单独列为一个词类，并正式给予定名。《"暂拟汉语教学语法系统"简述》（1954年至1956年拟订）中对量词的定义是"表示事物或动作的数量单位的词是量词。量词有两种：计算实体事物的是物量词，计算行为动作的是动量词（何杰，2008：6）"。但由于量词的语义成分和语法功能的复杂，对量词内部的再分类并没有达成共识，有学者认为汉语量词的次类划分是汉语量词研究中分歧最大的一个问题（惠红军，2012：15）。就评价意义而言，可把量词按三类进行讨论：第一类是度量衡等单位量词；第二类是物量词；第三类是动量词。第一类多用于科学描述之中，本身没有评价意义。因此，应讨论物量词和动量词。

　　汉语物量词的级差意义体现在量化和强化两个方面。一是量化的数量，如"一群人、一本书"。二是量化的体积，物量词具有形体特征，如"丝、缕"表线状，"条、股、列"表条状。朱德熙（1982：48）指出，名词和跟它相配的个体量词之间在有些情况下在意义上有某种联系，如细长的物品论"支"，如一支粉笔，一支枪；有延展的平面的物品论"张"，如一张床，一张纸；小而圆的物品论"颗"，如一颗珠子，一颗药丸，有把儿的物品论"把"，如一把刀、一把斧子。姚双云、樊中元（2002）以《现代汉语量词手册》（郭先珍，1987）收入的558个量词为基础，发现约56%的量词（315个）具有空间意义，这些空间量词按空间特征分为三类，即线类、面类、体类。何杰（2008：54）指出"汉语量词的理据在于它具有描绘性和比喻性时，就给人以具体的形象感。这种形象感包含人的主观意味""具有形象色彩的量词种类很多，分别表示方、点、圆、角、堆、带、钩、星、渣、条、根、柱、丝、道、圈等状态"。汉语量词的形象色彩是汉语量词区别于印欧语系语言的主要特征之一（何杰，2008：88）。而就量化的跨度即时空分布而言，对于"一星期、一年"这样的时间词中"星期"和"年"能不能算作量词还存在争议，所以不再讨论。

　　除量化外，量词的强化作用在物量词和动量词上都有体现。对于物量词而言，由于是少数量词高频搭配具有积极或消极意义的词语，与具有态度意义的词共同表达评价主体的价值判断，如"一位首长、一员大将"表达对计量对象的尊敬的情感和态度，"一帮土匪、一伙强盗"表达对计量对象憎恶、贬斥的情感和态度（何杰，2008；刘悦明，2011；刘慧，2011）。还有一部分物量词在事物由抽象到具体、由无形到空间过程中起到隐喻的重要作用，如"一脸的难堪和愧疚、一副（受委屈的）样子、满腹牢骚、一脸怒气、一脑门子官司、一肚子气、一副（毕恭毕敬的）神态、一层忧郁、一粒火种、一股（深深的）自责、一肚子黯淡"。

在文学作品中，这类用法也强化了评价意义，如"一树凋零、一方和平、一泓宁静"等（刘悦明，2011）。动量词对所修饰的动词起到强化作用如"哭了一场、打了一顿"。

就量词的量化方式而言，张宁（2011）区分了个体（individual）量词和个体化（individuating）量词。如汉语中"一支笔"的量词"支"在英语中没有对应的表达，这类量词被称为个体量词；而"一滴油"中的量词"滴"对应英语中的 drop，这类量词被称为个体化量词。

量词的特殊之处还体现在聚焦，如体现柔化聚焦的"算是个男人、某种优越感"中的"个"和"某种"。

量词重叠的意义主要有三类，即"周遍"义、"多"义、"连续"义（宋玉柱，1981；郭继懋，1999；李文浩，2010；王立永，2015）。按照量化的三个范畴，它们分别表示数量、体积、跨度。

- 两次考试，门门功课均不及格。（数量）
- 条条大路通罗马。（数量）
- 那天天气阴冷，空中还不时洒落片片雪花。（体积）
- 外面朵朵雪花纷纷落下。（体积）
- 中华文明代代相传。（跨度—时间）
- 说得他心里阵阵发热。（跨度—时间）

3.5.3 修 辞

修辞（rhetoric）在中国语言文字研究中历史悠久，从选词到句式到修辞手段历来受到重视。"形式方面的字义、字音、字形的利用，同内容方面的体验性、具体性相结合，把语辞运用的可能性发扬光大了，往往能够造成超出寻常文字、寻常文法以及寻常逻辑的新形式，使语辞呈现出一种动人的魅力。"（陈望道，2015）我们在语料中也能够发现，级差意义的多种手段共同使用可以达到最佳的说者—听者的结盟效果，如叠词、隐喻、夸张、排比等。王占馥（2000）通对数量词语的重复使用、递增排列使用、连续排列使用、对举排列使用、对比排列使用、赋予特殊意义的特殊使用等的分析，发现实际的言语使用多个手段表达并增强情感。

- 您等着吧，到你八十岁的时候，您就看见另一个中国，一个<u>活活泼泼，清清醒醒，堂堂正正，和和平平，文文雅雅</u>的中国。

——老舍·《大地龙蛇》

- 小草偷偷地从土里钻出来，<u>嫩嫩的，绿绿的</u>。

——朱自清·《春》

- 那边起初也只是山，<u>青青青青的</u>。

——朱自清·《春》

牟许琴（2011）区分了隐喻的成分，考察了具体的隐喻实例，将态度意义在隐喻中的具体实现分为三类：本体式实现、喻底式实现、喻体式实现。研究主要以英语诗歌为语料，但研究结果同样适用于现代汉语，对我们的探讨具有重要的借鉴意义。布占廷（2010）考察了夸张修辞的态度意义，夸张通过着意夸大或缩小事物的某些特点，传达强烈丰富的态度意义，夸张是级差系统的极致情形。布占廷也发现在实际语篇中多种方式综合使用能够呈现显著的韵律性特征。

3.6 小　结

本章梳理了学界对现代汉语广义的评价研究和狭义的评价研究；广义的评价研究主要关注语言的主观性，狭义的评价以马丁和怀特的评价理论为理论基础，关注语言的对话性；两者的研究对象不同，但有重合之处，可相互借鉴。汉语学界的研究明确了汉语的词汇语法特点，提供了详尽的语言描写，并且与功能语言学、认知语言学、计算语言学等理论相结合开展研究；评价理论作为西方的语言学理论，产生基础与现代汉语不同，理论的归纳概括能力较强，不失为现代汉语研究的新视角。

  本章还从态度、介入和级差三个子系统考察了现代汉语的语言资源，体现在词汇、短语、小句等各个层面。本章提出重叠、量词、修辞等现代汉语级差意义的三种特殊体现方式。评价理论的语言资源比较庞杂，结合第二章评价文体学的理论框架，我们能够看到在进行小说文本分析时，语境和隐含作者的立场显得必不可少。

第四章 态度意义与人物塑造

4.1 引 言

人物刻画与塑造是文学作品成功与否的一个关键因素，科幻小说的创作也不例外。科幻小说成功与否"往往与它所刻画的人物是否具有魅力和具有多大的魅力息息相关"，关于如何成功塑造文学人物以及与之相关的研究成果都可以用到科幻小说上来（吴岩，2008：123）。对于人物研究，结构主义叙事学家往往持"功能型"人物观，聚焦人物行动，重视行动对故事结构的意义，在分析模式上以动词作为中心，忽视对人物自身的研究（申丹，王丽亚，2010：52-53）。与之相对的是注重人物的内心活动，强调人物性格的"心理型"人物观。代表人物是福斯特，在福斯特的著作《小说面面观》中，小说人物可以被分为两大类："扁平人物"（flat character）和"圆形人物"（round character）。扁平人物在思想和行为方面不会随着故事情节的进展而出现大的变化，是被小说家高度抽象化、理想化后的漫画式人物（申丹，王丽亚，2010：57）。"圆形人物"具有明显的多面性和复杂性，有利于小说家展示人性与生活的复杂。扁形人物和圆形人物的分类并没有优劣之分，但是有人根据个人的理解认为圆形人物在艺术上优于扁形人物，吴岩（2008：126）指出，这可能是"扁形人物居多的科幻小说被纯文学界所歧视的原因之一"。吴岩认为不同的文类，读者有不同的阅读期待，无论是"行动论""功能论"，还是"心理论"，人物的塑造都应服务于作者的叙事目标，人物应该为主题服务（吴岩，2008：130）。

如前所述，评价文体学运用评价理论的态度范畴进行文学分析，那么《三体Ⅰ》如何运用态度资源来塑造人物呢？

4.2 人性之恶：作为消极情感经历者的叶文洁

态度意义分为情感、判断和鉴赏，其中情感是态度系统的中心。Martin & White（2008：46-47）把经历情绪变化的有意识的参与者称为"情绪者"（Emoter），把激发某种情绪的现象称为"触发物"（Trigger），情感可分为积极情感意义和消极情感意义。在《三体Ⅰ》中，叶文洁作为消极情感经历者，其中的情感范畴就显得更为突出。

叶文洁的故事开始于1967年，那时她是清华大学的天体物理学研究生，父亲母亲都是清华大学的教授，然而当时正处"文化大革命"时期，父亲叶哲泰被打成反动学术权威，母亲加入红卫兵一起批斗叶哲泰，最终，父亲惨遭殴打致死（第7章）。两年后（1969年），叶文洁随生产建设兵团来到大兴安岭，森林被疯狂砍伐的景象让人触目惊心；在结识白沐霖，阅读《寂静的春天》后，叶文洁对人性之恶进行了理性思考，岂料，叶文洁遭到了白沐霖的诬陷和军代表的审问（第8章）。因为专业能力出色，叶文洁被雷志成和杨卫宁调到红岸基地（第9章），逐步了解红岸工程的真相，原来红岸工程的目的是为了寻找外星文明（第13章）；1971年叶文洁发现了太阳电波的放大作用，并利用"太阳能量镜面增益反射效应"向太阳发送电波（第23章）。随后的八年里，叶文洁一直在思考人类恶的一面，包括那些伤害了她的疯狂和偏执。她陷入了深重的精神危机。1979 年，叶文洁在红岸基地接收到三体星球信号，这是人类首次接收到外星信号，"不要回答！不要回答！！不要回答！！！"的警告未能阻止叶文洁，叶文洁回应了三体信号，希望借助外星文明的力量改变人性的邪恶（第 24 章）。随后，叶文洁生下杨冬，由于难产被接到淳朴的齐家屯，在这个大兴安岭深处的小山村里，叶文洁感受到了温暖和善意（第 24 章）。"文化大革命"结束，叶文洁返回母校，拜访了母亲，约见了当年打死父亲的红卫兵，但是无人忏悔，"将宇宙间更高等的文明引入人类世界，终于成为叶文洁坚定不移的理想"（第 27 章）。于是，在结识同样恨透人性的伊文斯后，他们的合作便顺理成章（第 28 章），伊文斯成立了地球三体组织（Earth Trisolarans Organization，ETO），叶文洁成为统帅（第 29 章）。最终，病逝于红岸基地的雷达峰顶（第 36 章）。

毫无疑问，叶文洁是《三体Ⅰ》中最重要的人物。在《三体Ⅰ》，乃至整个三部曲中，"叶文洁或许是最为复杂和最难评价的一个人物""如何理解和评价叶文洁对人类的'背叛'，是《三体Ⅰ》'虚拟历史'的首要问题，也是理解三体与地球的文明冲突的首要因素"（陈颀，2016：97）。叶文洁向外太空发送地球文明信号，引发了三体文明同人类文明的宇宙大战，最后导致太阳系的毁灭。对于叶文洁的行为，多数学者都认为是人性之恶与对人性的绝望使她产生对人类文明的怀疑和绝望（徐勇，2015；陈颀，2016；吴飞，2019）。本小节详细分析叶文洁的心路历程及她当时所处的环境，以阐释叶文洁这个人物的形象与塑造。

4.2.1 以叶文洁为评价对象的情感意义

为了更清楚地分析情感资源在人物塑造中的作用，我们把叶文洁的人生经历按时间线大致划分为六个主要的阶段，"文化大革命"（第 7 章）——大兴安岭（第 8 章）——红岸基地（第 13，23，24 章）——齐家屯（第 27 章）——返回母校（第 27 章）——结识伊文斯（第 28 章）。

在成为 ETO 统帅后，以叶文洁为评价对象的情感成分几乎为零，因此略去。

第一阶段：1967 年，"文化大革命"期间。

"文化大革命"期间，叶文洁的父亲叶哲泰，一位坚持科学信念的优秀的物理学家、大学教授，受到红卫兵迫害、妻子绍琳和女儿叶文雪的背叛，尤其是叶哲泰妻子绍琳，甚至亲自参与了对他的迫害，最终的结果是叶哲泰惨死在批斗现场。亲眼看见父亲被人殴打致死的惨状，母亲见风使舵地参与批斗，直至精神失常，红卫兵的疯狂与暴力，叶文洁对人性之恶留下了难以磨灭的痛苦记忆。这一阶段，以叶文洁为情感者的情感成分有以下四处。

- 当那四个女孩儿施暴夺去父亲生命时，她曾想冲上台去，但身边的两名老校工死死抓住她，并在耳边低声告诉她，别连自己的命也不要了……

- 她曾声嘶力竭地哭叫，但声音淹没在会场上疯狂的口号和助威声中，当一切寂静下来时，她自己也发不出任何声音了，只是凝视着台上父亲已没有生命的躯体，那没有哭出和喊出的东西在她的血液中弥漫、溶解，将伴她一生。

- 人群散去后，她站在那里，身体和四肢仍保持着老校工抓着她时的姿态，一动不动，像石化了一般。过了好久，她才将悬空的手臂放下来，缓缓起身走上台，坐在父亲的遗体边，握起他的一只已凉下来的手，两眼失神地看着远方。

- 文洁默默地离开了已经空无一人、一片狼藉的操场，走上回家的路。当她走到教工宿舍楼下时，听到了从二楼自家窗口传出的一阵阵痴笑声，这声音是那个她曾叫作妈妈的女人发出的。文洁默默地转身走去，任双脚将她带向别处。

在这些描写中，"想"和"哭叫"是铭刻性成分，其他是引发性成分。叶文洁作为女儿，亲眼看见父亲遭受残酷武斗却不能冲上台去阻止，

第四章 态度意义与人物塑造

"想"这一非真实情感的意愿性成分凸显了当时的政治斗争的残酷与武斗的疯狂。尤其是在第 8 章《寂静的春天》中，叶文洁回忆这样的经历时，用了这样的一句话，"人类恶的一面已经在她年轻的心灵上刻下了不可愈合的伤口。"

第二阶段：1969 年阅读《寂静的春天》，因白沐霖背叛而入狱。

1969 年，叶文洁跟随生产建设兵团来到大兴安岭，看到了疯狂的砍伐，因此，对于周边环境与被砍伐的森林，她的情感反应依然是消极的。这两处消极情感成分在"文化大革命"时期的父亲惨死与森林砍伐之间建立了比较与联系，是小说情节间的衔接与过渡，同时也体现了情感成分具备语篇间的衔接功能。

- 每到这时，她总觉得自己是在为一个巨人整理遗体。她甚至常常有这样的想象：这巨人就是自己的父亲。<u>两年前那个凄惨的夜晚，她在太平间为父亲整理遗容时的感觉</u>就在这时重现。

- 整理好的落叶松就要被履带拖拉机拖走了，在树干另一头，叶文洁轻轻抚摸了一下那崭新的锯断面，她常常下意识地这么做，总觉得那是一处巨大的伤口，<u>似乎能感到大树的剧痛</u>。

在建设兵团，叶文洁遇到记者白沐霖，白沐霖把来自西方的《寂静的春天》借给叶文洁看，叶文洁对这本书以及它所反映人类邪恶的思想内容产生了由"被吸引"到"震撼"再到"恐惧"的情感体验。

- 文洁翻开书，很快<u>被吸引</u>住了，在短短的序章中，作者描述了一个在杀虫剂的毒害下正在死去的寂静的村庄，平实的语言背后显现着一颗忧虑的心。

- 这本来应该是一本很普通的书，主题并不广阔，只是描述杀虫剂的滥用对环境造成的危害，但作者的视角对叶文洁产生了巨大的<u>震撼</u>。

- 再想下去，一个推论令她<u>不寒而栗，陷入恐惧的深</u>

71

渊：人类真正的道德自觉是不可能的，就像他们不可能拔着自己的头发离开大地。要做到这一点，只有借助于人类之外的力量。

而在叶文洁与白沐霖的接触中，第一次出现了积极的安全情感成分。

- 她<u>不想告诉</u>白沐霖，自己能进入建设兵团已经很幸运了。对于现实，她<u>什么都不想说</u>，也没什么可说的了。
- 文洁能闻到身边记者身上松木锯末的味道，自父亲惨死后，<u>她第一次有一种温暖的感觉，第一次全身心松弛下来，暂时放松了对周围世界的戒心</u>。
- 一个多小时后，信抄完了，又按白沐霖说的地址和收信人写好了信封，文洁起身告辞，走到门口时，她回头说："把你的外衣拿来，我帮你洗洗吧。"说完后，她对自己的这一举动<u>很吃惊</u>。

叶文洁如此信任白沐霖，但白沐霖却背叛了她，这或许是出于自保的无奈之举，但是叶文洁刚刚经历父亲惨死母亲背叛，她的人生观、价值观受到了再一次冲击。

- 这个年代的人对自己的政治处境都有一种特殊的敏感，而这种敏感在叶文洁身上更强烈一些，她顿时感到<u>周围的世界像一个口袋般收紧，一切都向她挤压过来</u>。
- "不，不是我写的。"文洁<u>惊恐地</u>摇摇头。
- "他……是这么说的？！"文洁<u>眼前一黑</u>。
- "可这本书……也不是我的。"文洁<u>无力地</u>说。
- 叶文洁<u>沉默了</u>，她知道自己已经掉到陷阱的底部，任何挣扎都是徒劳的。

入狱后，军代表程丽华审问叶文洁，并要求叶文洁在一份与她父亲叶哲泰有关的文件上签字，但叶文洁拒绝像妹妹那样随便在黑材料上签

第四章 态度意义与人物塑造

字作证，对于程丽华给的宽大机会并不接受。

- 程丽华的一席话拉近了叶文洁与她的距离，但叶文洁在灾难中学会了谨慎，她不敢贸然接受这份奢侈的善意。
- 叶文洁默默地看着那份文件，一动不动，没有去接笔。

恼羞成怒的程丽华将半桶水泼在了叶文洁身上，时值大兴安岭的严冬，这种对身体上的虐待引发情感的痛苦、绝望与不安全感，因此，这里的情感成分是引发性的。

- 深入骨髓的寒冷使她眼中的现实世界变成一片乳白色，她感到整个宇宙就是一块大冰，自己是这块冰中唯一的生命体。她这个将被冻死的小女孩儿手中连火柴都没有，只有幻觉了……渐渐地旗帜模糊了，一切都模糊了，那块充满宇宙的冰块又将她封在中心，这次冰块是黑色的。

第三阶段：1969年加入红岸基地至1982年离开红岸基地。

1969年，因为叶文洁的一篇论文，雷志成和杨卫宁把叶文洁从狱中解救出来，带到与世隔绝的红岸基地。但对人性的失望使叶文洁对救她出狱的雷志成和杨卫宁并没有太深的感激之情。红岸基地的工作和生活是与世隔绝的，叶文洁开始时是完全接受这种生活的，但同时也有"孤寂"。

- 现在除死后不知是否存在的另一个世界外，她最想去的地方就是这样与世隔绝的峰顶了，在这里，她有一种久违的安全感。
- 她是基地里唯一不穿军装的人，更由于她的身份，所有人都同她保持距离，这使得她只能全身心投入工作以排遣孤寂。
- 那笔直的绝壁似乎深不见底，最初令叶文洁胆战心惊，但现在她很喜欢一个人到这里来。

而对于雷志成，起初叶文洁以为雷志成是非常信任自己的，所以情感成分以正面为主。

- "是他把我带进基地的,可到现在他还是不信任我。"叶文洁悲哀地想,同时在为雷政委担心。
- 看着雷政委那魁梧的背影,叶文洁心中涌上了一股感激之情,对于她,信任无疑是一种不敢奢望的奢侈品。
- 雷政委把一只手放到叶文洁的肩上,她感到了这只有力的手传递的温暖和力量,"小叶啊,告诉你我的一个真切的希望吧:希望有一天,能称呼你叶文洁同志。"
- 雷政委说完站起来,迈着军人的稳健步伐离去。叶文洁的双眼盈满了泪水,透过眼泪,屏幕上的代码变成了一团团跳动的火焰。自父亲死后,这是她第一次流泪。

然而,最终,叶文洁发现雷志成只不过是欺骗和利用她。

- 这天,突然有人通知叶文洁到基地总部办公室去,从那名军官的语气和神色中,叶文洁感到了不祥。
- 但她没有想到第一个开口的竟然就是雷政委,他的话更是完全出乎自己的预料。

一直暗恋叶文洁的杨卫宁是真正为她考虑,"他对她更加粗暴了,动不动就发火""充满了一种无名的焦虑",在这个阶段,真诚的杨卫宁和虚伪的雷志成形成了鲜明的对比,达到了对比波动平衡的效果。(彭宣维,2015:262)因此,叶文洁对于杨卫宁的情感体验反而是负面的。

- 杨卫宁坐在距他们不远处,既不想参加他们的谈话,又不能放心离开,这令叶文洁感到很不自在。
- 叶文洁看看不远处的杨卫宁,不安地说:"政委,如果不适宜让我了解,就……"

1971年,叶文洁发现了太阳的电波放大器的作用,想到通过太阳向宇宙发射电波这一"激动人心"的可能,并且她真的就这么做了。

- 于是,她在名义上还是将研究进行下去,实际上则潜心

第四章 态度意义与人物塑造

搞自己的太阳数学模型。

- 这关键的十六分四十二秒啊！叶文洁<u>抑制住剧烈的心跳</u>……
- <u>她的目光很快锁定在太阳辐射层中一种叫"能量镜面"的东西上</u>。
- <u>但这种特性过分离奇，难以证实，叶文洁自己都难以置信</u>，更有可能是在令人目眩的复杂计算中产生的一些误导所致。
- 这是1971年秋天一个晴朗的下午，事后叶文洁多次回忆那一时刻，<u>并没有什么特别的感觉，只是焦急，盼望</u>发射快些完成。
- 这时，红岸天线像一棵巨大的向日葵，面对着下落中的太阳缓缓转动。当发射完成的红灯亮起时，<u>她浑身已被汗水浸透了</u>。
- 发射一完成，叶文洁就冲出控制室，跑进杨卫宁的办公室，喘着气说："快，让基地电台在12 000兆赫上接收！"
- 叶文洁<u>长出了一口气</u>，好半天才点点头。
- 叶文洁将几十张复印纸在地板上排成两排，排到一半时她就<u>已经不抱任何希望了</u>，她太熟悉那两次日凌干扰的波形了，与这两条肯定对不上。
- 叶文洁<u>慢慢地</u>从地上将那两排复印纸收拾起来。杨卫宁蹲下帮她收拾，当他将手中的一打纸递给这个他内心深处爱着的姑娘时，看到她<u>摇摇头笑了一下</u>，那笑很凄婉，令他心颤。
- "没什么，一场梦，醒了而已。"叶文洁<u>说完又笑了笑</u>，抱着那摞复印纸和信封走出了办公室。
- 这时太阳已经落山，大兴安岭看上去是灰蒙蒙的一片，就像叶文洁的生活，在这灰色中，梦尤其显得绚丽灿烂。但梦总是很快会醒的，就像那轮太阳，虽然还会升起来，但已不带

75

新的希望。这时叶文洁突然看到了自己的后半生，也只有无际的灰色。她含着眼泪，又笑了笑，继续啃凉馒头。

这个阶段的情感成分比前三个阶段更为丰富，既有描述渴望、激动的积极满意性成分，又有对发射信号后的失望、难受的非满意性与非安全感成分，尤其是多次出现的"笑"，从词的字面意思上看，"笑"表示人的愉悦心情，但是在这里，读者很容易感受到叶文洁内心绝望与苦涩，却不能言说的心情，所以"笑"实际上表达了非愉悦心理，这一前景化成分取得了独特的文体效果。

从发射信号到收到回应需要八年时间，在1971—1979年的八年时间中，叶文洁有过放松与平静。

- 以后的八年，是叶文洁一生中最平静的一段时间。在"文化大革命"中的经历造成的惊惧渐渐平息，她终于能够稍微放松一下自己的精神。
- 平静之后，一直被紧张和恐惧压抑着的记忆开始苏醒，叶文洁发现，真正的伤痛才刚刚开始。噩梦般的记忆像一处处死灰复燃的火种，越烧越旺，灼烧着她的心灵。
- 随着与杨卫宁关系的日益密切，叶文洁通过他，以收集技术资料的名义，购进了许多外文的哲学和历史经典著作，斑斑血迹装饰着的人类历史令她不寒而栗，而那些思想家的卓越思考，则将她引向人性的最本质最隐秘之处。
- 这种心态发展下去，她渐渐觉得这个世界是那样的陌生，她不属于这里，这种精神上的流浪感残酷地折磨着她，在组成家庭后，她的心灵反而无家可归了。

对人性之恶的认识、对疯狂之恶的思考、理想主义的破灭，使得叶文洁收到三体人的回复后，丝毫不理会监听员的警告，也没有把消息告诉任何人，而是刻意隐瞒一切，精心准备好发射回信。她"不动声色""毫不犹豫"地按下了发射键，"用行动超越绝望"。"只有借助人类以外的力量"才能战胜绝望,这一价值发现促使她按下了电磁波发射按钮。于是偶然也就成为必然,"作为天体物理学家的叶文洁,引来三体文明之祸,只是希望用人类之外的力量来规引人类的道德自觉而已,舍此无他"(方晓枫,2016)。

- 这天叶文洁值夜班,这是最<u>孤寂</u>的时刻,在静静的午夜,宇宙向它的聆听者展示着广漠的荒凉。叶文洁最<u>不愿意</u>看的就是显示器上缓缓移动的那条曲线,那是红岸接收到的宇宙电波的波形,无意义的噪声。
- 在令她头晕目眩的<u>激动和迷惑</u>中,叶文洁接着译解了第二段信息。
- 看着显示屏上闪动的绿色字迹,叶文洁已经<u>无法冷静思考</u>,她那被<u>激动和震撼</u>抑制了的智力只能理解以下的事实:现在距她上次向太阳发送信息不到九年,那么这些信息的发射源距地球只有四光年左右。
- 叶文洁起身走出了监听主控室的大门,一阵冷风吹到她<u>滚烫的脸</u>上,东方晨曦初露,她沿着被晨光微微照亮的石子路,向发射主控室走去,在她的上方,红岸天线的巨掌无声地向宇宙张开着。
- 叶文洁冲他<u>笑了笑</u>,没有说话,随即按下另一个黄键中止了发射,又转动方向杆改变了天线的指向,然后离开控制台向外走去。
- 到这里来吧,我<u>将</u>帮助你们获得这个世界,我的文明已无力解决自己的问题,需要你们的力量来介入。
- 初升的太阳使叶文洁<u>头晕目眩</u>,出门后没有走出多远,她就昏倒在草地上。

第四阶段:在齐家屯的生活。

约1980年,红岸基地的保密级别降低,叶文洁对此感到"疑惑"和

"感慨"。

- 叶文洁暗想，他们怎么敢上雷达峰？
- 哨兵看出了叶文洁的疑惑，告诉她刚接到命令，红岸基地的保密级别降低了。
- 叶文洁愣了半天，这个变化很让她感慨。
- 外面的寒夜中，大兴安岭的寒风呼啸着，风中隐隐传来远处齐家屯的鞭炮声。孤寂像一只巨掌压着叶文洁，她觉得自己被越压越小，最后缩到这个世界看不到的一个小角落去了……

随后杨冬出生，叶文洁被好心夫妇接到齐家屯修养，叶文洁体会到了家一般的温暖。

- 她陷入强烈的恐惧中，不是为自己，而是为孩子——孩子还在腹中吗？还是随着她来到这地狱中蒙受永恒的痛苦？
- 她每次都特别注意看那几个举着铜烟袋锅儿的，她们嘴里悠然吐出的烟浸满了阳光，同她们那丰满肌肤上的汗毛一样，发出银亮的柔光。
- 叶文洁总是不自觉地将书和眼睛凑近油灯，常常刘海被烤得滋啦一下，这时她俩就抬头相视而笑。
- 叶文洁最初睡不惯火炕，总是上火，后来习惯了，睡梦中，她常常感觉自己变成了婴儿，躺在一个人温暖的怀抱里，这感觉是那么真切，她几次醒后都泪流满面——但那个人不是父亲和母亲，也不是死去的丈夫，她不知道是谁。
- 这个玩具盒般的宇宙令她感到分外舒适，渐渐地这宇宙由想象变成了梦乡。
- 在这个大兴安岭深处的小山村里，叶文洁心中的什么东西渐渐融化了，在她心灵的冰原上，融出了小小的一汪清澈的湖泊。

第五阶段：1982年获得平反，离开红岸基地。

1982年叶文洁获得平反，她离开红岸基地，返回母校工作。

- 走出深山，叶文洁充满了春天的感觉，"文化大革命"的严冬确实结束了，一切都在复苏之中。

但这种温暖平静的感觉并没有维持多久。当叶文洁再次见到母亲绍琳，她发现母亲依然是那么冷酷无情，以自己"也是受害者"为由而回避忏悔，重逢的母女明显存在"隔阂"，叶文洁再一次经历了从希望到绝望的过程。

- 她们小心地避开敏感的话题，没有谈到叶文洁的父亲。
- "您没资格谈我的父亲，"叶文洁气愤地说，"这是我和母亲之间的事，与别人无关。"
- 叶文洁回头看，在那座带院子的高干小楼上，绍琳正撩开窗帘的一角向这边偷窥。叶文洁无言地抱起冬冬走了，以后再也没有回去过。

再次见到打死父亲的红卫兵，红卫兵认为自己也是受害者，都在抱怨自己遭受的冤屈。无人担责、无人忏悔，叶文洁想和人性和解，却以失败告终。叶文洁由此再次陷入了绝望。

- 在红岸基地的那个旭日初升的早晨，她已向包括她们在内的全人类复了仇，她只想听到这些凶手的忏悔，看到哪怕是一点点人性的复归。
- 这天下午下课后，叶文洁在操场上等着她们。她并没有抱多大希望，几乎肯定她们是不会来的，但在约定的时间，三个老红卫兵来了。
- 叶文洁彻底无语了。
- 三个老红卫兵走了，把叶文洁一个人留在操场上，十多年前那个阴雨霏霏的下午，她也是这样孤独地站在这里，看着死去的父亲。

- 在她的心灵中，对社会刚刚出现的一点希望像烈日下的露水般蒸发了，对自己已经做出的超级背叛的那一丝怀疑也消失得无影无踪，将宇宙间更高等的文明引入人类世界，终于成为叶文洁坚定不移的理想。

第六阶段：遇到伊文斯。
叶文洁第一次见到伊文斯时，情感成分是"惊奇""注意"与"关切"。

- "白求恩？"叶文洁很惊奇。
- 叶文洁和同事们都很惊奇，就请队长带他们去看看。
- 沿着山路登上了一个小山顶后，队长指给他们看，叶文洁眼前一亮——看到这贫瘠的黄土山之间居然有一片山坡被绿树林覆盖，像是无意中滴到一块泛黄的破旧画布上的一小片鲜艳的绿油彩。
- 西北的沙尘在那张简陋的床和几件简单的炊具上落了一层，床上堆了许多书籍，大都是生物学方面的，叶文洁注意到有一本彼得·辛格的《动物解放》。
- "什么？"叶文洁一时没有听清那个词。
- 其他人也纷纷表示自己的赞同和感慨，叶文洁似乎是自言自语地说："要是他这样的人多些，哪怕是稍多些，事情就会完全不一样的。"
- 小树的倒下没有什么巨大的声响，也听不到油锯的轰鸣，但这似曾相识的一幕还是让叶文洁心头一紧。
- "我们一起去县里找政府，不行就去省城，总会有人制止他们的。"叶文洁关切地看着他。
- "麦克，这就是我想对你说的，人类文明已经不可能靠自身的力量来改善了。"

叶文洁和伊文斯都是三体组织的最高领导者，但是从情感成分来看，

第四章 态度意义与人物塑造

叶文洁是出于对人性的绝望，即非安全性成分，才有了"将宇宙间更高等的文明引入人类世界"这一坚定不移的理想；而伊文斯的所作所为则是出于对人类的痛恨，即非满意性成分，他处心积虑地干着毁灭人类文明的勾当，所以情感成分的分析为分析叶文洁和伊文斯的不同提供了一个新的视角。

根据上一部分梳理的情感意义，我们归纳出下表。

经历阶段	触发物（主要事件）	积极情感意义（Positive）数量	占比（%）	消极情感意义（Negative）数量	占比（%）	总计
一	"文化大革命"时父亲惨死	1	12.50	7	87.50	8
二	在大兴安岭时，白沐霖的背叛	3	15	17	85	20
三	红岸基地接收信号发送信号	12	20	48	80	60
四	在齐家屯休养	5	50	5	50	10
五	"文化大革命"结束，见到母亲与曾经的红卫兵	3	33.33	6	66.67	9
六	遇到伊文斯	3	33.33	6	66.67	9
总计		27	23.28	89	76.72	116

同时，我们也要看到在各个不同阶段，情感成分是铭刻性的还是引发性的。

经历阶段	触发物（主要事件）	铭刻性 数量	占比（%）	引发性 数量	占比（%）	总计
一	"文化大革命"中父亲惨死	3	37.50	5	62.50	8
二	在大兴安岭时，白沐霖的背叛	12	60	8	40	20
三	红岸基地接收信号发送信号	49	82	11	18	60
四	在齐家屯休养	9	90	1	10	10
五	"文化大革命"结束，见到母亲与曾经的红卫兵	6	66.67	3	33.33	9
六	遇到伊文斯	7	77.78	2	22.22	9
总计		86	74.14	30	25.86	116

叶文洁从一出场就是受害者的形象，父亲与妹妹的惨死、母亲的背叛与冷血使她的情感很为悲痛，"那没有哭出和喊出的东西在她的血液中弥漫、溶解，将伴她一生""人类恶的一面已经在她年轻的心灵上刻下了不可愈合的伤口"。从级差的时间量化成分（"一生"）和强化成分（"不可愈合"）来看，作者对叶文洁的形象投入的笔墨是很重的。不仅如此，接下来，叶文洁受到一次又一次的栽赃、诬陷、迫害、歧视。因此，她的主要情感体验成分是从恐惧、失望到绝望的非安全性成分，一直到回应三体信号前。她曾是一个理想主义者，但发现无法将自己的才华付诸一个伟大目标的时候，追求则成为无意义的盲动，所以"她的心灵反而无家可归了"。回应三体信号是全书事件发展的极其重要的转折点。在此之后，以叶文洁为体验者的情感意义的数量相对减少，但对人类的怀疑与绝望还是使叶文洁走上了不归路，最终与伊文思联手建立ETO，并当上了ETO的统帅。这和全书的整体评价主旨是非常契合的。

4.2.2 与叶文洁有关的判断意义

就判断意义而言，叶文洁站在评判者的角度，她对人性的失望与绝望使她对人类做出的判断是消极的；正是叶文洁对人性之恶的判断，才使得她回应了三体信号，将地球置于危险境地。但是学界对此也多有疑问，叶文洁为何将个人经历扩大到对整个人类的判断呢？叶文洁为何作为被评判者呢？在红岸基地，叶文洁是技术骨干、工作能力强、科研水平高；在齐家屯的村民看来，叶文洁是"有学问的人""正儿八经的科学家""他们对叶文洁都很敬重，在她面前彬彬有礼"，叶文洁也感受到了淳朴村民们"敬重的珍贵"；"文化大革命"结束后，叶文洁返回母校，成为令人尊敬的大学教授，在汪淼看来，叶文洁是柔和、亲切的老知识分子，还热心地照看邻居的孩子们，给孩子们做饭。但是，叶文洁这个人物是很有争议的，她杀死了毫无过错的丈夫杨卫宁，她背叛了全人类，还成立了地球三体组织（ETO）。隐含作者是如何评价叶文洁的呢？和情感意义相比，与叶文洁有关的判断意义显得较为复杂，我们将在本书第五章进行分析。

4.2.3　与叶文洁有关的鉴赏意义

鉴赏分三个次类：反应性、构成性和估值性。反应性是指事物是否吸引评价者或评价者是否喜欢评价对象，前者涉及冲击，如"有趣""活泼""枯燥""乏味"等；后者涉及品质，如"美丽""可爱""丑陋""令人讨厌"等。构成性是对事物结构的评价，包括均衡性和复杂性两个方面。均衡性是指"事物构成是否平衡、是否成比例，主要包括有序性、相称性和完整性"，如"和谐""对称""平衡""整齐"等；复杂性是指"从结构是否简洁和是否容易理解"两个角度考虑的，如"简单""精确""复杂""混乱"等。估值性是对事物非美学价值（即社会价值）的判断，涉及事物的重要性、价值、意义、作用或影响、效能和神圣性等多个方面。估值性不是个人的主观判断，而是团体或社会的集体观念（彭宣维，2015b，114-117）。如果一个事物很重要或具有积极意义，说明它值得人们重视，属于积极估值性；反之则属于消极估值性。

鉴赏的典型评价手段包括形容词、副词、名词、动词及其相应的词组。但有时小句也能体现鉴赏意义（彭宣维等，2015：120）。需要注意的是，在有些语境中，自然环境描写突出环境的美好或恶劣特点，是对环境的鉴赏，属于反应范畴。如环境描写突出某一环境特征，烘托或反衬人物心情，那么也可以体现反应义（彭宣维等，2015：127）。而且，语境决定相关成分体现具体评价义的选择方式还表现在社会环境上。从社会影响的角度进行分析，社会状况对人们有利，则体现积极估值性，不利则体现消极估值性（彭宣维等，2015：130）。

4.2.3.1　叶文洁所处的自然环境与社会环境

如上所述，叶文洁在生命的各个不同阶段经历了不同的情感，而对应这些情感的鉴赏意义则包括两个部分，在第一部分至第三部分和第五部分至第六部分，鉴赏意义的主要作用是体现"文化大革命"时期的整体环境、大兴安岭生态的破坏、相关人物的外貌描写。而在红岸基地时，鉴赏意义的构成义和估值义则被前景化。

第一阶段：首先叶文洁出场时正处于"文化大革命"时期，那个年代的社会环境是疯狂的，体现了消极的估值义，同时，人们的外貌，如衣着打扮和精神状态给人消极的反应义。

- 大楼顶上出现了一个娇小的身影，那个美丽的女孩子挥动着一面"四·二八"的大旗，她的出现立刻招来了一阵杂乱的枪声，射击的武器五花八门，有陈旧的美式卡宾枪、捷克式机枪和三八大盖，也有崭新的制式步枪和冲锋枪——后者是在"八月社论"发表之后从军队中偷抢来的——连同那些梭镖和大刀等冷兵器，构成了一部浓缩的近现代史……

- 这些穿着军装扎着武装带的小战士挟带着逼人的青春活力，像四团绿色的火焰包围着叶哲泰。

- 她身穿一件很不合体的草绿色衣服，显然想与红卫兵的色彩拉近距离，但熟悉绍琳的人联想到以前常穿精致旗袍讲课的她，总觉得别扭。

- 但已经晚了，物理学家静静地躺在地上，半睁的双眼看着从他的头颅上流出的血迹，疯狂的会场瞬间陷入了一片死寂，那条血迹是唯一在动的东西，它像一条红蛇缓慢地蜿蜒爬行着，到达台沿后一滴滴地滴在下面一个空箱子上，发出有节奏的"嗒嗒"声，像渐行渐远的脚步。

- 一阵怪笑声打破了寂静，这声音是精神已彻底崩溃的绍琳发出的,听起来十分恐怖。

- 她置身于其中的冰块渐渐变得透明了,眼前出现了一座大楼,楼上有一个女孩儿在挥动着一面大旗,她的纤小与那面旗的阔大形成鲜明对比,那是文洁的妹妹叶文雪。

第二阶段:寂静的春天。

在那个年代,建设兵团在大兴安岭树木砍伐、生态环境遭到破坏,鉴赏意义也是消极的。

- 随着这声嘹亮的号子,一棵如巴特农神庙的巨柱般高大的落叶松轰然倒下,叶文洁感到大地抖动了一下。
- 于是,在他们的油锯和电锯下,大片的林海化为荒山秃岭;在他们的拖拉机和康拜因(联合收割机)下,大片的草原被犁成粮田,然后变成沙漠。
- 叶文洁看到的砍伐只能用疯狂来形容,高大挺拔的兴安岭落叶松、四季常青的樟子松、亭亭玉立的白桦、耸入云天的山杨、西伯利亚冷杉,以及黑桦、柞树、山榆、水曲柳、钻天柳、蒙古栎,见什么伐什么,几百把油锯如同一群钢铁蝗虫,她的连队所过之处,只剩下一片树桩。
- 大树被拖走了,地面上的石块和树桩划开了树皮,使它巨大的身躯皮开肉绽。它原来所在的位置上,厚厚的落叶构成的腐殖层被压出了一条长沟,沟里很快渗出了水,陈年落叶使水呈暗红色,像血。
- 多富饶的地方,可现在看看那条河,一条什么都没有的浑水沟。
- 烧荒的大火在那光秃秃的山野上燃起,雷达峰成了那些火海中逃生的鸟儿的避难所,当火烧起来时,基地里那些鸟儿凄惨的叫声不绝于耳,它们的羽毛都被烧焦了。

在这里,经验义的名词"沙漠""树桩"具备了消极的反应性,引发了叶文洁对"疯狂"的生产兵团的消极评价。

除对自然环境的描写多属于鉴赏意义的反应性评价外，对人物的外貌描写也多属于鉴赏意义的反应性评价，如在第一阶段进行武斗时的红卫兵"革命小将"的形象，绍琳见风使舵的形象，在第二阶段程丽华看似温柔平和的中年女性干部的形象，和下文她毒辣的一面形成了对比。

- "程丽华。"女干部自我介绍说，她四十多岁，身穿军大衣，戴着一副宽边眼镜，脸上<u>线条柔和</u>，看得出年轻时一定很<u>漂亮</u>，<u>说话时面带微笑，让人感到平易近人</u>。叶文洁清楚，这样级别的人来到监室见一个待审的犯人，很<u>不寻常</u>。

这样的社会环境通过揭发材料也能反映出来。

- 但这一份材料文洁一眼就看出不是妹妹写的，文雪揭发父亲的材料<u>文笔激烈</u>，读那一行行字就像听着一挂挂炸响的鞭炮，但这份材料写得很<u>冷静</u>、很<u>老到</u>，<u>内容翔实精确</u>，谁谁谁、哪年哪月哪日、在哪里见了谁谁谁、又谈了什么，<u>外行人看去像一本平淡的流水账，但其中暗藏的杀机，绝非叶文雪那套小孩子把戏所能相比的</u>。

- 由于出身问题没通过政审，父亲并没有直接参加两弹研制，只是做了一些外围的理论工作，但要利用他，比利用两弹工程的那些核心人物<u>更容易些</u>。叶文洁不知道材料上那些内容是真是假，但可以肯定，<u>上面的每一个标点符号都具有致命的政治杀伤力</u>。除最终的打击目标外，还会有<u>无数人的命运要因这份材料坠入悲惨的深渊</u>。

第四阶段：齐家屯。

在当年恶劣的生存环境下，齐家屯的存在是"浓烈和温热的"，温暖了叶文洁寒冷的内心。对于齐家屯淳朴人民的外貌描写和乡村生活的细节描写都是正面的积极的反应义。

- 就在这时，响起了敲门声，开门后叶文洁先看到哨兵，他身后有几支松明子的火光在寒风中摇曳着，举火把的是一群孩子，他们脸冻得通红，狗皮帽上有冰碴子，进屋后带着一股寒气。有两个男孩子冻得最厉害，他们穿得很单薄，却用两件厚棉衣裹着一个什么东西抱在怀里，把棉衣打开来，是一个大瓷盆，里面的酸菜猪肉馅饺子还冒着热气。

- 记不清有多少个晴朗的日子，叶文洁抱着杨冬同屯子里的女人们坐在白桦树柱围成的院子里，旁边有玩耍的孩子和懒洋洋的大黑狗，温暖的阳光拥抱着这一切。她每次都特别注意看那几个举着铜烟袋锅儿的，她们嘴里悠然吐出的烟浸满了阳光，同她们那丰满肌肤上的汗毛一样，发出银亮的柔光。

- 最令叶文洁难忘的是那些夜晚。

- 这段记忆被浓缩成一幅幅欧洲古典油画，很奇怪，不是中国画，就是油画，中国画上空白太多，但齐家屯的生活是没有空白的，像古典的油画那样，充满着浓郁得化不开的色彩。一切都是浓烈和温热的：铺着厚厚乌拉草的火炕、铜烟锅里的关东烟和莫合烟、厚实的高粱饭、六十五度的高粱酒……但这一切，又都在宁静与平和中流逝着，像屯子边上的小溪一样。

- 叶文洁细看大凤，油灯是一位卓越的画家，创作了这幅凝重色调中又带着明快的古典油画：大凤披着棉袄，红肚兜和一条圆润的胳膊露出来，油灯突出了她的形象，在她最美的部位涂上了最醒目的色彩，将其余部分高明地隐没于黑暗中。背景也隐去了，一切都淹没于一片柔和的黑暗中，但细看还是能看到一片暗红的光晕，这光晕不是来自油灯，而是地上的炭火照出来的，可以看到，外面的严寒已开始用屋里温暖的湿气在窗户上雕出美丽的冰纹了。

不得不提及的是，在全书的尾声中，叶文洁在人生的最后时刻，登上雷达峰时，仍在怀念齐家屯，"齐家屯"本来只是一个带有经验义的名词，但在此处却具备了积极的反应义。

- 她并没有像其他同行的人那样眺望云海，而是把目光集中到一个方向，在那一片云层下面，有一个叫齐家屯的小村庄……

第五阶段：离开红岸基地，返回母校。

"文化大革命"结束后，返回母校任教的叶文洁带着冬冬去看母亲绍琳，还约见了当年打死父亲的红卫兵，这部分的绍琳的形象和"文化大革命"时期形成对比，对红卫兵的外貌描写与当年青春逼人"英姿飒爽"的革命小将形象也形成了鲜明的对比，消极反应义与积极反应义的对比暗含出人物性格和社会环境的改变。

- 叶文洁见到的母亲，是一位保养得很好的知识女性形象，丝毫没有过去受磨难的痕迹。
- 叶文洁远远就认出了那三个人，因为她们都穿着现在已经很少见的绿军装。走近后，她发现这很可能就是她们当年在批判会上穿的那身衣服，衣服都已洗得发白，有显眼的补丁。
- 叶文洁的第一印象就是，与当年的整齐划一相比，她们之间的差异变大了。其中的一人变得很瘦小，当年的衣服穿在身上居然还有些大了，她的背有些弯，头发发黄，已显出一丝老态；另一位却变得十分粗壮，那身衣服套在她粗笨的身体上扣不上扣子，她头发蓬乱，脸黑黑的，显然已被艰难的生活磨去了所有女性的精致，只剩下粗鲁和麻木了；第三个女人身上倒还有些年轻时的影子，但她的一只袖管是空的，走路时荡来荡去。

第六阶段：结识伊文斯。

- 贫瘠的黄土山之间居然有一片山坡被绿树林覆盖，像是无意中滴到一块泛黄的破旧画布上的一小片鲜艳的绿油彩。

总结：与叶文洁有关的反应性成分主要体现在人物的外貌描写、自然环境与社会环境的描写；后者也是我们需要考虑进来的情景语境与文化语境。

4.2.3.2 红岸工程的"高科技"：积极的均衡义与估值义

通过分析与叶文洁有关的鉴赏意义，我们不仅看到了当时的自然环境与社会环境，而且还有个与科幻主题密切相关的重要内容，即探索外星文明。因此，在叶文洁的第二阶段——红岸基地，鉴赏意义的构成义和估值义被前景化。积极的构成义和估值义反映了当时红岸工程的科技与科研条件。第9章《红岸之一》以叶文洁为视角，描绘了叶文洁第一次进入红岸基地的见闻，使读者和叶文洁共同目睹了红岸基地的神秘和恐怖。

- 她很快听到了另一种声音，<u>一个低沉浑厚的嗡嗡声，浑厚而有力</u>，似乎构成了整个世界的背景，这是不远处抛物面天线在风中的声音，只有到了跟前，才能真正感受到这张天网的<u>巨大</u>。

- 叶文洁在门口看到了"发射主控室"的字样，迈进门，一股带着机油味的热气迎面扑来，她看到在<u>宽敞</u>的大厅中，<u>密集地摆放着各类仪器设备，信号灯和示波仪上的发光图形闪成一片</u>，十多名穿军装的操作人员坐在几乎将他们埋没的<u>一排排仪器前，仿佛是蹲守在深深的战壕中</u>。操作口令<u>此起彼伏，显得紧张而混乱</u>。

- 接着她目睹了<u>恐怖</u>的一幕：一个鸟群飞进了天线指向的范围，以<u>发出幽光的那缕云</u>为背景，她清楚地看到了<u>群鸟纷纷从空中坠落</u>。

- 她再次仰望天线，感觉它<u>像一只向苍穹张开的巨大手掌，拥有一种超凡脱俗的力量</u>。

第13章《红岸之二》使读者见识了红岸基地的威力。

- 最近，从酒泉发射了两颗靶标卫星，红岸系统进行的攻击试验，<u>完全成功</u>，摧毁了目标，使卫星内部达到了近千度的高温，搭载的仪器和摄影设备全部被破坏。在未来的实战中，红岸系统可以<u>有效</u>打击敌人的通信和侦察卫星，像美帝目前的主力侦察卫星 KH8，和即将发射的 KH9，苏修那些轨道更低的侦察卫星就<u>更不在话下</u>了。必要的时候，还有能力<u>摧毁</u>苏修的礼炮号空间站和美帝计划于明年发射的天空实验室。

- 监听部有套十分<u>先进</u>的电波灵敏接收系统，从巨型天线接收到的信号通过红宝石型微波激射器放大……这使得系统具有<u>极高的灵敏度</u>，能够接收到很<u>微弱</u>的讯号。

- 监听部的计算机系统也远比发射部<u>庞大复杂</u>，叶文洁第一次走进主机房时，看到一排阴极射线管显示屏，她惊奇地发现，屏幕上竟滚动着<u>一排排程序代码</u>，可以通过键盘随意进行<u>编辑和调试</u>。

- 它的编程<u>效率</u>比机器码汇编不知<u>高</u>了多少倍。还有一种叫数据库的东西，竟能那样<u>随心所欲</u>地操纵海量数据。

至此，这些对红岸工程的鉴定成分的复杂性和估值性，使读者看到了红岸工程打击敌对势力的作用与能力，然而作者笔锋一转，

- 于是，在这个初夏的黄昏，在巨型天线风中的轰鸣声和远方大兴安岭的松涛声中，杨卫宁向叶文洁讲述了<u>真实</u>的<u>红岸工程</u>，这是一个比雷志成的谎言更加令人难以置信的时代神话。

原来，红岸工程的真实目的是探索外来文明。这部分既告诉读者叶文洁遭受的隐瞒和欺骗，又推动了情节的重要发展，鉴赏义使得作品突显了科幻小说的神秘莫测，"令人难以置信"。在接下来的第 14 章《红岸之三》，读者看到了 21 世纪初才被解密的部分文件，在这一章，叙述者直接与读者对话，凸显"机密文件"的重要性。在这些文件中对探索外星文明的评价是积极的估值性，反映出当时政府对探索外星文明的

第四章 态度意义与人物塑造

重视。

● 目前，北约和华约集团基础研究空前活跃，投入巨大，所以一项或多项技术突变随时都可能发生，这将对我战略规划构成重大威胁。

● 应当从战略高度，制订一套完整策略和原则，当技术突变发生时能够正确地应对。

● 寻找外星文明：这是石所有技术突变的可能性中变数最大的领域，极有可能产生突然性的巨大突破，该领域的技术突变一旦发生，其影响力将超过以上三个领域的技术突变的总和。

● 美国和其他北约国家认为，外星文明探索的科学性和必要性已得到广泛认可，学术氛围浓厚。

● 1963年，位于波多黎各的阿雷西博望远镜建成，对外星文明探索意义重大。

● 苏联的情报信息来源较少，但有迹象表明在该领域投入巨大，与北约国家相比，研究更具系统性和长远规划。从一些零星信息渠道了解到，目前计划建设全球尺度的基于甚长基线干涉技术的综合孔径射电望远镜系统，该系统一旦建成，将具有目前世界上最强的深空探测能力。

● 超级大国首先与外星文明接触并垄断接触的危险和后果。

● 人家已经向地球外面喊话了，外星社会只听到一个声音是危险的，我们也应该发出自己的声音，这样它们听到的才是人类社会完整的声音，偏听则暗，兼听则明嘛。这个事情要做，要快做。

● 发送信息应通过多学科严格审查，确保不会包含任何太阳系在银河系中的坐标信息。

● 已阅，狗屁不通！大字报在地上贴就行了，不要发到天上去，"文化大革命"领导组今后不要介入红岸。这样重要的信件应慎重起草，最好成立一个专门小组，并在政治局会议上讨论通过。

因此，我们能够看出当年红岸工程最高决策者的思维"很超前"，紧接着，在第15章《红岸之四》中，隐含读者使读者认识到探索外星文明对于人类整体和对于科研工作者都是消极的，这种观点不同于一般的科幻小说。叙述者先是再次直接和读者对话，介绍了马修提出的"接触符号"理论。

- 假如发生一个仅证明外星文明的存在而没有任何实质内容的接触——马修称其为元接触——其效应也能通过人类群体的心理和文化透镜被放大，对文明的进程产生巨大的实质性的影响。这种接触一旦被某个国家或者政治力量所垄断，其经济和军事意义超乎想象。

然后，借助叶文洁和汪淼的对话，以叶文洁的视角，告诉读者一线的科研工作人员的看法。叶文洁认为探索外星文明"很特殊"，"对研究者的人生观影响很大"，总的来说，其鉴赏意义以消极意义为主。

- "外星文明探索是一个很特殊的学科，它对研究者的人生观影响很大。"叶文洁用一种悠长的声调说，像是在给孩子讲故事，"夜深人静的时候，从耳机中听着来自宇宙没有生命的噪声，这噪声隐隐约约的，好像比那些星星还永恒；有时又觉得那声音像大兴安岭的冬天里没完没了的寒风，让我感到很冷，那种孤独真是没法形容。

"有时下夜班，仰望夜空，觉得群星就像发光的沙漠，我自己就是一个被丢弃在沙漠上的可怜孩子……我有那种感觉：地球生命真的是宇宙中偶然里的偶然，宇宙是个空荡荡的大宫殿，人类是这宫殿中唯一的一只小蚂蚁。这想法让我的后半辈子有一种很矛盾的心态：有时觉得生命真珍贵，一切都重如泰山；

有时又觉得人是那么渺小，什么都不值一提。反正日子就在这种奇怪的感觉中一天天过去，不知不觉人就老了……"

红岸基地能完成寻找外星文明的任务吗？在第 23 章《红岸之五》中，基地的研究条件"还是不错的"，体现了积极的估值性，但是叶文洁在工作中遇到了难题，"丝毫看不到成功的希望""令她迷惑""神秘""费解"体现了积极的复杂性。

- 基地内的研究条件还是不错的，资料室可以按课题内容调来较全的外文资料，还有很及时的欧美学术期刊，在那个年代这是件很不容易的事。叶文洁还可以通过军线，与中科院两家研究太阳的科研单位联系，通过传真得到他们的实时观测数据。

- 她很快发现，在红岸的观测频率范围内，太阳的辐射变幻莫测。通过对大量观测数据的分析，叶文洁发现了令她迷惑的神秘之处：有时，上述某一频段辐射发生突变时，太阳表面活动却平静如常，上千次的观测数据都证实了这一点。这就很令她费解了。

- 这事让她越想越觉得神秘。

- 完成一段烦琐的矩阵计算后，她呵呵冻僵的手，拿起了一本最新一期《天体物理学》杂志，只是作为休息，随便翻了翻，一篇关于木星研究的论文引起了她的注意。

- 叶文洁清楚记得这两个日期和时间，当时，红岸监听系统受到了强烈的日凌干扰。

- 叶文洁开始仔细研究这一层层悬浮在太阳电浆海洋中的飘忽不定的薄膜，她发现，这种只能在恒星内部的高能海洋中出现的东西，有许多奇妙的性质，其中最不可思议的是它的"增益反射"特性，而这与太阳电磁辐射之谜似乎有关。但这种特性过分离奇，难以证实，叶文洁自己都难以置信，更有可能是在令人目眩的复杂计算中产生的一些误导所致。

● 日凌干扰问题仍未得到解决，但另一个激动人心的可能性出现了：人类可以将太阳作为一个超级天线，通过它向宇宙发射电波，这种电波是以恒星级的能量发出的，它的功率比地球上能够使用的全部发射功率还要大上亿倍。

● 叶文洁不知道，就在这时，地球文明向太空发出的第一声能够被听到的啼鸣，已经以太阳为中心，以光速飞向整个宇宙。恒星级功率的强劲电波，如磅礴的海潮，此时已越过了木星轨道。

● 这时，在12 000兆赫波段上，太阳是银河系中最亮的一颗星。

叶文洁终于向太阳发射了超强烈的电波，太阳的放大器作用使电波以光速飞向宇宙。这是"地球文明向太空发出的第一声能够被听到的啼鸣"。有一点需要注意，"不管后来的历史学家和文学家们如何描述，当时的真实情景就是这样平淡无奇"，"平淡无奇"带有消极的鉴赏义，作者有意淡化发射电波这一举动。对叶文洁引入外来文明，作者则调用了较少的反应义，能看出作者对叶文洁改变人类文明命运的举动有意做出淡化处理。这也是之前提到的积极鉴赏义和消极鉴赏义构成共时的波动平衡，使科幻小说增强了可读性。

向太阳发射电波后的八年，"一切渐渐转入常规"，叶文洁的"工作和生活变得有规律了"，这些积极的均衡性成分使情节走向舒缓，但是叶文洁"拒绝忘却"并"用理性的目光直视那些伤害了她的疯狂和偏执"，思考着"人类恶的一面"：森林被疯狂砍伐，山上燃起烧荒的大火，鸟儿们凄惨地叫着，世界正处于美苏争霸最激烈的时期，核战争一触即发，世界甚至可能会被瞬间汽化。这些密集出现的消极的反应性、构成性、估值性成分使读者与叶文洁感同身受。叶文洁被"精神上的流浪感"折磨，她的心灵"无家可归"。第24章《红岸之六》的开头部分似乎单调乏味，平淡无奇。

- 这天叶文洁值夜班，这是最孤寂的时刻，在静静的午夜，宇宙向它的聆听者展示着广漠的荒凉。叶文洁最不愿意看到的就是在显示器上缓缓移动的那条曲线，那是红岸接收到的宇宙电波的波形，无意义的噪声。叶文洁感到这条无限长的曲线就是宇宙的抽象，一头连着无限的过去，另一头连着无限的未来，中间只有无规律、无生命的随机起伏，一个个高低错落的波峰就像一粒粒大小不等的沙子，整条曲线就像所有沙粒排成行形成的一维沙漠，荒凉寂寥，长得令人无法忍受。你可以沿着它向前向后走无限远，但永远找不到归宿。

但是，全书的高潮部分就在这种消极的反应义营造的背景下发生了。

- 但今天，当叶文洁扫了一眼波形显示器后，发现有些异样。即使是专业人员，也很难仅凭肉眼看出波形是否携带信息，但叶文洁对宇宙噪声的波形太熟悉了，眼前移动的波形，似乎多了某种说不出来的东西，这条起伏的细线像是有了灵魂，她敢肯定，眼前的电波是被智能调制的！

- 叶文洁打开结果文件，人类第一次读到了来自宇宙中的另一个世界的信息，其内容出乎所有人的想象，它是三条重复的警告：

不要回答！

不要回答！！

不要回答！！！

- 宇宙不荒凉，宇宙不空旷，宇宙充满了生机！人类将目光投向宇宙的尽头，但哪里想到，在距他们最近的恒星中，就存在着智慧生命！

- 人类文明的命运，就系于这纤细的两指之上。

同样，我们会注意到，"人类文明的命运，就系于这纤细的两指之上"，"纤细"带有消极的鉴赏义，命运被"纤细"的两指改变，这也是作者有意为之，目的是达到积极评价与消极评价的对立平衡效果。

4.3 人是虫子：与汪淼有关的态度意义

"刘慈欣从《三体》第一部开始详细描写人类得知三体文明的存在后的一系列道德行为。这里的道德行为包括个人及组织的道德选择和道德行动，更是作为整体的人类文明在遭遇异质外星文明后进行的价值选择和政治决断。"（陈颀，2016）

"《三体Ⅰ》为什么选择汪淼作为主要叙述（转述）视角？这既是一个'文本形式'问题，也是一个'社会分析'问题，两者的结合构成科幻小说的基本'阅读契约'，即科幻小说的认知拟真性（vraisemblance）和可信性。"（陈颀，2016）汪淼这个人物的特点是中年男性、纳米材料科学家、已婚有一子、有自己的兴趣爱好，毫无疑问属于书中提到的"社会精英"，这样的特点在书中既代表很大一部分受三体智子干扰的科学家，也代表"三体游戏"的优秀玩家，同时在现实生活中也是三体理想读者已经具备或即将具备的特点。选择汪淼作为主要叙述视角，目的是为了让读者认可三体文明的真实性（陈颀，2016）。因此，汪淼为主要的叙述人是作者的有心安排，并不是可有可无的人物角色。

《三体Ⅰ》以汪淼的叙事角度推动情节发展。汪淼这一人物参与或推动的主要情节有如下三个方面。一是亲历倒计时和宇宙闪烁"超自然"现象，遭遇科学信仰崩塌的可怕时刻；二是进入《三体》游戏，从人类的角度理解三体世界在生存与毁灭之间的无序交替的文明演进历程；三是参与古筝计划，贡献自己研发的纳米材料"飞刃"；虽然当得知"飞刃"攻击巨轮很有可能"伤及无辜"之时，汪淼有一瞬间的"虚弱"和

"颤抖""心跳骤然加速,呼吸也急促起来,他有一种立刻逃离的冲动",但虚弱和憎恨"转瞬即逝"。

亲历倒计时和宇宙闪烁,汪淼从不安到恐惧到愤怒,到试图从科学的角度去解释(第3章),联系到申玉菲后,见到违反物理学基本常识的宇宙闪烁,科学边界预言的这一违反物理规律的天文现象让汪淼崩溃(第6章和第10章)。在遭遇科学信仰崩塌的可怕时刻,汪淼得到暗中保护他的大史的帮助和鼓励(第11章)。

4.3.1 以汪淼为评价对象的情感意义

以汪淼为情感者的情感成分有不安、心跳加快、感到暗室中有一股寒气沿着脊背升上来、战栗、颤抖、疯狂的边缘、脸色难看、怕看到结果、恐惧、感到自己窒息了、梦游般迷离的眼神、震惊、吃惊、绝望、愤怒。

限于篇幅,我们不再对以汪淼为情感者的情感成分逐一分析。

4.3.2 以汪淼为评价对象的判断意义

除这些情感成分外,以汪淼这个人物为判断对象的判断意义显得更为突出。如在看到倒计时之后,汪淼的行为举止显得很慌乱,这些都是属于判断意义的消极常态性成分。

- 汪淼……飞快地乱拍起来。
- 他干得很忙乱,显影液、定影液洒了一地,胶卷很快冲出来了……
- 汪淼冲出暗室,冲出家门,猛敲邻居的门,开门的是退休的张教授。
- 汪淼抓过相机和胶卷,匆匆返回屋里。

- 在梦境中，他疯狂地击打悬浮在半空的倒计时，撕它、咬它，但一切击打都无力地穿透了它，它就悬在梦境正中，坚定地流逝着。
- "是啊，太累了。"汪淼无力地说，待他离开后，拿起电话，拨了申玉菲的号码，只响了一声铃她就接了。
- "你们背后是什么？"汪淼问，尽量使自己的声音冷静一些，但没有做到。
- 申玉菲的话让汪淼愣了一下，他对这个问题没有准备，于是强迫自己冷静下来，以免落入圈套。
- "你想怎么样？"汪淼的声音变得无力了。

上述常态性成分生动地描述了汪淼这个知名科学家和社会精英举止失态的窘况，在设置悬念、情节推动上起到很大的作用，但是同时汪淼这个人物具备自我调节能力，即积极的能力性，为家人着想，即积极的可靠性，这些都属于积极的判断意义。

- 面对被惊醒的妻子恐慌的探问，他努力使自己镇定下来，安慰妻子说没什么，又躺回床上，闭上眼睛，在幽灵倒计时的照耀下艰难地度过了剩下的夜晚。
- 清晨起床后，汪淼努力使自己在家人面前显得正常些。
- 我并没有屈服，设备确实需要维修，因而试验必须暂停，与别的无关。
- 一整天他有意使自己保持忙碌状态，天黑后才离开实验室。
- 他必须再为自己找些事情做，想到应该再去看看杨冬的母亲了，就驱车来到了叶文洁家。
- 杨母见到汪淼很高兴，说他的气色看上去比上次好多了。
- 他的心态调整得很成功，当登录界面出现时，汪淼像换了一个人似的，心中立刻充满了莫名的兴奋。

第四章 态度意义与人物塑造

一段时间之后，汪淼开始冷静地分析各种奇怪的状况。下面这几处都是属于积极的能力性意义。通过对汪淼行为的"冷静""控制自己"体现了科学家沉稳理性的一面。

- 这时他已经冷静下来，将思绪从倒计时上移开，想着关于"科学边界"和申玉菲的事，想到她玩的网络游戏。
- 关于申玉菲，他能肯定的唯一一件事就是她不是爱玩游戏的人，这个说话如电报般精简的女人给他唯一的印象就是冷，她的冷与其他的某些女性不同，不是一张面具，而是从里到外冷透了。
- "不是故障。"汪淼平静地说，在这样的事情面前，他已经初步学会了控制自己。

但看到"超自然"的宇宙闪烁后，科学信仰的崩塌使汪淼到了情绪崩溃的边缘。这些都是判断意义的消极能力性和常态性成分。

- 不过是个游戏嘛，但他失败了。
- 《三体》正是这样，它的海量信息是隐藏在深处的，汪淼能感觉到，但说不清。他突然悟出，《三体》的不寻常在于，与其他的游戏相比，它的设计者是反其道而行之。
- "小汪啊，你脸色怎么这么不好？好像身体很虚的。"杨母关切地问。
- 汪淼摘下3k眼镜，虚弱地靠着车轮坐在地上。
- "倒计时的尽头是什么？"汪淼无力地问。
- 汪淼钻进车子，离开了天文馆，在城市里漫无目的地开着。
- 当东方出现一线晨光时，他将车停在路边，下车走了起来，同样漫无目的的。
- 他的意识中一片空白，只有倒计时在那暗红的背景辐射上显现着、跳动着，他自己仿佛变成了一个单纯的计时器，一

99

口不知道为谁而鸣的丧钟。天亮了起来，他走累了，在一条长椅上坐下来。

● 在圣乐的庄严深远中，汪淼再次感到宇宙变小了，变成了一座空旷的教堂，穹顶隐没于背景辐射闪烁的红光中，而他则是这宏伟教堂地板砖缝中的一只小蚂蚁。

4.3.3 鉴赏意义：消极的反应性

智子操控的环境通过汪淼的视角呈现给读者，一是倒计时体现了消极的反应义；二是闪烁的宇宙体现了消极的均衡义。

在《三体Ⅰ》中，和汪淼有关的主要的鉴赏评判对象是倒计时，"幽灵倒计时"出现16次，限于篇幅，这里只举一个"幽灵倒计时"的例子。此外，"幽灵般"出现2次，"诡异"出现3次，"魔鬼数字"出现1次，"离奇"出现1次。

● 胶卷冲出来后，对着晕暗的红灯，汪淼看到那幽灵倒计时仍在继续，在一张张随意拍出的混乱画面上，包括那几张扣着镜头盖拍的，清晰地显示出：1187：19：06、1187：19：03、1187：18：59、1187：18：56……

● 在冲出来的胶片上，那数字幽灵般地在每一张底片上不断显示出来，第一张是1187：27：39，从上一卷最后一张拍摄到拍这卷的第一张，正好是间隔这么长时间。

● 在汪淼的脑海中突然浮现出幽灵般的数字像一条张开的绞索横在孩子面容前的幻象，他不由微微战栗了一下。

● 汪淼甚至盯着初升的太阳，试图使倒计时被强光暂时隐没一会儿，但没有用，那串魔鬼数字竟在日轮上显现出来，这时它不是增加亮度，而是变成黑色，更加恐怖。

● 胶片很快冲出来了，他开始查看哪张值得放大洗成照片，在第一张就发现了一件离奇的事。这张拍的是一个大商场外的一小片草地,他看到底片正中有一行白色的东西,细看是一排数字:1200:00:00。

- 重新查看每张底片,汪淼很快发现了这些数字的第一个诡异之处:它们自动适应背景。如果背景是黑色,数字则为白色,白色背景上的数字就是黑色,似乎是为了形成最大的反差便于观察者看清。

- 汪淼使用不同的相机拍摄,目的是排除问题出在相机或底片上的可能性,但他无意中让孩子拍摄,加上之前让妻子拍摄,得出了一个更加诡异的结果:用不同相机和不同胶卷拍摄,别人拍出的都正常,幽灵倒计时只会在他拍摄的照片上出现!

- 申玉菲摘下显示头盔,又脱下了感应服,戴上她那副在瘦削的脸上显得很大的眼镜,面无表情地对汪淼点点头,一个字都没说,等着他说话。汪淼拿出那团胶卷,开始讲述发生在自己身上的诡异事件。

鉴赏成分除上述形容词以外,也有以下隐喻表达。

- 在这样的背景上,那行数字以正常的位置无论是黑是白都不可能显示清楚,但它竟竖了起来,且弯曲自身,沿着枯树深色的树身呈白色显示,<u>看上去仿佛是附着在枯树上的一条细蛇</u>!

- 汪淼绝望地抓起那堆胶卷,像抓着<u>一团纠缠在一起的蛇,又像一团难以挣脱的绞索</u>。

- 他闭上双眼,倒计时仍显现在他那完全黑暗的视野中,<u>像黑天鹅绒上发亮的水银</u>。他再次睁眼,并揉揉眼睛,倒计时仍没有消失,不管他的视线如何移动,<u>那一串数字稳稳地占据着视野的正中央</u>。

- 一股莫名的恐惧使汪淼猛地坐起来,<u>倒计时死死跟随着</u>

他。他跳下床，冲到窗前，扯开窗帘，推开窗。外面沉睡中的城市仍然灯光灿烂，倒计时就在这广阔的背景前显现着，像电影画面上的字幕。

- 汪淼恍惚地走出医院，倒计时就在他眼前，他似乎在跟着它走，跟着一个死死缠着他的鬼魂。

而没有倒计时的照片则是"赏心悦目"的。

- 他用放大镜沿着湿漉漉的胶卷看去，倒计时消失了，底片上只有妻子拍出的室内画面，在低速光圈下，她那不专业的操作拍出的画面一片模糊，但汪淼觉得这是他看过的最赏心悦目的照片了。

智子操控的世界失去了往日的稳定与平衡，幽灵倒计时和宇宙闪烁这样的超自然现象使得科学家眼中的均衡性遭到破坏，这些消极的均衡性成分给小说增加了悬疑与神秘。

- 在新的对撞能级下，同样的粒子，同样的撞击能量，一切试验条件都相同，结果却不一样。不但在不同的加速器上不一样，在同一加速器不同时间的试验中也不一样，物理学家们慌了，把这种相同条件的超高能撞击试验一次次地重复，但每次的结果都不同，也没有规律。

- 这意味着物理规律在时间和空间上不均匀。

- 在他的感觉中，这座正在晨曦中苏醒的城市似乎建立在流沙上，它的稳定是虚幻的。

- 汪淼感到脚下的路面像流沙般滑动，A字形大厦仿佛摇晃起来，他赶紧收回目光。

- 回到实验室时正好是子夜一点，当他们将目光投向终端屏幕时，波动刚刚出现，直线变成了曲线，出现了间隔不一的尖尖的波峰，颜色也变红了，如同一条冬眠后的蛇开始充血蠕动了。

- 三条曲线在同步波动，一模一样。
- 汪淼现在体会到，如果新天文馆的建筑师想表达对宇宙的感觉，那他成功了——越透明的东西越神秘，宇宙本身就是透明的，只要目力能及，你想看多远就看多远，但越看越神秘。
- 当汪淼的眼睛适应了这一切后，他看到了天空的红光背景在微微闪动，整个太空成一个整体在同步闪烁，仿佛整个宇宙只是一盏风中的孤灯。
- 站在这闪烁的苍穹下，汪淼突然感到宇宙是这么小，小得仅将他一人禁锢于其中。宇宙是一个狭小的心脏或子宫，这弥漫的红光是充满于其中的半透明的血液，他悬浮于血液中，红光的闪烁周期是不规则的，像是这心脏或子宫不规则的脉动，他从中感受到了一个以人类的智慧永远无法理解的怪异、变态的巨大存在。
- 在对面动物园大门旁的一排霓虹灯中有一根灯管坏了，不规则地闪烁着；近处的一棵小树上的树叶在夜风中摇动，反射着街灯的光，不规则地闪烁着；远处北京展览馆俄式尖顶上的五角星也在反射着下面不同街道上车灯的光，不规则地闪烁着……
- 他甚至觉得，旁边几幅彩旗在微风中飘出的皱褶、路旁一注积水表面的涟漪，都向他传递着莫尔斯电码……他努力地破译着，感受着幽灵倒计时的流逝。
- 在黎明惨白的天空下，教堂的罗马式尖顶像三根黑色的巨指，似乎在为他指出冥冥太空中的什么东西。
- 在圣乐的庄严深远中，汪淼再次感到宇宙变小了，变成了一座空旷的教堂，穹顶隐没于背景辐射闪烁的红光中，而他则是这宏伟教堂的地板砖缝中的一只小蚂蚁。

- 一走出纳米中心的大楼，汪淼又被那噩梦的感觉追上了，他觉得布满群星的夜空像一面覆盖一切的放大镜，他自己是镜下的一只赤裸的小虫，无处躲藏。

汪淼和大史交谈之后，史强对汪淼的保护和开解使汪淼感到"世界又恢复了古典和稳定"，这里的均衡性成分是正面的、积极的。

- 汪淼干了这杯后，感觉世界围绕着自己旋转，只有对面吃爆肚的大史很稳定。
- 他看到，自己正在紫禁城的一角，夕阳照在古老的皇宫上，在护城河中泛起碎金，在他眼中，世界又恢复了古典和稳定。汪淼就这样享受着久违的宁静……
- 太阳被一小片黑云遮住了，在大地上投下一团移动的阴影。这不是普遍的云，是刚刚到来的一大群蝗虫，它们很快开始在附近的田野上降落，三个人沐浴在生命的暴雨之中，感受着地球生命的尊严。

总之，与汪淼有关的反应性评价成分主要体现了倒计时和宇宙闪烁超自然现象的触发作用，围绕着汪淼的情感意义和判断意义展开，增强了科幻小说的可读性。

4.4 人类必胜：以史强为评价对象的判断意义

"在三体危机带来的恐慌中，只有一个人真正表现出了对生命的尊严和生命本身的尊重，那就是史强。在小说第一部和第二部中都有重要表现的史强，是一个非常值得关注的对象。"（吴飞，2019）以汪淼为代表的知识精英们既有科学知识又有钻研精神，把科学视为终结和超越信仰，但在《三体Ⅰ》中他们却即将或已经走到自我怀疑与绝望的境地。史强却认为"虫子从来就没有被战胜过"。史强这一人物的特点是什么呢？从情感、判断和鉴赏的角度分析，以史强为评价对象的情感意义几乎为零，相关的鉴赏意义也屈指可数，而以这个重要人物为评价对象的判断意义则非常多。通过判断意义的分析，我们可以总结出史强的特点是不修边幅，"一副无赖相"，看似和周围环境格格不入、但接地气，懂得变通，办事能力强。

在对史强这个人物的刻画上，可以说作者几乎所有的评价意义都体现在人物行为上。如史强第一次出场时，对他的描述绝大部分都是消极的常态性成分，突出了史强异于常人的行为举止。这些消极的常态性成分和上述以汪淼为判断对象的消极的常态性成分有相同之处，因为常态性主要指行为是否正常、是否自然、是否符合常规或习惯，史强和汪淼的行为都是不正常的。但是二者又有很大不同，不同之处在于汪淼的失态是作为科学家遇到"超自然"现象、科学知识无法解释的情况举止慌乱，目的是引起读者对"超自然"现象的好奇心；而以史强为判断对象的消极常态性成分是为了反衬史强不拘小节的性格、灵活变通的工作能力和超乎寻常的洞察力。

- 但那位便衣就让人讨厌了。这人长得五大三粗，一脸横肉，穿着件脏兮兮的皮夹克，浑身烟味，说话粗声大嗓，是最令汪淼反感的那类人。
- "汪淼？"那人问，直呼其名令汪淼很不舒服，况且那人同时还在点烟，头都不抬一下。不等汪淼回答，他就向旁边那位年轻人示意了一下，后者向汪淼出示了警官证，他点完烟后就直接向屋里闯。
- "成，那就在楼道里说吧。"史强说着，深深地吸了一大口烟，手中的烟几乎燃下去一半，之后竟不见吐出烟来。
- 他说着，刚才吸进肚子里的烟都喷到汪淼脸上。
- "等等！"史强厉声说，同时朝旁边的年轻警官挥了一下手，"给他地址和电话，下午走一趟。"

105

- 年轻警官生气地将史强拉到一边，显然他的<u>粗俗</u>不止让汪淼一人不适应。
- "<u>这人怎么这样儿</u>。"少校小声对同事说。
- "他<u>劣迹斑斑</u>，前几年在一次劫持人质事件中，他不顾人质的死活擅自行动，结果导致一家三口惨死在罪犯手中；<u>据说他还和黑社会打得火热，用一帮黑道势力去收拾另一帮</u>；去年又搞<u>刑讯逼供</u>，<u>使一名嫌疑人致残，因此被停职了</u>……"
- 汪淼看到了史强，他倒是一反昨天的<u>粗鲁</u>，<u>向汪淼打招呼</u>，但那<u>一脸傻笑</u>让汪淼愉快不起来。
- 从史强那带有一半<u>调侃</u>的表情上，汪淼看不出他是不是开玩笑。

紧接着，史强身边人透露出史强工作能力强，而史强的话告诉我们，他的警察身份在作战中心的地位并不高。

- "首长点名要他，<u>应该有什么过人之处吧</u>。"
- 在迷惑的同时，汪淼对史强的<u>观察力</u>留下了些印象。
- 现在，汪淼知道常伟思把他以前的这个战士调来是有道理的，这个外表粗俗的家伙，<u>眼睛跟刀子一样</u>。他也许<u>不是个好警察，但确实是个狠角色</u>。
- 史强就那种脾气，其实他<u>是一名很有经验的刑警和反恐专家</u>。
- 大史盯着汪淼看了一会儿，然后仰天一笑，"这话我也对常伟思说过几次，咱俩是难兄难弟。实话告诉你，<u>我什么也不知道，级别低，他们不告诉我，有时真像在做噩梦</u>。"

一方面，在作战中心，史强的行为表现和周围的环境格格不入，这部分同样有大量的以史强为判断对象的消极常态性成分，我们可以看出，不论是从汪淼的视角，还是从作战中心的领导者常伟思的视角，史强的行为举止都是不恰当的，这进一步强化了史强的人物形象，不拘一格、

106

第四章　态度意义与人物塑造

大大咧咧。另一方面，史强的工作能力得到进一步的积极肯定，做出这些积极的"可靠性"判断的评价者是作战中心的领导者常伟思"这样级别的首长"。

- 史强拿着刚点着的烟四下看看，没找到烟灰缸，就"滋啦"一声扔到茶杯里了。他抓住这个机会举手要求发言，没等常伟思表态就大声说道："首长，我提个要求，以前提过的——信息对等！"

- 史强敢对常伟思这样级别的首长这么说话，汪淼有些吃惊，而后者的反击更犀利。

- "我说大史，现在看来，你在部队上的老毛病还没改。你能代表警方吗？你因为自己的恶劣行为已被停职好几个月了，马上就要被清除出公安队伍。我调你来，是看重你在城市警务方面的经验，你要珍惜这次机会。"

- 大史用粗嗓门说："那我是戴罪立功了？你们不是说那都是些歪门邪道的经验吗？"

- 现在，汪淼知道常伟思把他以前的这个战士调来是有道理的，这个外表粗俗的家伙，眼睛跟刀子一样。他也许不是个好警察，但确实是个狠角色。

- 大史粗声粗气地开口说："包括联系人的姓名、见面地点和时间、谈话内容，如果交换过文字资料或电子邮件的话……"

通过以上的分析，我们能够看出史强出场时，对史强的消极判断成分在数量上远多于对他的积极判断成分；汪淼和史强的领导、同事等人作为评价者，对史强既做出积极判断，又做出消极判断。这些都进一步强化了人物的性格特点，使得人物形象更为立体和多面。

但在申玉菲被杀和逮捕地球叛军的两个场景下，对于史强的判断成分更多的是直接的动作描写，积极判断成分的评价者直接是隐含作者，其中有一个例子的积极成分的评价者是史强本人，从多个视角给予史强这个人物以高度评价。

- 刚下车的大史听到这声音后立刻警觉起来，一脚踹开虚掩着的院门，以与他那壮硕的身躯不相称的敏捷飞速冲进别墅，他的三名同事随后跟进。

- 他大大咧咧地四下看看，突然冲向前去，倒握着枪的手一抡，响起了金属砸在头骨上的闷响，一名三体战士倒了下去，没来得及抽出的手枪摔出老远。

- "武器都丢桌子上！谁再扎刺，穿了他！"史强指指身后的一排冲锋枪说，"知道各位都是不要命的，我们也是不要命来的！我可把话搁这儿了：普通的警务和法律禁区，对你们已经不适用了，甚至人类的战争法则对你们也不适用了！既然你们已经与全人类为敌，咱们大家也都没什么可忌讳的了。"

- 大厅的一切顿时凝固了，唯一在动的是史强，他把倒握的枪插回左腋下的枪套，神态自若地拍拍手。

- 史强仍不动声色。

- 大史几乎不为人察觉地摇摇头，"没有合适位置，那小东西精得能捉鬼，狙击手的长家伙一瞄准她就能察觉到。"

- 说完，大史径直向前走去，拨开人群，站到中间的空地上。

- 大史趁机又向前跨了两步，将自己与女孩的间距缩短至五米左右，女孩警惕地一举核弹，用目光制止了他，但她的注意力已经被大大分散了。

- 大史闪电般抽出手枪，他抽枪的动作正好被取信的人挡住，女孩没有看到，她只看到取信人的耳边亮光一闪，怀中的核弹就被击中爆炸了。

逮捕地球叛军后，降临派要灭绝人类的目的暴露，此时如何获得"审判者号"上的三体与人类的交流记录就成了紧急的重大任务，人类命悬一线。在讨论作战计划时，众人束手无策，而经验丰富、有勇有谋的史强出了"邪招"，此时积极的判断成分与消极的判断成分不断交替出现，使这个情节产生戏剧性效果。

- 史强说着，从会议桌上的烟灰缸中拣出一只雪茄屁股，点上后抽了一口，点点头，心旷神怡地把烟徐徐吐到对面与会者的面前，其中就有这支雪茄的原主人斯坦顿，一名美国海军陆战队上校，他向大史投去鄙夷的目光。
- "那我们后面剩下的，就是扯淡了。"大史插上一句，立刻遭到很多人的白眼。
- 他坏笑着转向译员，一名一脸不自在的漂亮女中尉，"不好翻吧同志，意思到了就行。"
- 但斯坦顿居然似乎听懂了，他用刚刚抽出的一支雪茄指着史强说："这个警察有什么资格这么对我们讲话？"
- "你的资格呢？"大史反问道。
- "那告诉你我的资格：二十多年前，我所在的侦察排，穿插到越军纵深几十公里，占领了那里的一座严密设防的水电站，阻止了越南人炸坝阻断我军进攻道路的计划。这就是我的资格：我战胜过并打败了你们的敌人。"
- "我看没必要在这个警察身上浪费时间。"斯坦顿上校轻蔑地说，同时开始点雪茄。
- 没等译员翻译，大史就跳起来说："泡立死（police），我两次听到这个词了，咋的，看不起警察？
- 而像我这样在基层摸爬滚打了十几年的重案刑警，受到了他们最好的培养和教育。
- "这儿这么多重量级人物，我刚才怕轮不上我，那样老领导您又会说我这人没礼貌了。"
- "你已经没礼貌到家了！快些，说你的邪招！"

- 然后，他探身越过桌面，一把扯下了斯坦顿上校刚点燃的雪茄。
- "我不能容忍这个白痴了！"上校站起来大叫。
- 史强说完，站在那里等了几秒钟，举起双手对着还没有反应过来的人们说："完了，就这些。"说完转身走出了会场。
- 史强走了进来，带着那一脸坏笑看了看众人，拿起桌上"运河"边的两支雪茄，把点过的塞到嘴里，另一支揣进口袋。
- "你真是个魔鬼。"一位联合国女官员对大史说。
- 散会时，斯坦顿上校把那个精致的雪茄木盒推到史强面前，"警官，上好的哈瓦纳，送给你了。"

由以上分析可以看出，史强在与地球三体组织的斗争中，是个决定性的人物。面对核弹女孩的威胁，史强勇敢机智，逮捕叛军两百多人；以"邪招"成功截获"审判者"号上的三体信息，而且杀死了伊文斯。更重要的是，当科学家们被吓傻了的时候，只有史强冷静果断。

4.5 人物对话体现的判断意义

《三体Ⅰ》汪淼和史强之间的互动不仅起到推动情节发展的作用，而且他们二人的对话也体现了两人互相评价的判断意义。

在《三体Ⅰ》的开篇中汪淼与史强初次见面，两人互不信任，后来史强的"激将法"使汪淼决定加入"科学边界"。从下面的对话可以看出，两人的言语中充斥着对对方的消极判断成分，这些成分用语丰富，既有隐喻"肉包子打狗"，又有汉语中的惯用句型"像……这样的"，还有情态动词"得"以及祈使句"机灵点儿"，既有铭刻性能力意义，也有引发性能力意义。

当常伟思礼貌地把汪淼送到会议室门口时，大史在后面大声说:"这样挺好,我压根儿就不同意这个方案。已经有这么多书呆子寻了短见,让他去不是'肉包子打狗'吗?"

汪淼返身回去,走到大史身旁,努力克制着自己的愤怒,"你这么说话实在不像一名合格的警官。"

"我本来就不是。"

"那些学者自杀的原因还没有搞清楚。你不该用这么轻蔑的口气谈论他们,他们用自己的智慧为人类社会做出的贡献,是任何人都不可替代的。"

"你是说他们比我强?"大史在椅子上仰头看着汪淼,"我总不至于听人家忽悠几句就去寻短见。"

"那你是说我会?"

"总得对您的安全负责吧。"大史看着汪淼,又露出他招牌式的傻笑。

"在那种情况下我比你要安全得多,你应该知道,一个人的鉴别能力是和他的知识成正比的。"

"那不见得,像您这样的……"

"大史,你要再多说一句,也从这里出去好了!"常伟思严厉地呵斥道。

"没关系,让他说,"汪淼转向常将军,"我改变主意了,决定按您的意思加入'科学边界'"。

"很好,"大史连连点头,"进去后机灵点儿,有些事顺手就能做,如瞄一眼他们的电脑,记个邮件地址或网址什么的……"

"够了!够了!你误会了,我不是去卧底,只是想证明你的无知和愚蠢!"

"如果您过一阵儿还活着,那自然也就证明了。不过恐怕……嘿嘿。"大史仰着头,傻笑变成了狞笑。

"我当然会一直活下去,但实在不想再见到你这号人了!"

在第 11 章，在"倒计时数字"和"宇宙背景辐射闪烁"迷惑和摧毁下，汪淼身为科学家却毫无抵抗和还手之力。在崩溃的边缘，一直暗中保护他的史强出现了，此时史强对汪淼做出了消极的评价。

"哈哈哈，又放倒了一个！"

……

大史在汪淼身边坐了下来，将一把车钥匙递给他，"<u>东单口儿上就随便停车</u>，我晚一步就让交警拖走了。"

大史啊，要知道你一直跟在我后面，我至少会有些安慰的。汪淼心里说，但自尊使他没将这话说出口。他接过大史递来的一支烟，点上后，抽了戒烟几年后的第一口烟。

"怎么样，老弟，<u>扛不住了吧</u>？<u>我说你不成吧，你还硬充六根脚趾头</u>。"

"你不会明白的。"汪淼猛抽几口烟说。

"你是太明白了……那好，去吃饭吧。"

在吃饭的过程中，大史与汪淼的对话如下：

"你是说，宇宙在冲你眨巴眼儿？"大史像吃面条似的吞下半盘爆肚，抬头问道。

"<u>这比喻很到位</u>。"

"<u>扯淡</u>。"

"<u>你的无畏来源于无知</u>。"

"<u>还是扯淡</u>，来，干！"

在交谈中，大史关心的是房子、孩子和案子，而科学家们关心的是科学现象和宇宙真理，如果以正常的日常生活为评价标准的话，前者体现了判断意义的积极常态性，而后者体现的是判断意义的消极常态性。这就是史强和科学家们的不同之处。

• "老弟，<u>我夜里蹲点时要是仰头看天，那监视对象溜了</u>

怎么办？"

- "其实啊，我就是看天上的星星也不会去想你那些终极哲学，<u>我要操心的事儿多着呢</u>，要供房子，孩子还要上大学，更不要提那没完没了的案子……<u>我是个一眼能从嘴巴看到屁眼的直肠子，自然讨不得领导欢心，退伍后混了多少年还是这么个熊样儿</u>；要不是能干活，早让人踹出去了……<u>这些还不够我想的，我还有心思看星星、想哲学？</u>"

对话在继续，这时史强说出了他的看法，他的名言"邪乎到家必有鬼"打开了汪淼的心结；可以看出，汪淼这样的专家学者仍困顿于科学常识与难题，而经验丰富的刑警史强对社会的见解和洞察力则深刻得多。

"不过啊，我倒还真发明了一条终极定理。"

"说说。"

"邪乎到家必有鬼。"

"你这是……什么狗屁定理！"

"我说的'有鬼'是指没有鬼，是有人在捣鬼。"

"<u>如果你有些起码的科学常识，就无法想象是怎样的力量才能做成这两件事，特别是后一件，在整个宇宙尺度上，不但用人类现有的科学无法解释，甚至在科学之外我都无法想象。这连超自然都不是，我都不知道是超什么了……</u>"

"还是那句话：扯淡！邪乎事儿我见多了。"

大史的现实生活态度和对生活的洞察力，让汪淼深有触动和反思。

- "<u>你现在首先要保证站直了别趴下，然后才能说别的。</u>"
- "<u>干我们这行的，其实就是把好多看上去不相关的事串联起来，串对了，真相就出来了。</u>"
- "<u>得把它们串起来看</u>，当然我以前用不着操这份闲心，但从重案组调到作战中心后，<u>这就是我分内的事儿了</u>。我能把它们串起来，这就是我的天分，连常伟思也不得不服。"

● "……但主要还是让你们往歪处想，这样你们就变得比一般人还蠢。"

"您最后这句真精辟！"

"哼，也就是现在吧。你们这些科学精英都看不出来的事居然被我这个专科毕业的大老粗看出来了。"

"就是当时你对我说这些，我也肯定不会笑话你。"

● "比起科学界的书呆子来，你多年的警务和社会经验显然更有能力觉察这种大规模犯罪。"

● "那玩意儿不是一般的游戏，我这样无知无畏的人玩不了，还真得你这样有知识的才行。"

大史鼓励汪淼"研究下去，这就是对它最大的打击""也可以再玩玩那个游戏，能打通它最好""现在，眼前这位历经沧桑之后变得平静淡泊的老人，和那位无知无畏的大史，成了他摇摇欲坠的精神世界的两根支柱"。汪淼这个"有责任心的好人"开始思考科学及文明的敌人问题。在抓捕地球叛军后，两人对彼此的判断意义均为正面意义。

"……我干这行二十多年，就学会了看人。"

"你赢了，真的是有人捣鬼。"汪淼努力地挤出笑来，希望车里的大史能看到。

"老弟，还是你赢了。"大史笑着摇摇头，"老子怎么会想到，竟然真扯到外星人那儿！"

地球叛军统帅叶文洁在审讯中告诉人们两个质子已将人类科学锁死，汪淼和著名的物理学家丁仪得知后感慨三体科技的发达，两位科学家互称"虫子"，但随后意识到"我们应该学习魏成和大史他们的达观，干好自己的事儿就行了"。紧接着作战中心要夺取"审判日"号上被截留的三体信息，史强出了"邪招"，汪淼提供了纳米材料，两人合作的古筝行动成功。

- "……是我坚决要求请你来的,嘿,咱哥俩这次保准能出风头。"

然而"古筝"行动后,科学家们的科学能力、责任心和道德感并没有帮助他们成功破解三体文明和地球三体组织联手制造的"神迹",作战中心截取的三体发给地球叛军的信息显示地球处于智子的监控之下,在得知智子真相后,汪淼和丁仪认为"一切都无所谓了""什么都完了",汪淼想到放弃,甚至是"颓废和堕落",丁仪觉得这就是"世界末日"。但是史强一句简短的俗语"熊样儿"点出了汪淼和丁仪两位著名科学家的挫败感,这是典型的消极能力评价。

大史摇摇头,把面前的那杯酒一口干了,又摇摇头,"熊样儿"。

史强带汪淼和丁仪去看虫子时问道,"是地球人与三体人的技术水平差距大,还是蝗虫与咱们人的技术水平差距大?"汪淼和丁仪很快就明白了这个道理:虫子从来就没有被真正战胜过。二人在田野中感受着虫子旺盛的生命力,感受着地球生命的尊严。

"大史,谢谢你。"汪淼向大史伸出手去。

不难看出,汪淼和史强从一开始相互贬低,到逐渐承认对方的优势,最后走向合作;这个过程和判断意义是紧密相连的,即从互相的消极的判断意义,到积极与消极兼具的判断意义,再到完全的、积极的判断意义。起初不仅汪淼看不惯警察,丁仪等科学家们对警方的评价都是很负面的,丁仪告诫汪淼"别跟军方和警方纠缠到一块儿",因为他认为"那是一群自以为是的白痴";汪淼跟魏成提到警察时,魏成不屑地一笑,认为"警方算个狗屁,上帝来了都没用"。在评价文体学的框架下,这些判断成分构成了对立波动平衡(彭宣维,2015:262)。起初的消极的判断意义体现了《三体Ⅰ》的整体环境是缺乏安全感和信任的,但后来的消极的判断意义走向积极的判断意义,以汪淼为代表的科学家们与以史强为代表的警察合作，他们联手战胜了反叛人类的地球三体组织。这种合作是难能可贵的。有学者指出，汪淼与大史的合作具有非常强烈的文化政治意味，"既是科学家与大众的社会结合，也是知识分子与国家政权共同对抗异质文明的政治弥合"（陈颀，2016）。

4.6 判断意义的特殊体现形式：隐喻

隐喻是用于评价意义的特殊体现形式。（彭宣维等，2015：102）在《三体Ⅰ》中，人是"虫子"这一概念隐喻把人拟物化，使本书中判断意义的评价意象变得丰富且震撼，这或许就是这本科幻小说的魅力所在。"虫子"在《三体Ⅰ》中共出现18处，1处是第35章的标题，另外17处出现在正文，除上述对话中出现的几处外，还有下面一些典型例子。

- 叶文洁：不知道，我真的不知道。在三体文明眼中，我们可能连野蛮人都算不上，只是一堆虫子。

- 但这一切，都局限于对微观维度的一维控制，在宇宙间一个更高级的文明看来，篝火和计算机、纳米材料等是没有本质区别的，同属于一个层次，这也是他们仍将人类看成虫子的原因，遗憾的是，他们是对的。

- 如果说以上这些小神迹能使地球人迷惑和恐惧的话，那下一个巨型神迹足以把那些虫子科学家吓死：智子能使他们眼中的宇宙背景辐射发生整体闪烁。

- 这时，作战中心所有人的眼睛都看到了那个信息，就像汪淼看到倒计时一样，信息只闪现了不到两秒钟就消失了，但所有人都准确地读出了它的内容，它只有五个字——你们是虫子！

- "没想说什么，我什么都不知道，一个虫子能知道什么？"

"可你是虫子中的物理学家,知道的总比我多,对这事,你至少没像我这样茫然。就算我求你了,要不今晚我睡不好觉的。"

● "这是好事!"汪淼举起酒杯说,"我们这辈子反正能打发完,今后,颓废和堕落有理由了!我们是虫子!即将灭绝的虫子,哈哈……"

"说得好!"丁仪也举起酒杯,"为虫子干杯!真没想到世界末日是这么的爽,虫子万岁,智子万岁!末日万岁!"

● 看看吧,这就是虫子,它们的技术与我们的差距,远大于我们与三体文明的差距。人类竭尽全力消灭它们……这场漫长的战争伴随着整个人类文明,现在仍然胜负未定,虫子并没有被灭绝,它们照样傲行于天地之间,它们的数量也并不比人类出现前少。把人类看作虫子的三体人似乎忘记了一个事实:虫子从来就没有被真正战胜过。

三体人把地球人比作虫子这一概念隐喻反映了地球人的科技水平远低于三体人,地球文明与三体文明的差距巨大,是对地球人的消极的能力性评价;地球上的科学家把地球人或者自己比作虫子,则反映了不但认同三体人对地球人的消极的能力性评价,而且开始崩溃、放弃,甚至"颓废和堕落",反映了对地球人或自己的消极的能力性评级和消极的可靠性评价。形成鲜明对比的是,史强把地球人比作虫子,重点强调的是虫子旺盛的生命力,传递出对地球人积极的能力性评价,"从来就没有被真正战胜过。"对于把地球人比作虫子这同一个概念隐喻,不同的人做出不同的评价,使得隐喻的源域(地球人)和目标域(虫子)之间的张力承载了具有表达作者态度的人际意义,取得了非常好的文体效果。

4.7 小　结

首先,凭借对情感成分的归纳整理,我们能够很清晰地看到叶文洁的心路历程，这些情感意义随着文本的推进产生的累计效应对叶文洁这个人物的塑造起到了非常重要的作用。可以说，没有这些情感成分，就谈不上叶文洁这个人物的形象与塑造。而且这些情感成分在关键的情节"接收信号"和"发送信号"过程中有设置悬念的作用。另外，不得不提及小说中对那个孤独的1397号监听员在高度集权社会中感到生不如死的描写，"这个在整个小说中唯一得到正面描写的三体人，与对自己的社会和物种感到绝望、最先发出信号将三体文明引向地球的叶文洁互为镜像。他对于地球美好世界的憧憬和爱护，与叶文洁对三体文明的盲目信仰如出一辙，都建立在对自身所处社会的不满之上。""他们所处的世界也互镜像"。（吴飞，2019：37-38）限于篇幅，我们不再对1397号监听员进行单独分析。鉴赏成分营造了当时的自然环境和社会环境。对于科幻小说来说，隐含作者使用了鉴赏的估值性成分对探索外来文明进行评价，在对红岸基地的描述中，鉴赏的构成性成分则非常重要。就判断意义而言，叶文洁作为评价主体，对人类做出的判断是"人性之恶"，但是叶文洁作为评价客体，她的行为是有争议的，对她的判断相对复杂，我们将在本书第五章中进行分析。

其次，在对汪淼和史强的塑造上，隐含作者主要运用了能力性评价。能力性是指"叙述者在一定的社会文化视角下，对叙述对象的为人处世能力进行评价。这种能力性主要体现在社会人在社会生活中掌握的各项生存、生活技能上，如分析问题和解决问题的能力。这种能力在社会生活中逐步形成，具有个体差异性。叙述者通常对叙述对象的行为做出积极或消极的能力性判断"。（彭宣维等，2015：65）能力性还包括"叙述者从叙述对象完成某一行为的结果对其做出能力性评价。从行为过程可以看出一个人是否有能力完成任务，而行为结果则是能力的充分体现"。（彭宣维等，2015：66）因此，从判断意义的能力性的评价角度可以看出，在遇到外来文明的未知现象时，史强的能力性成分是积极的，汪淼的能力性成分是消极的，史强的能力是超出汪淼、丁仪等科学家们的能力的，但在解决某些冲突时，汪淼和史强一起合作，成功截获了"审判者号"，此时二者的能力性成分都是积极的。

积极的判断和消极的判断对于人物的塑造都是重要的。对史强的判断成分既有积极意义也有消极意义。积极意义的是能力性成分，消极意义的是常态性成分。以史强为判断对象的消极常态性成分和以汪淼为判断对象的消极常态性成分有异同之处。相同之处在于常态性主要是指行为是否正常、是否自然，是否符合常规或习惯，史强和汪淼的行为都是不正常的。但是二者又有很大的不同，不同之处汪淼的失态是作为科学家遇到"超自然"现象时，科学知识无法解释的情况下举止慌乱，目的是引起读者对"超自然"现象的好奇心。而以史强为判断对象的消极常态性成分，是为了描写史强的举止行为异于常人这一表象的背后是史强突出的工作能力和洞察力，目的是塑造人物的性格能力。在评价文体学的框架下，这些积极或消极的判断成分构成了对立波动平衡，而对同一个人物的判断成分则构成了穿梭波动平衡。

最后，通过对判断成分的分析可以看出，它与判断意义的语义实现形式略有所不同，在人物对话中的判断意义的体现形式更加口语化，有俗语、情态动词、祈使句等多种丰富多样的形式，增加了可读性和文学性。从《三体Ⅰ》全书看，隐喻的使用具有重要作用，"隐喻通过映射的关系在源域和目标域的判断意义之间建立了共通的联系，拓展了判断意义的体现形式，为语法和语义的发展提供丰富的素材。"（彭宣维等，2015：113）不同评价者对"地球人是虫子"这一概念隐喻做出的积极或消极的判断意义，反映了不同群体对待外来文明的不同态度，这种判断意义形成的链条取得了很好的文体效果。"虫子"的隐喻告诉人们，一个科技发达的文明不等于拥有更高的道德水准，"落后文明"在反抗追赶"先进文明"时，信心和决心具有决定性的作用。

第五章　介入与末日叙事

5.1　引　言

5.1.1　小说中的介入

Halliday（1978）认为文学语篇至少有两个层次的情景：第一个层次是作者以叙述者或施教者等身份从事创作活动，为读者提供信息、道德、审美等服务；第二个层次是文学语篇内的各种社会活动。张德禄（2005）认为作者以叙述者或施教者等身份从事创作活动可以分成两个层次，所以文学语篇有以下三个层次：第一层次情景语境是"作者创作语篇"，指作者以书面写作的形式创作文学语篇，为读者提供阅读体验；第二层次情景语境是"叙述者讲述事件"，指叙述者以向读者提供信息的身份对事件进行叙述；第三层次情景语境是"事件及事件人物"，由文学语篇内的事件本身及事件中的人物组成。参照叙事学对叙述交流层次的分析，我们发现张德禄（2005）的三个情景语境和德国叙事学家曼弗雷德·雅恩（Manfred Jahn）的观点是一致的。曼弗雷德·雅恩（2005）认为叙事文本的交流至少涉及三个层次：第一层是非虚构或"真实"交流层（level of nonfictional communication），是作者与读者的交流，被称为"超文本

(extratextual)层；第二层是虚构调整层（level of fictionalmediation）或"叙事话语层"，虚构的叙述者向受述者讲述故事；第三个层次是行动层（level of action），故事中的主要人物进行交流。第二层和第三层合称为内文本（intratextual）层，因为这些交流均发生在文本这一层次范围内。

评价文体学在情景语境的基础上，引入叙事学"隐含作者"的概念，强调小说中隐含作者、叙述者和叙述对象，即人物三个不同层次的评价立场。我们先看人物作为说话者的情况。

英国文体学家利奇和肖特在《小说中的文体》（1981）中，将人物话语的表达方式进行了有规则的排列。

言语表达：言语行为的叙述体 间接引语 自由间接引语 直接引语 自由直接引语

思想表达：思想行为的叙述体 间接思想 自由间接思想 直接思想 自由直接思想

申丹（2019）认为，言语和思想在表达形式上基本相同，不应对两者进行区分。申丹进一步（2019：311）探讨了中国小说叙述中转述语的独特性，汉语中若无明显标志，无法凭借时态区分直接式和间接式，因此，这种无法区分的转述语被称作直接式与间接式的"两可型"转述。"中国文学中这样的'两可型'具有独特的双重优点。因为没有时态与人称的变化，它们能和叙述语言融为一体（间接式的优点），同时它们又具有（无引号的）直接式才有的几乎不受叙述干预的直接性和生动性。"（申丹，2019：320）由此，《三体Ⅰ》中人物话语的表达方式可以排列为：

言语/思想表达：言语/思想行为的叙述体 两可型直接引语/思想

再来看叙述者作为说话者的情况。叙述者是"叙事作品中故事讲述的言语声音的发出者"（谭君强，2014：52）。根据谭君强（2014：59）对叙述者的区分，我们可以看到《三体Ⅰ》的叙述者具有以下四个特点：一是叙述者是故事外叙述者，而不是故事中的人物；二是叙述者是内隐的叙述者（overt narrator）而不是外显的叙述者（covert narrator）；三是叙述者全程都是可靠叙述，和隐含作者的评价立场一致；四是叙述者除叙述人物的言语和行动外，还存在"评论"（commentary）行为，即叙述者干预。结合叙述者的这几个特点和人物话语的表达方式，我们可以按照叙述者声音由弱到强排列为：

直接引语/思想 两可型 言语/思想行为的叙述体 叙述者干预

这样，叙述者声音从左到右构成级差："直接引语/思想"的说话者是人物，叙述者的声音最为隐蔽，在"两可型"话语中，叙述者的声音有意和人物混淆，"言语/思想行为的叙述体"是叙述者行为，人物的声音被遮蔽，"叙述者干预"的叙述者声音最强。

介入系统受巴赫金对话理论的影响，把一切语言使用看作"对话"，关注说话人如何与听话人结盟来向听话人传递态度立场。综合以上讨论，我们认为小说中的"说话人"就是叙述者，但是叙述者的声音有强有弱。

5.1.2 《三体》的末日叙事模式

近些年的科幻小说涉及广泛的社会问题：人口急剧增长、能源危机、环境污染、气候变暖等，地球的生存环境越来越恶劣。科幻小说借虚构的故事对人类提出预警，也猜想人类由此引发的心理、社会治理、伦理道德、政治经济等一系列的问题与挑战。末日叙事是科幻小说的重要题材和常见的叙事方式（吴言，2015：116；杨宸，2017：33）。科幻作家们在末日叙事中将读者引入对道德和价值观的思考。《三体Ⅰ》也不例外，叶文洁利用太阳向宇宙发出信号，是相信更高的科技水平代表更高的道德水准，她以为三体人来地球能够治理人间罪恶。然而，三体文明在接到叶文洁的信息后，通过"智子"干扰人类基础科学，锁死地球的科学进步，浩浩舰队远征地球。人类面临三体人的入侵，后果可能是整个人类的灭亡。因此，一方面，作者"描写了拥有三个恒星的不稳定的世界和其中的文明种族，这个外星世界和种族都是作为整体形象描述的，在这样的参照系中，按传统模式描述的人类世界也凝缩为一个整体形象"（刘慈欣，2010：32）；另一方面，作者提出了这样的问题："零道德的宇宙文明完全有可能存在，有道德的人类文明如何在这样一个宇宙中生存呢？"

综上所述，为尽可能全面穷尽的研究介入手段的使用，本章以末日模式为参照，按照末日来临、末日起因、末日反思三个阶段，选取文本里"直接引语/思想——两可型——言语/思想行为的叙述体——叙述者干预"等叙述者声音存在强弱差异的有代表性的几个片段进行分析，来解答隐含作者在这三个不同的阶段，如何利用多种介入手段与读者结盟，使读者接受故事与人物设定，并且认可隐含作者要表达的思想规范、道德价值、意识形态立场等。

5.2 末日来临

5.2.1 直接引语：收缩性介入

历史上人类作为整体并没有遭受过宇宙巨变。如何能让读者接受地球要接受外来三体人的入侵甚至是毁灭性的打击？如刘慈欣（2010：32）所言，故事里两个截然不同的世界，"一个是现实世界，灰色的，充满着尘世的喧嚣，为我们所熟悉；另一个是空灵的科幻世界，在最遥远的远方和最微小的尺度中，是我们永远无法到达的地方。这两个世界的接触和碰撞，它们之间形成的强烈的反差构成了故事的主体"。《三体Ⅰ》开篇以汪淼为视角展开，叙述者较多地使用了直接引语，常伟思、魏成、史强、叶文洁等人在告诉汪淼的同时也在间接地告诉读者：人类命运即将改变，接受现实，做好思想应对，人类是渺小的。这些话语多次利用

《三体I》文体与翻译研究：基于评价理论视角

"否定"与"对立"的介入手段，不断向读者强化相同的一点：我们的文明，甚至任何一个文明，都会面临生与死的挑战与困境。地球是，三体也是。

- "你很快就会知道一切的，所有人都会知道。汪教授，你的人生中有重大的变故吗？这变故突然完全改变了你的生活，对你来说，世界在一夜之间变得完全不同。"（常伟思—汪淼）
- "那你的生活是一种偶然，世界有这么多变幻莫测的因素，你的人生却没什么变故。"（常伟思—汪淼）
- "是的，整个人类历史也是偶然，从石器时代到今天都没什么重大变故，真幸运。但既然是幸运，总有结束的一天；现在我告诉你，结束了，做好思想准备吧。"（常伟思—汪淼）
- "世界就要发生突变了，每个人能尽量平安地打发完余生，就是大幸了，别的不要想太多，反正没用。"（魏成—汪淼）
- "嗤，警方算个狗屁，上帝来了都没用，现在全人类已经到了'叫天天不答，叫地地不应'的地步了。"（魏成—汪淼）
- "邪乎到家必有鬼"。（史强—汪淼）
- "地球生命真的是宇宙中偶然里的偶然，宇宙是个空荡荡的大宫殿，人类是这宫殿中唯一的一只小蚂蚁。"（叶文洁—汪淼）

在这里，为了使读者接受故事设定，说话人采用了收缩性介入为主的方式，缩小了与外部声音对话的空间。常伟思、魏成采用了否定和对立的介入方式，告诉事业顺利、生活幸福的汪淼，世界将发生巨变，不管是他还是地球都没有可选择的余地，尤其是作为接触过地球三体组织并用进化算法推演三体文明进程的魏成非常明确直接地使用了断言介入方式，说明这种巨变是不容置疑的事实。同时，因为是人物对话，所以认同介入的次数最多，衔接性认同、引导性认同、让步认同等都在常伟思的话语中出现，如常伟思使用了一般疑问句的形式，但并不期待汪淼

124

的回答，目的是引发汪淼和读者的思考，让汪淼同意人生确实存在"重大变故"，并产生消极的"不安全的"情感反应。另外，史强使用的"必"这一高情态的接纳介入，也体现了史强相对汪淼来说较高的权势性和大胆果断的人物性格，这一点和上一节对史强与汪淼的判断评价意义是一致的。另外，引证也起到了一定的作用，说话人通过引证把某种外部声音当作理所当然的、不容反驳的，在魏成的人物言语中使用的俗语"叫天天不答，叫地地不应"就体现了人类末日的"事实性"。人物之间的对话不仅交代了故事背景，而且使读者感受到人类正面临可怕的敌人，而且这位敌人是未知的，以此引发读者对人类命运"深感担忧"的消极情感意义和人类可能"无力应对"的消极判断意义。

5.2.2 "两可型"话语：扩展性介入

叙述学家Rimmon-Kenan（2011：111）指出："由于自由间接话语在叙述者的报道语言中能够再现人物言语和思想的语言特点，所以经常会被用在意识流写作中。对于自由间接话语，读者有时不能确定谁在想什么，话语的来源是什么。因此自由间接话语可以增强语篇的双声和多声效果（管淑红，2011：78）。"申丹（2019）指出，在中国小说中存在特有的"两可型"话语。董秀芳（2008）认为这种现象的产生是由于叙述中心理空间的转换，可以看作语篇层面的糅合。

末日来临前，人类的基础科学遇到挑战，科学家们先后自杀，汪淼陷入深深的自我怀疑中。叙述者使用了汉语特有的"两可型"话语模式。在这些两可型话语里，叙述者直接进入人物的经验，并且用了多种介入手段，尤其是接纳、否定和认同的出现次数较高，既体现了汪淼的疑问、困惑的主观声音，又具有全知叙述者的客观声音，两种声音互相融合，一起带动读者思考。

- 这些人<u>似乎</u>在梦呓，<u>战争时期？战争在哪儿？</u>

- 里面和外面的世界，<u>哪个更真实？</u>
- <u>至少对现有的技术而言</u>，这种力量是超自然的。
- 难道物质的本原真的是无规律的吗？难道世界的稳定和<u>秩序只是宇宙某个角落短暂的动态平衡吗？</u>只是混乱的湍流中<u>一个短命的旋涡吗？</u>
- 这源自两个<u>假</u>说，都涉及宇宙规律的本质。
- <u>是什么呢？也许</u>是自己的死亡，像杨冬那样；<u>也许</u>是一场像前几年印度洋海啸那样的大灾难，<u>谁也不会将其与自己的纳米研究项目相联系</u>（由此联想到，以前的每一次大灾难，包括两次世界大战，<u>是否都是一次次幽灵倒计时的尽头？</u>都有一个<u>谁都想不到</u>的像自己这样的人要负的最终责任）；<u>也许</u>是全世界的彻底毁灭，在这个变态的宇宙中，那<u>倒</u>对谁都是一种解脱……
- ……他（汪淼）向深不见底的蓝色苍穹望去，脑海中突然浮现出两个词：射手、农场主。

在"科学边界"的学者们进行讨论时，常用到一个缩写词：sf，它<u>不是</u>指科幻，<u>而是</u>上面那两个词的缩写。这源自<u>两个假说</u>，都涉及宇宙规律的本质。

"射手"假说：有一名神枪手，在一个靶子上每隔十厘米打一个洞。设想这个靶子的平面上生活着一种二维智能生物，它们中的科学家在对自己的宇宙进行观察后，发现了一个伟大的<u>定律</u>，"宇宙每隔十厘米，<u>必然会有一个洞</u>。"它们把这个神枪手一时兴起的随意行为，看成自己宇宙中的铁律。

"农场主假说"<u>则</u>有一层令人不安的恐怖色彩：一个农场里有一群火鸡，农场主每天中午十一点来给它们喂食。火鸡中的一名科学家观察这个现象，一直观察了近一年都没有例外，于是它也发现了自己宇宙中的伟大<u>定律</u>："每天上午十一点，<u>就有</u>食物降临。"它在感恩节的早晨向火鸡们公布了这个定律，<u>但这</u>

天上午十一点食物没有降临，农场主进来把它们都捉去杀了。

汪淼的生活本来很平静，但自从参加作战中心的会议，到亲历倒计时和宇宙闪烁，其中的心理过程必然是复杂的，因此，叙述者将他的思想直接呈现在读者面前，使读者能够更直接地体验这种跌宕起伏。这里的"接纳"介入最多，先用证据型情态"似乎"和3个开放问句的接纳介入表现了汪淼内心的迷茫和不确定性；亲历超自然现象后，用3个反问疑问句的认同介入表明汪淼其实已经趋同于宇宙无规律的认知；再接着思考，用"也许"的接纳介入，考虑了不同的声音。多处的接纳介入暗含多种可能性，用多个来源扩展了"作者—文本—读者"的对话空间，读者在接受故事设定中的地球危机时，心理上有了很大的缓冲余地。同时，从介入方式出现的先后顺序看，从接纳到认同，再到接纳，最后到对立，生动地向读者展现了汪淼内心从怀疑地球末日来临到思考末日的可能性再到怀疑宇宙本质，最终被动接受的心理活动过程，也体现了汪淼这个科学家在末日初始阶段叙事中的低权势性，这和之前的判断评价意义是符合的。

5.3 末日起因

5.3.1 探索外星文明的是与非：叙述者干预的收缩性介入

节选（一）

与外星文明的接触<u>一旦</u>建立，人类社会将受到什么样和何种程度的影响，这作为一个严肃的课题被系统深入地进行研究，<u>还只是</u>近两年的事。<u>但</u>这项研究急剧升温，得出的结论令人震惊。以前天真的理想主义愿望破灭了，学者们发现，与大多数人美好的愿望相反，人类<u>不可能</u>作为一个整体与外星文明接触，这种接触对人类文化产生的效应<u>不是</u>融合而是割裂，对人类不同文明间的冲突<u>不是</u>消解<u>而是</u>加剧。总之，接触一旦发生，地球文明的内部差异将急剧拉大，后果可能是灾难性的。最惊人的结论是：这种效应与接触的程度和方式（单向或双向），以及所接触的外星文明的形态和进化程度，没有任何关系！

这就是兰德思想库社会学学者比尔·马修在《十万光年铁幕：SETI社会学》一书中提出的"接触符号"理论。他认为，与外星文明的接触，只是一个符号或开关，不管内容如何，将产生相同的效应。假如发生一个仅证明外星文明的存在而没有任何实质内容的接触——马修称其为元接触——其效应也能通过人类群体的心理和文化透镜被放大，对文明的进程产生巨大的、实质性的影响。这种接触一旦被某个国家或者政治力量垄断，其经济和军事意义超乎想象。

第14章《红岸之三》是关于红岸工程探索外星文明的机密文件，从第四章对鉴赏意义进行分析，我们已经知道文件的用词及领导的意见都体现出对探索外星文明的积极评价。在第15章《红岸之四》的第一段至第三段，叶文洁说道："我们只能佩服红岸工程最高决策者思维的超前了，"汪淼点头表示同意，"是的，很超前。"这样的积极评价是符合故事设定的。但是紧接着，在第四段和第五段，出现了叙述者干预。为了使读者接受叙述者对人类与外星文明的接触持有的消极评价，叙述者使用了"否定"与"对立"的介入手段，与之前的积极评价形成强烈鲜明的对比。科学发展越来越迅速，不管是"红岸工程"领导者的先见之明，还是现实中的探索太空，很多我们引以为傲的进步与发展，未必有利于地球的繁衍和生存。为了加强说服效果，叙述者混用真实术语，如"兰德思想库""社会学"和虚构术语，如"学者比尔·马修""《十万光年铁幕：SETI社会学》一书""'接触符号'理论"等用"引证"的介入手段告诫读者，科学未必是灵丹妙药。同时这也是伏笔，叶文洁发送信号、回应信号并不能达到拯救人类的目的，反而引起了人类内部的异化。

5.3.2 叶文洁：言语、思想行为的叙述体与直接引语

在第三章我们已经分析过，叶文洁的情感经历让叶文洁体会到了"不可愈合的"人性之恶，然而，有学者质疑叶文洁由个人的情感经历出发转而背叛人类，将三体文明引入地球，似乎显得有些极端或突兀。为了让叙事转向人类共同体，又要让人物和故事显得合理，叙述者巧妙地在以下几个片段运用了多种叙述技巧，分别是节选（二）：发射信号前，1972年叶文洁阅读《寂静的春天》时对人类之恶的思考；节选（三）：回应信号前，时间是1980年；节选（四）：回应信号后，背景是返校后，发现无人忏悔，之后遇到伊文思，成立地球三体组织；节选（五）：第一人称叙述，出自第24章"飞向太阳的信息"和散见于第26、第31、第32章叶文洁被捕后的审讯"实录"，这两部分都是以叶文洁为第一人称的叙述，在发给太阳的信息中，叶文洁表达了引入外星文明的决心，在审讯实录中，叶文洁说出背叛全人类的原因。

节选（二）

三十八年后，在叶文洁的最后时刻，她回忆起《寂静的春天》对自己一生的影响。在这之前，人类恶的一面已经在她年轻的心灵上刻下不可愈合的巨大创伤，但这本书使她对人类之恶第一次进行了理性的思考。这本来应该是一本很普通的书，主题并不广阔，只是描述杀虫剂的滥用对环境造成的危害，但作者的视角对叶文洁产生了巨大的震撼，蕾切尔·卡逊描写的人类行为，如使用杀虫剂，在文洁看来只是一项正当和正常的，至少是中性的行为；而本书让她看到，从整个大自然的视角看，这个行为与"文化大革命"是没有区别的，对我们的世界产生的损害同样严重。那么，还有多少在自己看来是正常，甚至正义的人类行为是邪恶的呢？

再想下去，一个推论令她不寒而栗，陷入恐惧的深渊：也许，人类

129

和邪恶的关系就是大洋与漂浮于其上的冰山的关系，它们其实是同一种物质组成的巨大水体，冰山之所以被醒目地认出来，只是由于其形态不同而已，而它实质上只不过是这整个巨大水体中极小的一部分……人类真正的道德自觉是不可能的，就像他们不可能拔着自己的头发离开大地。要做到这一点，只有借助人类之外的力量。

这个想法最终决定了叶文洁的一生。

节选（二）是思想行为的叙述体。如前所述，"文化大革命"时的经历和在大兴安岭看到的破坏自然的情景，触发了叶文洁的消极情感反应，引起读者对叶文洁的理解与同情。但是，如果直接上升到这些都是人类的罪恶的高度，似乎显得过于突兀，因此，作者巧妙地运用思想行为叙述体，叙述者直接与读者对话，报告叶文洁的所思所想，遮蔽了叶文洁的声音。叙述者在提出"人类"这个概念后，在短短不到500字的文章中，使用了多达六种的介入手段，"对立"介入和"接纳"介入的次数最多，充分调动了读者的主动思考。使用最多的是"对立"介入。在大众的普遍认识中，《寂静的春天》只是一本关于反对杀虫剂和保护生态的科普读物，而叶文洁的思考则是异于常人的，是"反预期"的，在否定和对立的穿插介入中，得到"人类真正的道德自觉是不可能的"这一结论。问句体现的接纳义显示了叶文洁内心的疑虑，"只有借助人类之外的力量"，是条件句体现的接纳义，暗含"只有外星文明才能实现人类的道德自觉"，只有……才（能）体现的是唯一条件，表示只有在某种特定情形下才可能发生的事件。接纳义不仅是在说服叶文洁自己，同时也实现了与读者的对话，与读者结盟，说服读者接受叶文洁的结论，使读者排除人类道德自觉和自救的可能。

需要注意的是，"人类和邪恶"与"大洋和冰山"形成了类比关系。"实质上"同时体现断言义和对立义。"断言通过强调坚持自己的意见缩小对话空间，对立则通过否认直接反对其他可能性"。这里对于"冰山和大洋是不同的"和"冰山和大洋都是水体"两个命题，否认前者体现对立义就意味着承认后者,或坚持后者体现断言义则意味着与前者对立,所以这里的断言义与对立义是同时存在的。

节选(三)

其实,叶文洁对人类恶的一面的理性思考,从她看到《寂静的春天》那天就开始了。随着与杨卫宁关系的日益密切,叶文洁通过他,以收集技术资料的名义,购进了许多外文的哲学和历史经典著作,斑斑血迹装饰着的人类历史令她不寒而栗,而那些思想家的卓越思考,则将她引向人性的最本质、最隐秘之处。

其实,就是在这近乎世外桃源的雷达峰上,人类的非理性和疯狂仍然每天都历历在目。叶文洁看到,山下的森林,每天都在被她昔日的战友疯狂砍伐,荒地面积日益扩大,仿佛是大兴安岭被剥去皮肤的部分,当这些区域连成一片后,那幸存的几片林木倒显得不正常了。烧荒的大火在那光秃秃的山野上燃起,雷达峰成了那些火海中逃生的鸟儿的避难所,当火烧起来时,基地里那些鸟儿凄惨的叫声不绝于耳,它们的羽毛都被烧焦了。

在更远的外部世界,人类的疯狂已达到了文明史上的顶峰。那段时间,正是美苏争霸最激烈的时期,分布在两个大陆上的数不清的发射井中,在幽灵般潜行于深海下的战略核潜艇上,能将地球毁灭几十次的核武器一触即发,仅一艘"北极星"或"台风"级潜艇上的分导核弹头,就足以摧毁上百座城市,杀死几亿人。但普通人对此仍然一笑置之,似乎与己无关。

作为天体物理学家,叶文洁对核武器十分敏感,她知道这是恒星才具有的力量。她更清楚,宇宙中还有更可怕的力量,有黑洞、有反物质等,与那些力量相比,热核炸弹不过是一支温柔的蜡烛。如果人类得到了那些力量中的一种,世界可能在瞬间被汽化,在疯狂面前,理智是软弱无力的。

131

第 24 章《红岸之六》是《三体Ⅰ》全书情节的最高潮，也是全书最核心的事件，叶文洁收到三体人信号后，不顾"不要回答！不要回答！！不要回答！！！"的严重警告，依然回应了信号，暴露了地球坐标。节选（三）就出现在第 24 章的开篇几段。这四段看似是思想行为的叙述体，但实际上是叙述者的干预，叶文洁对于"核武器、黑洞、反物质"等的看法是什么，读者并不知道，所以与其说是叶文洁的思想，不如说是叙述者的观点。这是叙述者在为人类末日叙事模式做的努力。因此，叙述者使用了收缩性介入手段，缩小对话空间，使用最多的"对立"介入、"断言"介入和"否定"介入，"叶文洁看到""她知道""她更清楚"作为外部声音按"引证"处理。对于人类破坏大自然的行为，叙述者认为这是人类的"非理性和疯狂"，而叶文洁作为亲历者的目击更验证了这一点；对于冷战时期的武器威力，叙述者用对立介入和否定介入表现了普通人漠然的态度，而叶文洁作为天体物理学家，"读了很多著作"，她的观点是被叙述者当作权威的、不容置疑的。因此，在这些问题上，叙述者和叶文洁的立场是完全一致的，对普通人"疯狂"持消极的评价态度，与普通人的看法形成了对立关系。

值得注意的是，突如其来的三体信号给叶文洁带来了曙光，叙述者也急于直接和读者对话："宇宙<u>不</u>荒凉，宇宙<u>不</u>空旷，宇宙充满了生机！人类将目光投向宇宙的尽头，<u>但哪里想到</u>，在距他们最近的恒星中，<u>就</u>存在着智慧生命！""人类文明的命运，<u>就</u>系于这纤细的两指之上"。这里的否定和对立手段，使读者感受到意外的惊喜，而断言"就"则告诉读者，太空外真的有生命存在！这是多少人梦寐以求的事情。此时，叙述者和读者结成联盟，会带着复杂的心理看待叶文洁的功与过。没有叶文洁，或许人类就无法得知有外星文明这一真相，而有了叶文洁，"纤细的两指""就"改写了人类命运。断言"就"强势绝对，叶文洁按下了按钮，人类的命运从此改变。两处"就"使读者被叶文洁的举动紧紧地牵动着。

第五章 介入与末日叙事

节选（四）

这是疯狂的终结吗？科学和理智开始回归了吗？叶文洁不止一次地问自己。

直到离开红岸基地，叶文洁再也没有收到来自三体世界的消息。她知道，要想收到那个世界对她那条信息的回答，最少要等八年，何况她离开了基地后，已经不具备接收外星回信的条件了。

那件事实在太重大了，却由她一个人静悄悄地做完，这就产生了一种不真实的感觉。随着时间的流逝，这种虚幻感越来越强烈，那件事越来越像自己的幻觉，像一场梦。太阳真的能够放大电波吗？她真的把太阳作为天线，向宇宙中发射过人类文明的信息吗？真的收到过外星文明的信息吗？她背叛整个人类文明的那个血色清晨真的存在过吗？还有那一次谋杀……

叶文洁试着在工作中麻木自己，以便忘掉过去——她竟然几乎成功了，一种奇怪的自我保护本能使她不再回忆往事，不再想起她与外星文明曾经有过的联系，日子就这样在平静中一天天过去。

……

在她的心灵中，对社会刚刚出现的一点希望像烈日下的露水般蒸发了，对自己已经做出的超级背叛的那一丝怀疑也消失得无影无踪，将宇宙间更高等的文明引入人类世界，终于成为叶文洁坚定不移的理想。

节选（四）是思想行为的叙述体，故事时间是八年，叙述者对这八年时间发生的事情一笔带过，有限的笔墨直击叶文洁的内心。"文化大革命"的经历和在大兴安岭插队的见闻与背叛让她看到了人性之恶，并且经过严肃认真的思考后，她认为人类实现道德自觉是"不可能的"。一直理性思考人性本质的叶文洁抱着拯救人类文明的目的回应了三体人信号，但是这样的行为暴露了地球坐标，地球将面临三体人入侵的危险，全人类都可能会付出史无前例的牺牲。刘慈欣曾在一次访谈中说过"叶文洁是不可原谅的"。的确，这件事情实在"太重大了"，但时代不同了，"文

133

化大革命"结束,"一切都在复苏之中",科学的春天到来了。人类从此会变得理性和明智吗?这是叶文洁的疑问,也是读者的疑问。叙述者前瞻性地想到了读者的反应,在这里的介入方式以"接纳"最多。用了六处体现接纳义的一般疑问句和两处情态词,问句体现了叶文洁挣扎与矛盾的心理,让读者看到她的后悔与反思,使叶文洁这个人物更容易被读者接受。而在结尾处的"终于",表示比预期慢或发生得晚,体现了对立义,削弱了读者对叶文洁的消极判断——背叛人类并不是她的本意,而是在见到母亲和红卫兵后,叶文洁发现无人忏悔,对人类一而再再而三的失望之后才有了"将宇宙间更高等的文明引入人类世界"这样的理想。这样的介入方式直接作用在读者与叶文洁之间,充分考虑了读者的感受,避免与那些持不同意见的读者直接形成对立,从而影响读者对人物的评价。

节选(五)

第24章"飞向太阳的信息"

● 到这里来吧,我<u>将</u>帮助你们获得这个世界,我的文明<u>已无力</u>解决自己的问题,<u>需要</u>你们的力量来介入。

见到伊文斯后,成立地球三体组织,后来地球三体组织被史强等人抓捕,叶文洁在审讯时交代了内心想法,这里也是第一人称的视角告诉读者叶文洁的行为动机。以下选自第26、31、32章叶文洁被捕后的审讯"实录":

● 我杀死过两个人。

● 冷静、毫不动感情地做了。我找到<u>了能够</u>为之献身的事业,付出的代价,不管是自己的还是别人的,都<u>不在乎</u>。同时我也知道,全人类都<u>将</u>为这个事业付出史无前例的巨大牺牲,这是一个微不足道的开始。

● 可以这么说。他从来<u>没有</u>向我袒露过自己内心最深处的真实想法,只是表达了自己对地球其他物种的使命感。我没有想到由这种使命感产生的对人类的憎恨已发展到这种极端的程度，以至于他把毁灭人类文明作为自己的最终理想。

- 我点燃了火，却控制不了它。
- 不了解，我们得到的信息很有限，事实上，三体文明真实和详细的面貌，除伊文斯等截留三体信息的降临派核心人员外，谁都不清楚。
- 如果他们能够跨越星际来到我们的世界，说明他们的科学已经发展到相当的高度，一个科学如此昌明的社会，必然拥有更高的文明和道德水准。

叙述者精心插入了叶文洁的审讯"实录"，叶文洁以第一人称的视角说出背叛全人类的原因。此处的否定介入频率最高，具有两个作用：一是地球文明"无力解决自己的问题"，这样的否定也体现了叶文洁对人类能力的消极判断，所以才在拯救人类的想法，下决心引入三体文明；二是"不在乎"体现了叶文洁性格的果敢与决绝，不会为了一点代价而动摇，尽管这样的代价是谋杀上级，甚至是自己的丈夫，也能看出叶文洁背叛人类并不是为了一己之私。另外，叙述者再次使用了接纳介入。如前所述，接纳介入一般通过情态、模糊限制语、问句、条件句等体现。在这里，"全人类将付出史无前例的巨大牺牲"，"必然"都是高量值情态。高量值情态体现了叶文洁这个人物专业出色、大胆果敢、冷静决绝的性格特点。人类的命运由此转折。她想改变人类，所以向太阳发送电波，后来在得到"不要回答"的信号后还是决定暴露地球的坐标。然而，需要注意的是，"将"和"必然"这些高量值情态主要是概率、义务和条件。她所期许的改造地球的三体文明并不是一个具有高度道德素养的文明，"零道德"的宇宙如何能唤起人类的道德自觉。这也是叶文洁悲剧的主要原因。而在节选（二）和节选（四）中的问句，则是中、低量值情态。而在"我将帮助你们获得这个世界"这个命题里，"将"体现的是接纳义还是断言义呢？情态助动词体现断言义，主要是在政府报告和法律语类中（彭宣维等，2015：202）。这里我们看到，按照当时的情况，地球上只有叶文洁一个人回应了三体信号,她发往三体的信号是代表地球全体人类,客观上具有权威性。因此,这里应把"将"看作断言介入,而不是接纳介入,体现了叶文洁毋庸置疑的决心与意志,突出说话人的主观性,并且不容反驳或质疑(彭,215,218)。再看整个句子,"到这里来吧,我<u>将</u>帮助你们获得这个世界,我的文明已无力解决自己的问题,<u>需要</u>你们的力量来介入。"这句话的结构是"祈使句+决心(将)+原因+结论",非常符合在政府报告中经常使用特定句式结构表断言意这一语类特点。

从以上分析我们可以看出,节选(二)至节选(五)既有叙述者直接与读者的对话,也有叙述者使用审讯实录的叙述方式,以第一人称进行叙述使叶文洁能够直接与读者对话。节选(二)至节选(五)的共同点都是展示叶文洁内心的想法,更确切地说,是叶文洁对人性之恶、人类文明的消极判断。如第四章提到,叶文洁是一个充满争议性的人物,隐含作者既要使读者接受这样的人物,又要传递恰当的价值判断,介入手段的使用是非常重要的。

5.4 末日反思

5.4.1 人类内部异化:叙述干预的收缩性介入

叙述者在节选(一)中通过叙述干预告诉读者存在这样的可能,"接触一旦发生,地球文明的内部差异将急剧拉大,后果可能是灾难性的,""假如发生一个仅证明外星文明的存在而没有任何实质内容的接触——马修称其为元接触——其效应也能通过人类群体的心理和文化透镜被放大,对文明的进程将产生巨大的实质性的影响"。随着情节的发展,叙述者用第30章整整一个章节分析地球三体组织每个派别不同的,甚至是冲突的观点立场，证明仅是"元接触"就已造成人类异化，"比尔·马修的'接触符号'理论，得到了令人心悸的完美证实。"

节选（六）

竟然有这么多的人对人类文明彻底绝望，憎恨和背叛自己的物种，甚至将消灭包括自己和子孙在内的人类作为最高理想，这是地球三体运动最令人震惊之处。

地球三体叛军被称为精神贵族组织，其成员多来自高级知识阶层，也有相当一部分政界和经济界的精英。三体组织也曾试图在普通民众中发展成员，但这些努力都告失败。对于人类的负面，普通人并没有高级知识阶层那样全面深刻的认知。更重要的是，由于他们的思想受现代科学和哲学影响较少，对自己所属物种本能的认同感仍占强势地位，将人类作为一个整体来背叛，在他们看来是不可想象的。但知识精英们则不同，他们中相当多的人早已站在人类之外思考问题了。人类文明终于在自己的内部孕育出了强大的异化力量。

三体叛军发展的速度固然惊人，但仅凭人数还不能衡量他们的力量，因为它的组织成员大部分处于社会的高层位置，有很大的权力和影响力。

作为地球三体叛军的最高统帅，叶文洁只是一名精神领袖，并不参与组织的具体运作，她不知道后来变得十分庞大的三体叛军是如何发展起来的，甚至不知道组织的具体人数。

对于地球三体叛军，各国政府一直没有给予足够的重视。为了迅速扩大，这个组织几乎是在半公开地活动，他们知道，有一样东西会成为他们的天然保护，那就是政府的保守和贫乏的想象力。在掌握国家力量的相关部门中，没有人相信他们说的那一套，只是将他们作为一般的胡言乱语的激进组织，由于其成员层次之高，各国政府对待这个组织一直小心翼翼。直到三体叛军开始发展自己的武装力量，一些国家的安全机构才注意到它，进而发现该组织非同寻常。至于开始对其进行有效打击，只是近两年的事。

地球三体叛军并非铁板一块，它的内部有着复杂的派别和分支，主要分为以下两个部分。

降临派是三体叛军最本原最纯粹的一脉，主要由伊文斯物种共产主义的信奉者组成。他们对人类本性都已彻底绝望，这种绝望最初来源于现代文明导致的地球物种大灭绝，伊文斯就是典型代表。后来，降临派对人类的憎恨开始有了不同的出发点，并非只局限于环保和战争等，有些上升到了相当抽象的哲学高度。与后来人们的想象不同，这些人大都是现实主义者，对于他们为之服务的外星文明也并未抱太多的期望，他们的背叛只源于对人类的绝望和仇恨，麦克·伊文斯的一句话已成为降临派的座右铭：我们不知道外星文明是什么样子，但知道人类。

拯救派是在三体叛军出现相当长的时间后才产生的一个派别，它本质上是一个宗教团体，由三体教的教徒组成。

人类之外的另一个文明，对于高级知识阶层无疑具有巨大的吸引力，并使他们极易对其产生各种美好的幻想。对于人类这样一个幼稚的文明，更高等的异种文明产生的吸引力几乎是不可抗拒的。有一个不太恰当的比喻，人类文明一直是一个孤独行走在宇宙荒漠中的不谙世事的少年，现在她（他）知道了另一个异性的存在，虽然看不到他（她）的面容和身影，但知道他（她）就在远方，对他（她）的美好想象便如同野火般蔓延。渐渐地，随着对那个遥远文明的想象越来越丰富，拯救派在精神上对三体文明产生了宗教感情，人马座三星成了太空中的奥林匹斯山，那是神的住所，三体教由此诞生。与人类的其他宗教不同，三体教崇拜一个真实存在的对象；与其他宗教相反，处于危难中的是主，而负有拯救责任的是信徒。

向社会传播三体文化的途径主要是通过三体游戏。三体叛军投入巨大的力量开发这款规模庞大的游戏软件，最初的目的一是三体教的一种传教手段；二是想通过它将一直局限于高知阶层的三体叛军的触角伸向

第五章　介入与末日叙事

社会的最基层，为组织招募处于社会中下层的更年轻的成员。游戏通过一层貌似人类社会和历史的外壳，演绎三体世界的历史和文化，这样可以避免入门者的陌生感。当游戏玩家深入到一定程度并感受三体文明的魅力后，三体组织将直接与他们联系，考察他们的思想倾向，最终将合格者招募为地球三体叛军成员。但《三体》游戏在社会上并没有引起太大的关注，玩这个游戏需要层次很高的知识背景和深刻的思想，年轻的玩家们没有能力和耐心去透过它那看似平常的表层，发现其震撼人心的内幕。真正被它吸引的，大多还是高知阶层的人。

拯救派后来加入的成员，大多都是通过《三体》游戏认识三体文明，最终投身地球三体叛军的，可以说，《三体》游戏是拯救派的摇篮。

拯救派在对三体文明抱有宗教感情的同时，对于人类文明的态度远没有降临派那样极端，他们的最终理想就是拯救主。为了使主生存下去，可以在一定程度上牺牲人类世界。但他们中的大多数人认为，能够使主在三个太阳的半人马座星系生存下去，避免它对太阳系的入侵，是两全其美的理想结局。他们天真地以为，解决物理上的三体问题就能达到这一目标，同时拯救三体和地球两个世界。其实这一想法也未必天真，三体文明本身在相当漫长的时间里也抱有这个想法，解决三体问题的努力贯穿于三体文明的几百次轮回之中。在拯救派中有较深物理学和数学背景的人都有过解决三体问题的尝试，即使在得知三体问题从数学本质上不可解后，仍然没有停止努力，解决三体问题的努力已成为三体教的一种宗教仪式。虽然在拯救派中不乏一流的物理学家和数学家，但这种研究一直没有重大成果，倒是像魏成这样与三体叛军和三体教无关的天才，无意中取得了令他们产生很大希望的突破。

降临派和拯救派一直处于尖锐的对立状态，降临派认为，拯救派是对地球三体运动的重大威胁。这种看法也不是没有道理，正是通过在拯救派中一些有责任心的人士，各国政府才逐渐得知三体叛军令人震惊的背景。两派在组织中实力相当，双方的武装力量已经发展到兵戎相见的

139

程度。叶文洁运用自己的威信极力弥合组织中的裂痕，<u>但成效不大</u>。

随着三体运动的发展，在三体叛军中出现了第三个派别：幸存派。当入侵太阳系的外星舰队的存在被确切证实后，在那场终极战争中幸存下来是人们最自然的愿望。<u>当然</u>，战争是450年之后的事了，与自己的<u>此生无关</u>，<u>但</u>很多人希望如果人类战败，自己在四个半世纪后的子孙能幸存下来。现在就为三体侵略者服务，<u>显然</u>有利于这个目标的实现。<u>与另外两个主流派别相比</u>，幸存派成员都来自较低的社会阶层，且东方人，特别是中国人居多，他们目前的数量还很少，<u>但</u>人数在急剧增长，在三体文化日益普及的未来，<u>将</u>成为一支不可忽视的力量。

人类文明自身缺陷产生的异化力量、对更高等文明的向往和崇拜、让子孙在终极战争后幸存的强烈欲望，这三股强大的动力推动地球三体运动迅速发展，当它被察觉时，<u>已成燎原之势</u>。

<u>而</u>这时，外星文明<u>还远</u>在四光年之外的太空深处，与人类世界还隔着四个半世纪的漫漫航程，它们送到地球的，<u>只有那一束电波</u>。

<u>比尔·马修的"接触符号"理论</u>，得到了令人心悸的完美证实。

		收缩				扩展		
		否定	对立	认同	断言	引证	接纳	宣称	疏离
1~6段	ETO	8	16	2	3	0	0	2	0
7段	降临派	3	5	1	1	0	0	1	0
8~12段	拯救派	5	13	5	7	0	7	2	4
13段	对比	1	3	0	1	0	1	0	0
14段	幸存派	1	4	2	0	0	2	0	0
15~17段	总结	0	5	0	0	1	0	0	0

伊文斯创建的地球三体组织主要由社会的精英阶层组成，人员层次高，影响力大，但也反映了社会精英阶级的局限性和极端性：他们在地球末日来临前不是想着拯救大众，为地球生存而战，而是动机复杂、各怀鬼胎。降临派以伊文斯为代表，他们信奉物种共产主义，满怀对人类的绝望和仇恨，认为某些物种的灭绝是人类犯下的滔天罪行。他们并不

了解外星文明，却仍妄想通过三体文明毁灭人类。而一些对外星文明抱有不切实际的幻想的知识分子则产生了拯救派。他们想借助外来力量对人类社会进行改造，帮助人类完善与进步，但他们"在精神上对三体文明产生了宗教感情"，希望通过数学模型的演算拯救自己的"主"，他们抱有不切实际的幻想，即三体文明与地球文明都得到拯救。幸存派却妄想通过现在为三体人服务，换取三体人对未来子孙的良好待遇。三个派别的成员都是社会的精英分子，展示了末日来临前，精英阶层的各种不同的反应和表现，但是我们发现他们的共同点是知识分子的妥协性和软弱性，难怪刘慈欣曾把三体组织称为三体的"第五纵队"。在这里，我们可以看到多达 46 处的对立介入，"竟然""甚至""但""则""就""还"等，词汇丰富的对立介入表达了叙述者对人类分化感到意外与失望，并且通过对立介入把自己的期待与读者共享，把忠于地球、忠于人类的价值范式传送给读者。

既然对立介入体现的是"反预期"，那么，我们就要看到其中暗藏的大众思维，这些"反预期"反映了刘慈欣对三体组织的批判和对人类的关爱。"人类"指向的是一种整体性表达，"是对人类这一共同体/整体的呼唤、期许与肯定"（杨宸，2017：36）。正如刘慈欣在《三体》英文版后记中写到的那样："总有一天，人类会像科幻小说中描写的那样成为一个和谐的整体，而我相信，这一天的到来不用等到外星人出现（刘慈欣，2015）。"

而宣称介入和疏离介入的出现，如在几个节选中，语言形式有"降临派认为""在她看来""他们中的大多数以为"等，从这些宣称中能看到叙述者并不为他们的观点负责，只是把他们的观点当作外部声音呈现。从叙述者—读者的对话性的角度来讲，这些介入手段是预期性的，叙述者能够预料到读者对叶文洁和地球三体组织是不支持或不喜欢的。关于疏离，Martin 和 White（2005）指出，像 claim 之类的词属于疏离介入，但由于汉语的特殊性，"说""认为"这种言语动词并不能明显看出说话人对外部声音的不赞成。在语料中，疏离手段由"看似""貌似""他们天真地以为"这样的副词实现。疏离手段使得叙述者明显地不承担命题责任，因此，对话空间也是最大的，反映在小说中就是读者的想象空间也是最大的。

对立和宣称疏离的结合使用不得不使我们想到刘慈欣在《重返伊甸园》提到的在科幻文学中的精英思维与大众思维并存的情况，但通过分析，我们看到，刘慈欣站在大众思维的一边。

5.4.2　虫子的威力：在叙述干预中的"断言"

节选（七）

看看吧，这就是虫子，它们的技术与我们的差距，远大于我们与三体文明的差距。人类竭尽全力消灭它们，用尽各种毒剂、用飞机喷撒，引进和培养它们的天敌，搜寻并毁掉它们的卵，用基因改造使它们绝育；用火烧它们、用水淹它们，每个家庭都有对付它们的灭害灵，每个办公桌下都有像苍蝇拍这种击杀它们的武器……这场漫长的战争伴随着整个人类文明，现在仍然胜负未定，虫子并没有被灭绝，它们照样傲行于天地之间，它们的数量也并不比人类出现前少。把人类看作虫子的三体人似乎忘记了一个事实：虫子从来就没有被真正战胜过。

以史强为代表的作战中心和以汪淼为代表的科学家们联手破坏了地球三体组织，但截获的信息告诉人们，比地球文明高很多的三体人已派"智子"锁死了地球科学发展，将地球人视作低端生物"虫子"，几乎所有人都处在恐惧与自我怀疑的消极情感之中。在第35章《虫子》中全书即将结束的时候，只有史强站了出来，他带汪淼和丁仪去田野看虫子，这时，叙述者不满足于对故事的讲述，而是再次使用叙述干预，将乐观积极的态度直接传递给读者。这里的介入手段以"断言"为主，说明叙述者对他们眼中的虫子，即人类，充满信心、把握十足。

5.5 小　结

第一，在小说文本中的"说话人"是叙述者，对小说文本内介入意义的分析需要考虑叙述者的声音。"直接引语/思想"的说话者是人物，人物的声音最强，叙述者声音最弱；在"两可型"话语中，叙述者的声音和人物的声音混合，在"言语/思想行为的叙述体"中叙述者代替人物说话，人物的声音被遮蔽，"叙述者干预"时叙述者的声音最强。叙述者的声音由强弱构成级差。叙述者的声音和特定的语境与上下文紧密结合，一起传递价值观念和意识形态立场。隐含作者的评价立场统摄叙述者和人物的评价立场。

第二，通过分析，我们能够看到，叙述者在完成故事设定、推进情节发展时，采用以"扩展"策略为主的介入方式，打开对话声音，叙述作者与读者协商对话的意图明显；在表明评价立场时，采用以"收缩"策略为主的介入方式，缩小了对话声音。

"收缩"方式和"扩展"方式的穿插使用，融入了多个声音来源，叙述者尽力与读者的对话，叙述者不停地和读者展开交流协商，努力拉近与读者的人际距离，以此和读者结盟。这些介入手段的使用体现了隐含作者的平等意识和与读者对话的意识。这些反映了作者的创作理念，体现了在创作实践中努力做到的"读者与自我的平衡"刘慈欣（2015：324）。刘慈欣认为科幻要展现科学的美，这种坚持"始终处于调整之中，而调整的动因，就是读者的感受"，读者的感受是科幻创作的又一核心意义。

第六章 级差与科幻语言

6.1 引 言

级差范畴在评价理论中占有重要地位，贯穿了整个评价体系。级差为态度和介入提供分级资源，级差既可能调节所有的态度范畴，也可能调节所有的介入意义，或同时作用于两者（彭宣维等，2015：426）。可以说，态度和介入系统都属于级差范畴——所有态度意义的一个明确属性就是可分级性，说话者和作者都能选择使用较高值或较低值来表达情感、判断和鉴赏的积极意义或消极意义，介入系统同样也具有可分级性。介入系统的分级是为了调节说话者和作者感情的强烈程度，或为了调节他们在话语中投入的程度。级差分两个主要类别，即语力（force）和聚焦（focus）。

一般而言，科幻小说的环境包括三大要素：自然环境、社会环境、物质产品，即道具，对于科幻作品来说，这三大要素都是不可或缺的。尤其是虚构一个适合人物和故事的社会环境或社会形态，如社会的政治、经济、意识形态、种族等是非常重要的（吴岩，2008：133）。科幻作品的时空，从素材的角度而言，可以分为两类：真实存在的时空和虚拟的时空。真实存在的时空是指在地球上除作者幻想的事物外，其他都是真实的，也可以是月球、太阳系的其他行星、宇宙中的天体等，这些都是真实的，只有作者插入的异物，如外星飞船和外星人是幻想出来的。虚拟时空则是完全由作者幻想出来的时空，如宇宙中的虚构天体、电脑虚拟世界、异次元空间等（吴岩，2008：137）。从自身形态讲，则可分为过去时空、现在时空、未来时空以及不同的时空混合等。可见《三体Ⅰ》的时空设定是混合时空：过去与现在交织、现在与未来交织、现实世界与电子虚拟时空交织等。混合时空的设置拥有更大的自由度和想象空间。

汪淼进入"科学边界"后，以玩家身份参与地球三体组织创作的"三体游戏"，进入虚拟的"三体世界"。三体游戏的目标，如周文王所言是"运用我们的智力和悟性，分析、研究各种现象，掌握太阳运行的规律，文明的生存就维系于此"，而实际上，三体游戏的作用是地球三体组织通过游戏筛选出对三体文明感兴趣的人。三体游戏在书中属于嵌套结构（赵柔柔，2015），分布在全书的六个章节，第4章《三体、周文王、长夜》、第12章《三体、墨子、烈焰》、第16章《三体、哥白尼、宇宙橄榄球、三日凌空》、第18章《三体、牛顿、冯·诺伊曼、秦始皇、三日连珠》、第20章《三体、爱因斯坦、单摆、大撕裂》、第21章《三体、远征》，共三万余字。自《三体Ⅰ》问世以来，三体游戏就被读者们津津乐道。叙述者在三体游戏中着力描述三体世界的历尽劫难与苦苦挣扎，想象瑰丽宏伟，文字大气震撼，从周文王、墨子，再到秦始皇、牛顿、冯·诺依曼；既有中国的历史文化符号，也有西方探索宇宙的科学家，可以说，横贯中西科学发展史，浓缩中西文明精华。

本章以"三体世界"的文本为研究对象，分析作者如何利用级差资源构造虚拟时空，并体现鉴赏意义为主的态度评价。

6.2 语势：量化

6.2.1 数　量

6.2.1.1 数量词

数量级差最典型的体现方式是数量词。数量语在名词词组中表示某一数量特征，包括数量和顺序，分为精确与不精确两类。

一是表示非确切数量的词，表示"多"或"少"的意义，如"许多""大量""无数"等，这类词本身不仅体现经验义，还表达说话者或叙述者的主观判断，带有态度意义。

- <u>许多</u>巨大、抽象的符号
- 这声音是朝歌大地上<u>许多</u>奇怪的东西发出的。
- 他还看到了远方<u>许多</u>显然是干仓的建筑。
- 还有<u>大量</u>的人干被丢弃在旷野上。
- 我也有理论，但不是玄学，是通过<u>大量</u>观测总结出来的。
- 这个平台与汪淼和墨子相遇时的很相似，架设着<u>大量</u>的天文观测仪器，其中有一部分是欧洲近代的设备。
- 红炽的大地上有<u>无数</u>根细长的火柱高高腾起。
- 下面的金字塔裂解为组成它的<u>无数</u>块巨石。

第二类仅表示不确切数量，不明确是"多"还是"少"，如"一<u>些</u>""几（个）""几（条）"等。

- 如果你的理论真能行，别说烧<u>一些</u>，吃<u>一些</u>都成，与那理论相比，几条命算什么。

- "慢！"牛顿挥手制止了信号官，转身一脸阴毒地对秦始皇说，"陛下，为了系统的稳定运行，对故障率较高的部件应该采取<u>一些</u>维修措施。"
- 这项研究旨在通过这个星系中的<u>一些</u>残留的迹象，推测出星系中恒星和行星形成的历史。
- 他们每个人都抱着、夹着好<u>几个</u>皮卷，走向湖边，将那些皮卷扔进湖中。
- "可……"大臣半直起身，一手指着太阳，"那是<u>几颗</u>太阳?!"
- 这密密的人海一望无际，汪淼大致估计了一下数量，仅目力所及的范围就可能有<u>几亿人</u>！

在上述例子中，"烧<u>一些</u>""吃<u>一些</u>""几条命"表明三体人由于残酷的物理条件化为人皮，他们无非只是"几个皮卷"，生命任人摆布，"<u>一些</u>维修措施"在此处是指对个别在人列计算机中未能准确执行命令的人实行斩首，体现了三体文明的残酷，"一些残留的迹象"是指"飞星不动"给三体文明造成的惨绝的损失。"几颗太阳"体现了三体人对不可捉摸毫无规律的自然现象有一种不安全感，而"几亿人"则告诉读者三体星上人数众多。

二是表示确切数量的词语。

彭宣维等（2015：257-258）认为，表示确切数量的词语是否是数量级差，要结合所在语境做具体分析。而在语料中，最典型的例子就是描述太阳的数词，如是一个、两个，还是三个。

- 汪淼走到长桌的另一端，让自己镇定了一下，说："其实很简单：太阳的运行之所以没有规律，是因为在我们的世界中有<u>三颗</u>太阳，它们在相互引力的作用下，做着无法预测的三体运动。当我们的行星围绕其中的<u>一颗</u>太阳做稳定运行时，就是恒纪元；当另外<u>一颗或两颗</u>太阳运行到一定距离内时，它的引力会将行星从它围绕的太阳边夺走，使其在三颗太阳的引力范围内游移不定时，就是乱纪元；一段不确定的时间后，我们的行星再次被某<u>一</u>颗太阳捕获，暂时建立稳定的轨道，恒纪元就又开始了。这是一场宇宙橄榄球赛，<u>运动员是三颗太阳</u>，我们的世界就是球！"

● 帝国天文台的观测表明，现在出现了亘古罕有的"<u>三日连珠</u>"，三颗太阳连成一条直线，以相同的角速度围绕我们的行星运行。

● 飞星！飞星！<u>两颗飞星</u>！！

● "大王！大王！"一名大臣从洞门里跌跌撞撞地跑进来，带着哭腔喊道，"天上，天上有<u>三颗飞星</u>"！！

● 即使只有<u>一颗飞星</u>静止，也让人不寒而栗。

● 三只叠加的太阳构成了<u>一只明亮的眼睛</u>。

"一""二"还是"三"不仅体现了鉴赏意义的均衡性与复杂性，同时引发了情感意义的安全感与不安全感。备受折磨的三体文明要远征，三体星际舰队不仅数量多，而且队形整齐，舰队像"一千颗"整齐的星星，充满了庄严的力量感，具有鉴赏意义的均衡性意义。

● 这光芒很快淹没了天边的晨曦，<u>一千颗</u>星体很快变成了<u>一千颗小太阳</u>。

● 汪淼与他们一起默默地遥望着，直到<u>一千颗</u>星星的方阵缩成<u>一颗</u>星，直到这颗星消失在西方的夜空中。

6.2.1.2 序数词

序数词也可以引发评价意义。

● 这一夜持续了四十八年，<u>第137号文明</u>在严寒中毁灭了，该文明进化至战国层次。

- 第141号文明在烈焰中毁灭了，该文明进化至东汉层次。
- 183号文明在"三日凌空"中毁灭了，该文明进化至中世纪层次。
- 第184号文明在"三日连珠"的引力叠加中毁灭了，该文明进化至科学革命和工业革命。
- 191号文明的人们站在大地上无助地看着这三颗在正空中悬停的飞星，看着向他们的世界直扑过来的三颗太阳。
- 451年后，192号文明在双日凌空的烈焰中毁灭，它进化到原子和信息时代。
- 192号文明是三体文明的里程碑，它最终证明了三体问题的不可解，放弃了已延续191轮文明的徒劳努力，确定了今后文明全新的走向。

如前所述，三体游戏在书中共有六个章节，明确编号的文明分别是第137号文明、第141号文明、第183号文明、第184号文明、第192号文明，编号已近200，这些文明充分反映了在三体世界中命运莫测的进化。这些与第五章末日来临前的评价意义是相同的，读者们只经历了一个也是唯一一个地球文明，三体文明使读者和汪淼一样感受到了不安全感与震撼。

另外，有些量词也可以表示数量，如"副、双、群、对"等。而"列、行、排、队"既能体现数量，也能体现体积。这些量词是否具有态度义和级差义，要视语境而定。

6.2.2 体　积

对实体呈现形态的量化统称为体积。体积不是一个几何概念，它指能体现评价意义的各种形态：体积（大小）、厚度（厚薄）、宽度（粗细、宽窄）、长度（长短）、高度（高低、高矮）、深度（深浅）、重量

149

（轻重）和亮度（亮暗）等。体积级差分确切体积和非确切体积两种。

6.2.2.1 确切体积

对实体呈现形态的量化可以用"实数＋计量单位＋描述形态的形容词"表示，如"两米高""三十斤重"等。确切体积是一个语义系统，它与系统中其他体积的对比可以表明物体具有高、中、低的程度，从而能引发评价意义或影响态度意义的强弱。语境和世界知识在对比中起重要作用。

- 3000 万秦国军队宏伟的方阵铺展在大地上，这是一个边长六公里的正方形。
- 十分钟后，大地上出现了一块 36 平方公里的计算机主板。
- 群星竟然排成了一个严整的正方形阵列！

在人们的世界知识中，正方形的边长或许是六厘米、六米，主板的面积或许是几百平方厘米，星星在夜空是零星分布的，而在这里，"边长6公里""36平方公里""严整"都给读者新奇恢宏的感受。

6.2.2.2 非确切体积

非确切体积指对实体呈现形态的非精确估计，自身具有等级义，实体的各个形态都可以体现非确切体积意义。这样的词语在语料中非常多，如"巨大"出现22次，"巨摆"出现9次，"巨月"出现9次，"巨石"出现8次，"巨日"出现4次，"巨型"出现4次，"巨毯""巨掌"各出现2次，"巨手""巨牛""巨盘""巨像"出现一次，如下面各例。

- 他想起了昨天早晨在王府井看到的罗马式教堂，但那座教堂要是放到金字塔旁边，不过是它的一个小门亭而已。
- 这是我最引以为自豪的发现：太阳是由深厚但稀薄的气态外层和致密灼热的内核构成的。

- 十天后，雪仍在下着，但雪片大而厚重。
- 这河流沿途又分成无数条细小的支流，渗入到各个模块阵列之中。
- 他们沿着一条长长的隧道向里走，隧道窄而黑，间隔很远才有一支火炬。
- 单摆的摆锤是一块块巨石，被一大束绳索吊在架两座细高的石塔间的天桥上。
- 纣王向周文王点点头，说道："姬昌啊，我将为你树起一座丰碑，比这座宫殿还要高大。"
- 汪淼跟着他们飞奔，跑到了一处低矮的岩石后面蹲下来。
- 这些肉体很快具有了生命的迹象，一个个挣扎着从齐腰深的湖水中站立起来。
- 你们好像是在长途旅行，有必要背这么笨重的计时器吗？
- 汪淼接过软皮、很轻的一小卷，用胳膊夹着倒也没有什么异样的感觉。
- 秦始皇接过剑，挥了几下，面露惊奇之色，说道："咦，怎么这么轻？！"
- 投在地上的方形光斑白炽、明亮，使所有的火炬黯然失色。
- 在发出暗红色光的地面上流淌着一条条明亮的岩浆小溪。
- 很快，水汽和烟雾遮住了天空，也遮住了处于红炽状态的大地上的一切，世界陷入一片黑暗的混沌之中。
- 走进大殿，他发现这里甚至比门洞中还昏暗。
- 一架顶天立地的巨型单摆

除形容词外，在"数词+量词+形容词"的结构中，因为数词不确切，因而体积也不确切，如以下例子。

- 那是一座座巨大的单摆，每座都有几十米高。

- 平台的一角有一架数米高的天文望远镜，旁边还有几架较小型的。

6.2.2.3 叠词体现的体积

形容词的叠词也有表示体积的级差义，同时还有质量强化。

- 一对大大的阴阳鱼
- 几条小小的溪流
- 穿过那厚厚的外层
- 厚厚的金字塔
- 薄薄的人形
- 长长的隧道
- 长长的石阶
- 长长的大理石桌
- 拖着长长的火尾
- 长长的隧道
- 高高的塔顶
- 高高升起
- 高高的橘黄色火柱
- 细长的火柱高高腾起
- 浅浅的弧形

6.2.2.4 量词体现的体积

在语料中，比较典型的有"颗""座""尊""架""片""具""块"等。如"颗"共出现 75 次，搭配的名词有"太阳""飞星""星""心脏""核心"等，相对于"一个太阳"，"颗"突出的是太阳的形状。

- 一颗蓝色的小太阳

第六章 级差与科幻语言

- 一颗大太阳
- 一颗硕大无比的太阳
- 三颗太阳
- 两颗飞星
- 三颗飞星
- 几颗闪烁的星星
- 一千颗星
- 那咕咚咕咚的声音仿佛黑暗深处有一颗硕大的心脏在跳动。
- 这个太阳与自己在现实经验中的那个有些不同，它有一颗很小的核心。

在表示体积级差义的量词中，"座""架""幢"都形容物体，尤其是较为高大的建筑物，"块"用来搭配"巨石"，也是表达大，而"尊"不仅表现了形态，还传递出一种正式的氛围。"座"的称量对象也是有基座的，较为高大（惠红军，2012：89）。

- 那是一座座巨大的单摆，每座都有几十米高。单摆的摆锤是一块块巨石，被一大束绳索吊在架于两座细高石塔间的天桥上。每座单摆都在摆动中。
- 在巨摆的环绕下，有一座巨大的金字塔，在夜幕中如同一座高耸的黑山。
- 在那个位置上出现了一座高大的现代建筑。

"架"的称量对象的共同特征是"结构中有一种基座"，这种基座或支架描绘的形态是较为高大的（惠红军，2012：27）。

- 平台的一角有一架数米高的天文望远镜，旁边还有几架较小型的。
- 汪淼绕过了大厦，来到它的后面，立刻看到了一件不可思议的东西：一架顶天立地的巨型单摆。
- 眼前这架巨摆的外形已经现代化。

"幢"的称量对象是各种建筑物，尤其是高大的建筑物（惠红军，2012：71）。

- 远处有几幢巨大的建筑物，汪淼猜那都是干仓。
- 这幢黑灰色大楼的样子汪淼很熟悉，那是联合国大厦。

"尊"用于酒器尊盛装的酒，带有正式庄重的色彩。

- 金字塔四角的四尊青铜大鼎同时轰地燃烧起来。
- 汪淼看到正在变形中的大殿，那尊煮过伏羲的大鼎和他曾被缚于其上的火刑柱在大殿正中飘浮着。

"块"的称量对象大致分为两类：一类是从立体的视角看具有一定立体空间结构形状的物体；另一类称量对象的共同特征是从平面视角看大致呈"方形"。

- 单摆的摆锤是一块块巨石。
- 下面的金字塔裂解为组成它的无数块巨石。
- 大殿顶上的一块石板滑开，露出一处正方形的洞口。
- 大地已经像一块炉中的铁板一样被烧得通红。
- 十分钟后，大地上出现了一块 36 平方公里的计算机主板。

"具"的称量对象与躯体有关，尤其是尸体。

- 一具骷髅
- 一具十字火刑架
- 一具焦黑的尸体

"部"的称量对象比较庞杂，但有一个大致的规律，就是这些事物都经过一定的"设计"，而且都是"一定文明的产物"，这种"设计性"在汉语发展过程中表现得非常明显（惠红军，2012：25）。

- 大王，这就是宇宙的密码，借助它，我将为您的王朝献上一<u>部</u>精确的万年历。
- 他的双手手指同时在进行着复杂的运动，组合成一<u>部</u>高速运转的计算器。
- 首先，你知道宇宙是什么吗？是一<u>部</u>机器。

6.2.3 跨 度

6.2.3.1 时间跨度

陆俭明（1991）把时间分为"时间点"和"时间段"，刘艳茹（2005）把时间词分为直接时间词和间接时间词，彭宣维等（2015）把时间分为位置和广延性。我们把时间分为直接时间词和间接时间词，前者包括时间点和时间段，后者指"刚刚""立即"等间接词语。

就时间点而言，三体世界似乎是混乱和跳跃的，但三体文明的顺序是确定的，依据是地球文明的进程。

- "这是<u>战国时代</u>，我是周文王。"那人说。
- "现在是<u>汉朝</u>，西汉还是东汉我也不清楚。"
- 这一夜持续了 48 年，第 137 号文明在严寒中毁灭了，该文明进化至<u>战国层次</u>。
- 第 141 号文明在烈焰中毁灭了，该文明进化至<u>东汉层次</u>。
- 到此汪淼确定了自己的判断：这个游戏是为每个玩家单开一个进程，现在的<u>欧洲中世纪</u>副本，是软件根据他的 ID 选定的。
- 183 号文明在"三日凌空"中毁灭了，该文明进化至<u>中世纪层次</u>。

- 但那却是两个欧洲人，穿戴大致是欧洲十六七世纪的样子。
- 第184号文明在"三日连珠"的引力叠加中毁灭了，该文明进化至科学革命和工业革命。
- 451年后，192号文明在双日凌空的烈焰中毁灭，它进化到原子和信息时代。

时间的认知研究（蓝纯，2005）认为，时间的度量都以日出日落为依据，而在三体游戏描绘的三体世界里，日出日落是混乱的，那么，时间的度量也必然是混乱的。

- "原来现在是黄昏不是早晨？"汪淼问。
- "是早晨，早晨太阳不一定能升起，这是乱纪元。"

就时间段来说，在《三体》三部曲中，"纪元"是记事和叙事的重要时间单位，如危机纪元、威慑纪元、广播纪元等，时间跨度相当大。在现代汉语中，"纪元"的意思是历史上纪年的起算年代。从语义来看，"纪元"应该属于时间点词语，但在三体这样的语境下，"纪元"成了时间段词语，"恒纪元"和"乱纪元"都是有开始、有结束的一段时间，持续时间是未知的，"除了恒纪元就是乱纪元"，它们概括和决定了三体所有时间段的基准，叙述者采用"恒纪元"和"乱纪元"，标志着三体文明数百轮的重生和毁灭。如在下面例子中的"两天""两个世纪""为期41天"或是"为期五天"。

- 沙漏，八小时漏完一次，颠倒三次就是一天。
- "这需要先知吗？谁还看不出来太阳一两个小时后就会升起。"汪淼指指天边说。
- 漫漫长夜已延续了近一个星期。
- 太阳升起落下开始变得有规律，一个昼夜渐渐固定在十八小时左右。

- 据记载，西周曾有过长达两个世纪的恒纪元，唉，生在那个时代的人有福啊。
- 周文王从阴阳图中站起来，头仍仰着，说："下面将是一段为期41天的乱纪元，然后将出现为期五天的恒纪元，接下来是为期23天的乱纪元和为期18天的恒纪元，然后是为期八天的乱纪元，当这段乱纪元结束后，大王，您所期待的长恒纪元就到来了，这个恒纪元将持续三年零九个月，其间气候温暖，是一个黄金纪元。"
- 又过了十个小时，没有太阳的影子，连最微弱的晨光都见不到。一天过去了，无边的夜在继续着；两天过去了，寒冷像一只巨掌在暗夜中压向大地。
- 这一夜持续了48年，第137号文明在严寒中毁灭了，该文明进化至战国层次。
- 知道吗？在你离开的三十六万两千年里，文明又重新启动了四次，在乱纪元和恒纪元的无规律交替中艰难地成长，最短的一次只走完了石器时代的一半，但139号文明创造了纪录，居然走到了蒸汽时代！
- 在面目全非的大陆和海洋中，进化又开始了蹒跚的脚步，直到文明第192次出现，这个过程，耗时9000万年。
- 欢呼声平息了，三体世界的人们默默地看着他们的希望在西方的太空渐渐远去，他们此生看不到结局，但四五百年后，他们的子孙将得到来自新世界的消息，那将是三体文明的新生。

间接时间词包括形容词，如"长、短、短暂"等，副词，如"转眼间、刚刚"等，以及动词，如"延续、持续"等。

形容词：

- 但这个白昼很短暂。
- 一次短暂的恒纪元。

- 所有巨摆的摆动都是<u>同步</u>的。
- <u>漫漫长夜</u>已延续了近一个星期。延续指时间、地方长而无边的样子）。

动词：

- 192号文明是三体文明的里程碑，它最终证明了三体问题的不可解，放弃了已<u>延续</u>191轮文明的徒劳努力，确定了今后文明全新的走向。
- 一个<u>延续</u>了近两百个文明的努力。
- 好在游戏时间可以<u>加快</u>，一个月可以在半小时内过完，这使得乱纪元的旅程还是可以忍受的。
- 一段为期八天的乱纪元。

副词和副词短语：

- <u>转眼间</u>两天过去了，太阳还没有升起过一次。
- <u>时时</u>在说明
- <u>新一轮</u>的摆动
- 文明又重新启动了<u>四次</u>，在乱纪元和恒纪元的无规律交替中艰难地成长，最短的一次只走完了石器时代的一半。
- 你来得正好，模拟宇宙刚刚显示，一个<u>长达四年</u>的恒纪元将开始。

表"接连义"的量词：

- 一<u>阵</u>轰隆隆的声音
- 一<u>阵</u>欢呼声
- 一<u>阵</u>小提琴声
- 一<u>段</u>不确定的时间后
- 一<u>段</u>漫长的寒夜
- 一<u>段</u>时间

时间上的变化显得非常频繁，如"立刻"出现了 17 次，"渐渐"出现了 8 次。

- 那些皮卷一遇到水，立刻舒展开来。
- 每一张"人片"都在迅速吸水膨胀，渐渐地，湖面上的"人片"都变成了圆润的肉体。

当时间段词语和体现鉴赏意义的词语连用时，态度意义更为明显。

- 在连续几个严寒的长夜后，可能会突然出现一个酷热的白天，或者相反。
- 浸泡复活了，庄稼种下了，城镇开始修筑，生活刚刚开始，恒纪元就结束了，严寒和酷热就毁灭了一切。
- 浸泡持续了八天才完全结束，这时所有的脱水人都已复活，世界又一次获得了新生。在这八天中，人们享受着每天 20 个小时、周期准确的日出日落。
- 据记载，西周曾有过长达两个世纪的恒纪元，唉，生在那个时代的人有福啊。

6.2.3.2 空间跨度

表示空间跨度的词语有表示静止状态的处所/位置词语、表示在空间移动的词语、表示空间间隔和分布的词语、量词等。

在三体游戏中，有典型的表示静止状态的处所/位置词语有名词"天边""天空""地平线""方向""大殿"等。

- 果然，天边的晨光开始暗下去，很快消失了，夜幕重新笼罩了一切，苍穹星光灿烂。
- 说话间，汪淼注意到另一个方向的地平线又出现了曙光，他分不清东南西北，但肯定不是上次出现时的方向。
- 各种计时器都表明日出的时间已过，但各个方向的地平线都仍是漆黑一片。

- 要想在乱纪元生存，就得居住在这种墙壁极厚的建筑中，几乎像住在地下，才能避开严寒和酷热。
- 汪淼听到上方传来一阵轰隆隆的声音，大殿顶上的一块石板滑开，露出一处正方形的洞口，汪淼调整方向，看到这个方洞通到金字塔的外面，在这个方洞的尽头，汪淼看到几颗闪烁的星星。
- 身披一大张花兽皮坐在一处高台上的人显然是纣王了。
- 伽利略等人兴高采烈地从阴暗的一角搬出一具十字火刑架，他们将架上一具焦黑的尸体取下来扔到一边，将火刑架竖起来，另一些人则兴奋地堆木柴。
- 金字塔四角的四尊青铜大鼎同时轰地燃烧起来。

天空和地平线是观测太阳运动的参照点，太阳从天边出现，可能预示着昼夜有规律的恒纪元，或许不再升起，或许带来极端天气，因此，在这里具有明显的引发态度义的作用。而三体统治者为了躲避严寒和酷热而居住在这种特殊的建筑物中，这里的处所词和方位词都体现了大殿"厚""高"的特点，同时也间接体现了大殿氛围的阴森恐怖，和三体残酷的政治管理非常吻合。另外，需要提及的是量词"处"，在现代汉语中，"处"的称量对象的共同特征是"存在于某一空间的事物"（惠红军，2012：22）。

另外，在语料中我们发现，地点和介入义可互相作用，如和表示时代和文明的时间词语一样，空间词语"朝歌"在这里也具有表鉴赏的级差义。这里和表介入的"只能、只有、才、终于"等互相作用，突出了地点富有文化意味的特殊之处。"就在这片大地上"强调的是三体星球历经近两百个文明的努力。

- "对太阳运行规律的预测只能在朝歌做出，因为那里是阴阳的交汇点，只有在那里取的卦才是准确的。"两人又在严酷的乱纪元跋涉了很长时间，其间又经历了一次短暂的恒纪元，终于到达了朝歌。

- 在那已被许多个文明隔开的遥远时代，就在这片大地上，他和周文王曾穿过林立的巨摆走向纣王的宫殿。

表在空间移动的词语：

- 他很快看出那不是地平线，是日轮的边缘，正在升起的是一颗硕大无比的太阳！
- 巨日已从地平线上升起了一半，占据了半个天空，大地似乎正顺着一堵光辉灿烂的大墙缓缓下沉。
- 汪淼仰头看去，感觉突然间发生了奇妙的变化：这之前他是在向上看，现在似乎是在向下看了。巨日的表面构成了火焰的大地，他感觉自己正向这灿烂的地狱坠落！
- 三体世界表面的一切都被吸向太阳。
- 由于大气层消失，天空已经变得漆黑，从三体世界被吸入太空的一切反射着太阳光，在太空中构成了一片灿烂的星云，这星云形成巨大的旋涡，流向最终的归宿——太阳。

表空间间隔和分布的词语：

- 他们沿着一条长长的隧道向里走，隧道窄而黑，间隔很远才有一支火炬。
- 第八天夜里，大地上的篝火比天上的星星都密，在漫长的乱纪元中，荒废的城镇又充满了灯火和喧闹，同文明以前的无数次浸泡一样，所有人将彻夜狂欢，迎接日出后的新生活。
- 夜幕降临，大地上的点点篝火与夜空渐密的群星相映。
- 很快，曙光已弥漫了半个天空，以致太阳还未升起，大地已同往日的白昼一样明亮。
- 发现地平线发出刺眼的强光，并向上弯曲拱起，成一个

161

横贯视野的完美弧形。

● 秦始皇用纸卷指指远方，在晨光中，可以看到从主板各个边缘，有几十条白线在大地上辐射向各个方向，消失在遥远的天边，那是全国各地向主板运送供给品的道路。

● 在一段时间内，行星被撕开的两部分藕断丝连，它们之间有一条横穿太空的岩浆的河流。

● 寒冷黎明中的大地上空荡荡的一无所有。

量词：

● 很快，水汽和烟雾遮住了天空，也遮住了处于红炽状态的大地上的一切，世界陷入一片黑暗的混沌之中。

● 仿佛是回应牛顿的话，一轮红日升出地平线，将金字塔和人列计算机笼罩在一片金光中。

● 汪淼抬头望去，天空被一片斑驳怪异的云层覆盖，这云是由尘埃、石块、人体和其他杂物构成，太阳在云层后面闪耀着。

● 汪淼突然发现日出了，但太阳是从与晨光相反方向的地平线下升起的，那里的天穹还是一片漆黑的夜空。

● 这太阳就是银色的，与老人头发一样的颜色，它将一片银光洒向大地。

6.2.4 量化的共同体现形式

从词汇手段上看，量化的共同体现形式有名词、量词、动词、形容词、副词等；从语法手段上看，共同的手段有重叠和隐喻修辞表达式。

6.2.4.1 表总括的词

曹秀玲（2006）从语义量限角度分出三类全称限定词：统称全称限

定词,"对个人不详加区分,而是笼而统之地对论域内所有成员加以计量和陈述",如"所有""一切""全体"等;整指全称限定词,"对某一范围进行指涉,表达整个范围没有例外的全称数量意义",有"全、满、整、通、一"等;分指全称限定词,"通过对单一个体的陈述实现全称数量的表达",有"每""任何"和"各"等三个。黄健秦(2013:125)分析了"一""满"等词,将全称限定词分为全称全指、全称整指、全称逐指三类。彭宣维等(2015)认为,表示总括意义的词修饰或限制名词数量时也可以体现评价意义,如"都""全""每"等,而且也都可以表示体积和跨度。

- "行了,你就知足吧!"一个经过的复活者说,"有人<u>整</u>条胳膊腿都没了,有人脑袋被咬了个洞,如果再不浸泡,我们怕是都要被乱纪元的老鼠啃<u>光</u>了!"
- 在这个世界中的<u>每</u>个人都能脱水吗?
- 果然,天边的晨光开始暗下去,很快消失了,夜幕重新笼罩了<u>一切</u>,苍穹星光灿烂。
- 这一幕也发生在更远处的湖泊和池塘中,<u>整</u>个世界在复活。
- <u>每</u>个人如此简单的行为,竟产生了如此复杂的大东西!
- 汪淼抬头一看,在太空中的正方形星阵中,<u>每</u>颗星体的亮度都在急剧增加,这显然是它们本身在发出光来。
- 计算量之大,就是<u>全世界</u>的数学家不停地工作,到世界末日也算不完。

6.2.4.2 重 叠

如普通名词,"村""户""人"都有重叠式,"村村""户户""人人",重叠后表示数量多。量词重叠也可以表示数量多,而且同时具有体积级差义,如"一座座""一颗颗""一排排"。形容词和副词重叠也可以具有体积级差义，如"长长的石阶""厚厚的云层""高高升起"，由于重叠的表达力的增强，这些词同时具有品质强化或过程强化。形容词和副词重叠也可以具有跨度级差义，如"密密麻麻""点点篝火""空荡荡""满满一屋子人"，副词的重叠"上上下下""里里外外"，包括有争议的"缓缓、刚刚"等，这些词不但有跨度级差义，也有品质强化或过程强化。

6.2.4.3 隐 喻

构词的隐喻体现数量：

- 他再次确定，游戏的作者在表面简洁的图像深处有意隐藏了<u>海量</u>的细节，等待着玩家去发掘。
- 你打算用什么来进行那些<u>海量</u>计算呢？
- 金字塔下面<u>人山人海</u>，无数火把在寒风中摇曳。
- 这是数学的<u>人海战术</u>。
- 这密密的<u>人海</u>一望无际。
- 面前只有一张写满符号的大纸，那些符号都是<u>蝇头大小</u>，密密麻麻，看上去与下面的计算机阵列一样令人头晕目眩。

构词的隐喻体现形态：

- 一架<u>顶天立地</u>的巨型单摆

构词的隐喻体现跨度：

- 远处的大地上，<u>星罗棋布</u>着许多显然是干仓的高大建筑。

小句的隐喻体现数量、形态和跨度：

- 在巨摆的环绕下，有一座巨大的金字塔，在夜幕中<u>如同一座高耸的黑山</u>。
- 他还看到了远方许多显然是干仓的建筑，但形状也都变成了哥特式建筑，<u>尖顶细长，仿佛是大地长出的许多根刺</u>。
- 他看看已经完全升出地平线的太阳，从那发出银光的<u>巨</u>

盘上，他清晰地看到了木纹状的图形，那是固态的山脉。

同时，数字、隐喻等量化手段也可以叠加使用：

- 三只叠加的太阳构成了宇宙中一只明亮的眼睛。
- 红炽的大地上有无数根细长的火柱高高腾起，这是干仓在燃烧，仓中的脱水人使火柱染上了一种奇异的蓝绿色。

6.3 语势：强化

在评价系统中，强化是对品质和过程进行分级的语言资源（彭宣维等，2015：284）。品质（quality）指人或事物的特征，如外貌、性格、价值等，主要由形容词和副词体现。对这些特征进行分级的语言资源就是品质强化成分，如三体世界乱纪元时，在"空气依然异常闷热"中，"闷热"是具有消极鉴赏义的品质特征，"异常"则是品质强化。过程（process）来自韩礼德对人类经验划分的六种过程类别：物质、心理、关系、行为、言语和存在，主要由动词或动词词组体现，如乱纪元时"汪淼跟着他们飞奔"，这是个物质过程小句，"飞奔"是对行为动词"跑"的活力加强，是过程强化。从表达方式上看，强化主要有孤立式（isolating）、注入式（infusing）、重复式（repetition）、隐喻式（metaphor）。孤立式指强化是通过单个词汇孤立完成的，至少主要是靠这个词完成的，不依赖其他词语。孤立式的强化还可以分为语法性和词汇性两类。注入式是通过使用一系列意义相连、强度不同的词语中的一个实现的。但单个词的强化程度取决于该词在这个系列中的位置。在现代汉语中，同一系列的词语有时也被称作"同义词语组"，或"同义词语"（刘叔新，周荐，1992：13-14），或称为"词的同义手段"（聂焱，2009：98；王希杰，1996：280），但"同义词语"或"同义手段"并不等同于传统汉语词汇学的同义词。同义词和同义词语都是注入式的资源，都可以成为同义手段。从评价理论的角度看，同义词语更具有概括性。以下例子均为同义词语。

6.3.1　品质强化

6.3.1.1　孤立式

- 寒冷使汪淼<u>很</u>难受。
- 空气依然<u>异常</u>闷热。
- 运行速度<u>很快</u>。
- 恒星的密度<u>十分</u>均匀。

强度等级通过比较级和最高级实现，如以下例子。

- 三颗飞星的出现是不是预示着<u>更美好</u>的纪元？
- 又过了十个小时，没有太阳的影子，连<u>最微弱</u>的晨光都见不到。
- <u>最引人注目</u>的是平台中央的一个大铜球，直径两米左右。
- "三日凌空"是三体世界<u>最恐怖</u>的灾难。

最大化词也包括对于常态的最大情态评价值"always"，夸大地表达作者对命题的强烈投入，而不是字面的表达连续不间断的重复意思。

- 飞星？你怎么<u>总是</u>提飞星？
- 我们是有可能看到三颗飞星，并且它们的出现<u>总是</u>伴随着毁灭性的严寒。

去词汇化的例子如下。

- 汪淼的感应服的前胸部分变暖和了，但背后仍然<u>冰冷</u>。

6.3.1.2 注入式

下列品质强化的注入式的例子显示了词语的丰富。

暖：气温适宜（1次）、暖意（1次）、暖流（1次）、暖和（3次）、温暖（3次）

热：热浪滚滚（2次）、闷热（1次）、酷热（9次）、灼热（3次）

冷：阴冷（1次）、寒冷（10次）、严寒（9次）

黑：昏暗（5次）、黑暗（5次）、漆黑（4次）

奇怪：奇怪（6次）、怪异（4次）、诡异（4次）

在同义词语组中，固定语一般居于高值位置，语力高于同义词语组的词，表达色彩更为浓烈（刘叔新，2005），如"绝伦逸群"高于"超群"，"肝胆相照"高于"真诚"。在语料中，当作者调节语力手段时，会用到许多固定语。级差的最大化词语，既有量化，也有强化，如下面的例子。

- 这是过去上百个文明梦寐以求的东西啊！
- 你的模拟宇宙作为一台机器确实精妙绝伦。
- 他很快看出那不是地平线，是日轮的边缘，正在升起的是一颗硕大无比的太阳。
- 大地似乎正顺着一堵光辉灿烂的大墙缓缓下沉。
- 耀眼的晚霞转瞬即逝。
- 东方学者企图从冥想、顿悟，甚至梦游中参透太阳运行的秘密，可笑至极！
- 其他复活者纷纷拥过他的身边，兴高采烈地奔向湖岸，没有人注意他。
- 是他，无耻之徒！呸！！其实我根本不屑于同他争夺这项名誉。
- 陛下，您的军队真是举世无双。

- 那些符号，指操作系统的代码都是蝇头大小、密密麻麻的，看上去与下面的计算机阵列一样令人头晕目眩。
- 到现在，为此饿死、累死和冻死、热死的人不计其数。
- 牛顿松开天文大臣直起身来，汪淼发现他脸色发白，但表情却欣喜若狂。
- 裂缝迅速扩大，在弥漫的灰浆和天崩地裂般的巨响中，下面的金字塔裂解为组成它的无数块巨石。
- 在远方，汪淼看到连绵的透明山脉在缓缓上升，那山脉晶莹剔透，在闪闪发光中变幻着形状，那是被吸向太空的海洋！
- 紧接着，这块巨石与另一块相撞，将秦始皇夹在中间，碎石和血肉横飞，惨不忍睹。
- 汪淼第五次进入三体时，黎明中的世界已面目全非。
- 爱因斯坦叹息着摇摇头，"不提了，往事不堪回首，我的过去，文明的过去，宇宙的过去，都不堪回首啊！"
- 这时，巨月又从黑夜一方的天边升起，它银色的巨像映在摆锤光滑的表面上，光怪陆离地蠕动着。
- 以前人们都是这样想的，这也是三体文明前赴后继、顽强再生的动力之一。
- 即使只有一颗飞星静止，也让人不寒而栗。
- 那是在三体世界的全部历史中最为惊心动魄的灾难。
- 漫长的时间后，生命和文明将重新启动，再次开始在三体世界中命运莫测的进化。
- 仰望着三体纪念碑气势磅礴的摆动，汪淼问自己：它是表达对规律的渴望，还是对混沌的屈服？

以下这些词语都带有态度意义。

情感：梦寐以求、兴高采烈、欣喜若狂、不寒而栗

判断：可笑至极、无耻之徒、举世无双、前赴后继、举世无双

鉴赏：精妙绝伦、硕大无比、光辉灿烂、转瞬即逝、密密麻麻、头晕目眩、不计其数、天崩地裂、晶莹剔透、惨不忍睹、面目全非、星罗棋布、不堪回首、光怪陆离、惊心动魄、命运莫测、气势磅礴

6.3.1.3　重复式

在下面的例子中，"不堪回首"一词重复两次，"独裁"与"暴政""白炽"与"明亮""晶莹"与"光亮""前赴后继"与"顽强再生"都是语义相近的词汇组合使用，因此以下五个例子也都是重复式。

- 爱因斯坦叹息着摇摇头，"不提了，往事<u>不堪回首</u>，我的过去，文明的过去，宇宙的过去，都<u>不堪回首</u>啊！"
- 投在地上的方形光斑<u>白炽明亮</u>，使所有的火炬黯然失色。
- 欧洲人骂朕<u>独裁暴政</u>，扼杀了社会的创造力。
- 汪淼仰望着巨大的摆锤，它在晨曦中<u>晶莹光亮</u>。
- 以前人们都是这样想的，这也是三体文明<u>前赴后继</u>、<u>顽强再生</u>的动力之一。

另外，汉语由于构词法已有并列式短语，如"前赴后继"的中"前赴"和"后继"是并列关系，所以词汇层面上重复式的强化比英语的重复式的强化多了一种手段。

6.3.1.4　隐喻式

隐喻式也是品质过程和强化过程的重要手段。

在下面的隐喻中，既有明喻，如"像……一样、仿佛、如……一般、……般"等结构，也有暗喻。

- 他的脸<u>像那兽皮一样脏和皱</u>。
- 不时有一束乱纪元的阳光射进大殿，有时很微弱，<u>如月光一般</u>。
- 汪淼无意中扫了一眼平原上的人列计算机，看到<u>一幅噩</u>

梦般的画面。
- 但当他看周文王和追随者时，发现他们都<u>一脸惊恐</u>，仿佛魔鬼降临。
- 在大殿中的所有人都<u>惊呆了</u>，<u>空气仿佛凝固了</u>。
- 老人舒缓的小提琴声在寒冷的晨风中飘荡，<u>宇宙中壮丽的景象仿佛就是那音乐的物化</u>，汪淼陶醉在美的震慑之中。
- 如果你说的是真理，就不会被烧死了，游戏对<u>走对路</u>的人是一路放行的。
- <u>这些普通卑贱的人都是一个个零</u>，只有在最前面加上<u>您这样一个一</u>，他们的整体才有意义。
- 乱纪元旅行<u>真是在地狱里走路</u>，我受不了了。
- 首先，你知道宇宙是什么吗？<u>是一部机器</u>。
- 它们是<u>些不重要的东西</u>，<u>是宇宙球内乱飞的灰尘</u>。
- 天空在燃烧，呈现出一种<u>令人疯狂的地狱之美</u>。
- 当云层中只有被<u>大地的地狱之火</u>抹上的一层血红时。

6.3.2 过程强化

6.3.2.1 孤立式

"很快"出现了27次，"迅速"7次，"转眼间"2次，"缓缓"出现10次，"缓慢"出现2次，下面是例句。

- 果然，天边的晨光开始暗下去，<u>很快</u>消失了，夜幕重新笼罩了一切，苍穹星光灿烂。
- 这曙光<u>很快</u>增强，不一会儿，这个世界的太阳升起来了。
- 周文王<u>很快</u>将背上的沙漏翻了六下，<u>转眼间</u>两天过去了，太阳还没有升起过一次，甚至天边连曙光的影子都没有。

- 汪淼很快出汗了。
- 这话说完不久，天边真的出现了曙光，并且迅速增强，转眼间太阳就升了起来。
- 包裹他们的蓝绿色火柱是透明的，可以看到他们的面容和躯体在火中缓缓地变形。
- "怎么回事?!"秦始皇惊恐地看着那个刚刚跳上半空的人缓缓下落。
- "当然可以，现在它就在缓慢收缩。"

6.3.2.2 注入式

过程等级的注入式一般都是同义的动词或动词短语。

- 所有人都衷心地赞美太阳，赞美掌管宇宙的诸神。
- "真是精巧的机械！"汪淼由衷地赞叹道。
- "冷啊。"他说。
- 追随者哀鸣道："真冷啊，冷死我了！"
- 三人继续赶路。
- 汪淼跟着他们飞奔，跑到了一处低矮的岩石后面蹲下来。
- 汪淼夹着脱水的追随者，周文王背着沙漏，两人继续着艰难的旅程。
- 两人又在严酷的乱纪元跋涉了很长时间。
- 追随者脱下了被汗水浸湿的长袍，赤身躺到泥地上。
- 那躯体化为一张人形的软皮一动不动地铺在泥地上。
- 但这个白昼很短暂，太阳在地平线上方划了一道浅浅的弧形就落下了，夜色和寒冷又笼罩了一切。
- 巨日很快向西移去，让出被它遮住的苍穹，沉没于地平线下。
- 发现地平线发出刺眼的强光，并向上弯曲拱起，成为一个横贯视野的完美弧形。

- "风扇"仍在旋转，一片灿烂的叶片不时划出地平线，给这个已经毁灭的世界带来一次次短暂的日出和日落。
- 当最后一颗飞星变成太阳时，第一颗显形的太阳已从极近的距离掠过行星，紧接着，另外两个太阳相继从更近处掠过！
- 191号文明的人们站在大地上无助地看着这三颗在正空中悬停的飞星，看着向他们的世界直扑过来的三颗太阳。
- 三个太阳对行星产生的潮汐力均超过洛希极限，第一个太阳撼动了行星最深层的地质结构，第二个太阳在行星上撕开了直通地核的大裂缝，第三个太阳将行星撕成了两半。
- 有很大的可能，我们的行星不再从太阳边缘掠过，而是一头扎进太阳的火海中。

6.3.2.3 重复式

重复式是通过重复使用同一个词，或同时使用意义相近的几个词实现。如在下面的例子中，"赞美""毁灭""努力"都是相同词汇的重复。

- 沐浴在春天的气息里，所有人都衷心地赞美太阳，赞美掌管宇宙的诸神。
- 世界刚刚毁灭！！世界刚刚毁灭！！
- 一个努力的，一个延续了近两百个文明的努力，为解决三体问题的努力，寻找太阳运行规律的努力。

6.3.2.4 隐喻式

- 当大太阳升到头顶正上方时，三人用兽皮蒙住头，强光仍如利箭般从所有缝隙和孔洞中射进来。

- 追随者的整个躯体如一根熔化的蜡烛在变软、变薄。
- 在水里泡一会儿，他就会恢复原状活过来，就像泡干蘑菇那样。
- 门旁几名守卫的士兵在黑暗中如幽灵般无声地徘徊。
- 纣王在石台上站起身，张开双臂，仿佛要拥抱整个世界。
- "烧死他。"教皇无表情地说，站在门前的两个身穿锈迹斑斑的全身铠甲的士兵立刻像两个笨拙的机器人一般朝汪淼走来。
- 从盔甲中流出的人油燃烧着在地上扩散开来，仿佛盔甲长出了一对火的翅膀。
- 在那个位置，出现了一颗飞星，像是太阳死后的灵魂。
- 那片银白色的曙光以超乎寻常的速度扩展变亮，仿佛即将升起的太阳要弥补失去的时间。

6.3.3 情态强化

1. 情态等级的语义也有强化，如以下五个方面。
认知情态（概率）

- 早晨太阳不一定能升起，这是乱纪元。
- 太阳可能不会出来了。
- 有很大的可能，我们的行星不再从太阳边缘掠过。
- 它发出的光芒，更多的可能是日核光芒的散射。
- 看这样子，太阳要很长时间以后才会升出来。
- 太阳出来就会暖和些的。
- 所以按你的假设，应该还有第三种情况。
- 按他的理论，三颗太阳一定会出现的，就像三颗飞星一样！

2. 认知情态（频率）

• 我们是有可能看到三颗飞星，并且它们的出现<u>总</u>是伴随着毁灭性的严寒。

• 不，<u>有时</u>会有三个，但不会再多了。

3. 动态情态（能力、意愿）

• 运行速度很快，肉眼<u>能</u>明显地看到它在星空中移动。

• 那是因为你没<u>能</u>悟出世界的本原。

4. 义务情态

• 他主张<u>应该</u>从实验和观测中认识世界。

• "<u>总得</u>让我把话说完吧！"汪淼推开抓他的那两个士兵的铁手套。

5. 证据情态（听说、似的、似乎、看得出、好像）

• 太阳在当空静静地照耀着大地，微风吹过，他<u>似乎</u>嗅到了春天的气息。

• 另一边是几台奇形怪状的仪器，<u>很像</u>古中国的浑天仪。

• 另外两颗太阳就是飞星，当它们运行到远距离时，<u>看起来像</u>星星。

6.4 量化与强化的共现

　　隐喻可以表达态度，或抒发情感、或判断品性、或鉴赏事物。根据评价词汇在隐喻中的位置，态度意义在隐喻中的具体实现可分为三类，即本体式实现、喻底式实现、喻体式实现（牟许琴，2011a，b，c）。在实际语料中，不仅有单独的量化手段，表达力更强的是量化的同时具有强化义。如"雪仍在下着，但雪片大而厚重，<u>像是凝结的黑暗</u>"，喻体

"凝结的黑暗",在对雪花"大而厚重"的体积量化的同时,对"下"这个过程也起到强化的作用。

1. 隐喻 + 量化 + 品质强化

- 大地在他们下面伸展开来,像一块沧桑的旧皮革。
- 在这高处,浸泡的具体细节看不清楚,只能看到湖边的人渐渐多了起来,像春天涌出洞穴的蚁群。
- 远处的大地上,星罗棋布着许多显然是干仓的高大建筑,都有着全反射的镜面表面,在晨光中像大地上生长的巨型水晶植物。

2. 隐喻 + 量化 + 过程强化

- 一天过去了,无边的夜在继续着;两天过去了,寒冷像一只巨掌在暗夜中压向大地。
- 十天后,雪仍在下着,但雪片大而厚重,像是凝结的黑暗。
- 跟着这匹马跑来的,是一大群牛马和其他动物,它们的身上都带着火焰,在大地上织成一张移动的火毯。
- 大地上,已脱水和未脱水的人都燃烧起来,像无数扔进炉膛的柴火,其火焰的光芒比炉膛中燃烧的炭块都亮,但很快就熄灭了。
- 耀眼的晚霞转瞬即逝,夜幕像被一双巨手拉扯的大黑布般遮盖了已化为灰烬的世界。
- 汪淼抬头望去,看到三轮巨大的太阳在天空中围绕着一个看不见的原点缓缓地转动着,像一轮巨大的风扇将死亡之风吹向大地。
- 在初升的太阳下,方阵凝固了似的纹丝不动,仿佛一张由三千万个兵马俑构成的巨毯。
- 他们像一群不会游泳的落水者那样笨拙地挥动着四肢试

图稳定自己，但还是不时相撞。

- 这时，他们刚刚飘离的地面像蛛网似的开裂了。
- 当气态层膨胀时，其厚度可以增大十多倍，这使得恒星的直径大大增加，像一个巨掌，更容易捕获到行星。

3. 隐喻 + 量化 + 品质强化 + 过程强化

- 又过了十天，雪还在下，但雪花已变得薄而透明，在金字塔洞门透出的火炬的微光中呈现出一种超脱的淡蓝色，像无数飞舞的云母片。
- 大地已经像一块炉中的铁板一样被烧得通红，发出暗红色光的地面上流淌着的一条条明亮的岩浆小溪，织成一张伸向天边的亮丽的火网。
- 组成主板的三千万人正在飘离地面，飞快上升，像一大片被吸尘器吸起的蚂蚁群。

4. 隐喻 + 重复 + 过程强化

- 汪淼可以清晰地看到太阳表面的细节，火焰的海洋上布满涌浪和旋涡，黑子如幽灵般沿着无规则的路线漂浮，日冕像金色的长袖懒洋洋地舒展着。

5. 隐喻 + 重复 + 量化 + 品质强化

- 这些湖泊原来封冻的冰面上落满了沙尘，与大地融为一体，现在渐渐变成一个个晶莹闪亮的镜面，仿佛大地睁开了无数只眼睛。
- 汪淼发现，所有巨摆的摆动都是同步的，远远看去，这景象怪异得使人着迷，像大地上竖立着一座座走动的钟表，又像从天而降的许多巨大的、抽象的符号。
- 这是一场宇宙橄榄球赛，运动员是三颗太阳，我们的世界就是球！

6. 隐喻+重复+量化+过程强化

- 汪淼感到摆锤在摆动中仿佛产生了一股巨大的力量，仿佛大地被它拉得摇摇晃晃。
- 仰望着三体纪念碑气势磅礴的摆动，汪淼问自己：它是表达对规律的渴望，还是对混沌的屈服呢？
- 汪淼又觉得摆锤像一只巨大的金属拳头，对冷酷的宇宙永恒地挥舞着，无声地发出三体文明不屈的呐喊……

7. 最高级的重复

- 最伟大的、最尊敬的皇帝，这可是吉兆中的吉兆啊！
- 爱因斯坦叹息着摇摇头，"不提了，往事不堪回首，我的过去，文明的过去，宇宙的过去，都不堪回首啊！"
- 我感觉，您和牛顿他们到东方用人列运算的那个模型，已很接近于正确了，但所差的那么一点点，对牛顿或其他的人来说是一道不可逾越的鸿沟。

8. 高值词语和隐喻

- 这时，巨月又从黑夜一方的天边升起，它银色的巨像映在摆锤光滑的表面上，光怪陆离地蠕动着，仿佛摆锤和巨月两者之间产生了神秘的心灵感应。

6.5 聚焦

Martin 把级差系统分为语势和聚焦两个子系统。语势关注本身可以分级的梯度现象，聚焦是在没有等级特点的范畴上给予人为加工（王振华，2001；Hood，2004；何中清，2011；彭宣维等，2015）。如彭宣维等（2015：451）所述，"这就好比拍照时调节聚焦的清晰度一样，在框定实物的同时，尽可能根据实物使照相机中再现的图像清晰""这一加工过程就是聚焦的明晰化——让对象在意义表达中变得或清晰，或模糊，或概括，或具体。"

- 这时，站在旁边的一个男人轻轻推了推他，低声说："啊，伟大的哥白尼，你怎么来得这样晚？<u>整整</u>过去了三轮文明，你错过了多么伟大的事业啊！"
- 这人身体内的水分正在被<u>彻底</u>排出，这些水在沙地上形成了几条小小的溪流。
- "努力终结了吗？""到现在为止，<u>彻底</u>终结了。"
- 这本来只是一个可怕的推测，但最近的一项天文学发现，使我们对三体世界的命运<u>彻底</u>绝望了。
- 浸泡持续了八天才<u>完全</u>结束，这时所有的脱水人都已复活，世界又一次获得了新生。
- 同前几天一样，这个世界中的太阳运行得<u>完全</u>没有规律。
- 三日<u>完全</u>落下之后，大地上升腾的水蒸气形成的浓云仍散射着它的光芒。
- 他看看已经<u>完全</u>升出地平线的太阳，从那发出银光的巨盘上，他清晰地看到木纹状的图形，那是固态的山脉。
- "尊敬的哥白尼，停一停您匆忙的脚步吧，这样您欣赏一曲莫扎特，我也就有了午饭。"巨月<u>完全</u>落下后，老人抬起头来说。
- "你在冒充伟大的先知吗？连周文王都<u>不算</u>先知呢！"追随者冲汪淼不屑地摇摇头。
- 如果你的理论真能行，别说烧一些，吃一些都成，与那理论相比，几条命<u>算</u>什么。
- "虽然整体上复杂，但每个士兵要做的很简单，比起以前为粉碎马其顿方阵进行的训练来，这<u>算不了</u>什么。"秦始皇按着长剑的

178

剑柄说。

- "我也有理论，但不是玄学，是通过大量观测总结出来的。首先，你知道宇宙是什么吗？是一部机器。""这等于没说。"
- 我感觉，您和牛顿他们到东方用人列运算的那个模型，已很接近于正确了。

6.6 小　结

本章研究级差意义在虚拟的"三体世界"里的体现形式与作用。

首先，级差系统在评价理论中占重要地位，为态度系统和介入系统提供分级资源，能够调节态度义及介入义，还可以通过调节概念义引发态度义（彭宣维等，2015：349）。

其次，级差系统的语义实现非常复杂，在词汇及小句层面都有体现，涉及量词、重复、隐喻等多种语言现象，尤其是量化与强化的共现、隐喻与重复的共现等，说明级差系统的语义实现及文体效果很有研究价值。

此外，级差意义体现了优秀科幻小说的语言特点。刘慈欣认为科幻文学和主流文学的最主要的区别就是"主流文学描写上帝已经创造的世界，科幻文学则像上帝一样创造世界再描写它"。因此，与主流文学不同，科幻小说突出科学幻想的恢宏大气，以有限的篇幅在时空上囊括了宇宙历史，包括生命史和文明史，甚至还有宇宙之外的超宇宙图景。这是科幻小说独有的细节，相对主流文学的"微细节"而言，刘慈欣把它称为"宏细节"（刘慈欣，2011）。通过对级差意义的分析，我们能清楚地看到这种"宏细节"的语言实现。

最后，我们应该看到三体世界的不可预测、生态灾难的惊心动魄、统治者的残酷无情、三体人生活的变数与挣扎。因此，"三体游戏"文本的态度意义是消极的鉴赏意义、消极的判断意义、消极的情感意义。从

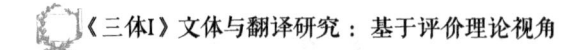

评价文体学强调的局部评价主旨来看，这些都传达了三体世界的不屈与呐喊，隐含作者对三体人民的同情和对三体统治者的谴责。以升级为主的级差意义表明隐含作者最大限度地表现这些消极的态度意义与价值立场，试图最大限度地把读者拉入该立场。

第七章　评价视角下的翻译策略

　　《三体》在海外的成功引发了国内翻译界持久不衰的热情。国内对《三体》翻译研究的角度包括海外读者对中国译介文学的接受和评价（廖紫微，毕文君，2016；张璐，2019）、文化负载词的翻译策略（张飞，2018；任骁霖，2020）、探讨硬科幻的忠实翻译原则（林晓韵，2016）以及译者主体性（郎静，2015；崔向前，2016）。这些研究都比较深入而且有说服力。

　　翻译的难题"美人不信，信而不美"似乎被刘宇昆破解了。刘宇昆的译文是个"忠实的美人"。张璐（2019）将python情感分析运用于《三体》海外读者的接受研究，从互联网的海量评价中以量化方式挖掘英语读者对译本的情感态度和评价。读者对译本的正面评价集中在两个方面。一是译文的流畅性，"语言之连贯、字词选择之准确，令人难以置信的出色"；二是译文的忠实，英汉双语读者认为译作忠实地传达了原作的表达，不懂中文的读者读到了"属于中文的感性，读起来新鲜有趣，充满诱惑"（张璐，2019：84）。2015年刘慈欣的《三体》荣获第73届雨果奖最佳长篇故事奖，这是亚洲人首次获得雨果奖。译者刘宇昆代表刘慈欣上台领奖。这些都有力地证明了无论是读者还是权威机构及其原作者都高度认可译文的质量。译者在翻译活动中具有主体性和能动性。译者主体性已有学者从不同方面做了探讨，但尚未有学者从评价意义的角度审视译者的操纵。本章节将从三大块，即态度评价、介入评价和级差评价，深入研究译者操纵评价意义采用的翻译策略以及取得的效果。

7.1 态度意义的翻译

7.1.1 态度标记词显性化

在态度系统中，情感、判断、鉴赏等都有积极和消极、直接和隐含的区别的。Martin 把态度评价意义划分为态度烙印和态度标记两类。前者的评价意义在任何上下文中都保持固定不变，后者的评价意义在脱离上下文的情况下的游离和不确定，需要用联想或言外之意等机制才能够激活。

译者从各自的文化和意识形态作为立足点和出发点操纵原文的评价意义。胡壮麟（2005）指出，每个读者都会根据自己的文化和意识形态立场来解读语篇中的判定的标记。《三体》的译者刘宇昆把态度标记词从隐性的态度评价转变为显性的态度评价。

- 而对于红卫兵来说，进入后两阶段的**批判**对象是最乏味的，只有处于第一阶段的牛鬼蛇神才能对他们早已过度兴奋的神经产生有效的刺激，如同斗牛士手中的红布，但这样的对象越来越少了，在这所大学中可能只剩下一个，他由于自己的珍稀而被留到了批判大会最后出场。
- 译文：For the Red Guards, heaping abuse upon **victims** in those two latter mental stages was utterly boring. Only those Monsters and Demons who were still in the initial stage could give their overstimulated brains the thrill they craved, like the red cape of the matador. But such desirable victims had grown scarce. In Tsinghua there

was probably only one left. Because he was so rare, he was reserved for the very end of the struggle session.

原文的态度标记词"对象"被改写成"victim",这是个负面判断。"victim"一词的选择突出了学生对待老师的心理和视角。

- 她就是申玉菲了,同现在一样,简洁而专制,但比现在要有吸引力。我生性冷淡,对女性,我比周围这些和尚更不感兴趣,但她很特殊,她那**没有女人味的女人味**吸引了我,反正我也是个闲人,就立刻答应了她。

- 译文: The woman, of course, was Shen Yufei. Like now, she was concise and authoritarian, but she was more attractive then. I'm naturally a cold man. I had less interest in women than the monks around me. **This woman who didn't adhere to conventional ideas about femininity** was different, though. She attracted me. Since I had nothing to do anyway, I agreed right away.

价值判断词"最没有女人味的女人味"翻译成了"This woman who didn't adhere to conventional ideas about femininity"。"女人味"通常指所谓的"啰嗦""温顺""耐心"等特质,跟上句的"简洁而专制"相对。不具备温顺和耐心特点的"女人味"到底是什么成了一个模糊的概念,逻辑上似乎也不通。按道理来说,没有上述女性特质的女人应该散发"男人味"或"爷们味"。译者绕开原文看似矛盾的修辞,把第一个"女人味"显性化为"who didn't adhere to conventional ideas",落实在"不符合有关女人的传统理念",第二个"女人味"显性化为"this woman","这么一个女人"强调的是生理方面的特征。

- 当那四个女孩子施暴夺去父亲生命时,她曾想冲上台去,但身边的两名老校工死死抓住她,并在耳边低声告诉她别连自己的命也不要了,当时会场已经处于彻底的癫狂,她的出现只会引出更多的暴徒。她曾声嘶力竭地咒叫，但声音淹没在会场上疯狂的口号和助威声中，当一切寂静下来时，她自己也发不出任何声音了，只是凝视台上父亲已没有生命的躯体，那**没有哭出和喊出的东西**在她的血液中弥漫、溶解，将伴她一生。

• 译文：As the four girls were taking her father's life, she had tried to rush onto the stage. But two old university janitors held her down and whispered into her ear that she would lose her own life if she went. The mass struggle session had turned into a scene of madness, and her appearance would only incite more violence. She had screamed and screamed, but she had been drowned out by the frenzied waves of slogans and cheers.

When it was finally quiet again, she was no longer capable of making any sound. She stared at her father's lifeless body, and **the thoughts she could not voice** dissolved into her blood, where they would stay with her for the rest of her life.

"没有哭出和喊出的东西"译成"the thoughts she could not voice"。"哭出和喊出"表达了悲愤和绝望，是感受和情绪，"东西"的意义模糊。译者做了正面判断，"voice"强调"发声、言语和表达"，"东西"译成"thoughts"，原文被显性化，强化了叶文洁的思想能力。叶文洁目击人性的残忍暴烈并陷入极度的悲愤和失望是《三体》系列情节发展的起点和原动力。态度标记词的正面判断突出了叶文洁的知识分子形象，肯定了她思想变化性格发展的合理性，也为她最后求助外星文明的极端行为埋下伏笔。

7.1.2 人品判断个性化

判断系统根据伦理道德的标准评价语言使用者的行为，由两个子系统实现：社会评判（social esteem）和社会约束（social sanction）。社会评判用以评价人的行为规范（normality）、做事才干（capacity）和坚忍不拔（tenacity），属于"道德范畴"。社会约束用以判断行为的真实可靠性（veracity）和正当性（propriety），属于"法律范畴"（王振华，2007：20）。

原著和译本相比对叶文洁的父亲叶哲泰人品判断的行为规范有了很大变化，译本对他的人品做了个性化处理。

叶哲泰是一名有骨气、很硬气的高级知识分子。面对红卫兵的口诛笔伐、身体摧残和精神折磨，不肯低下高贵的头，但更痛苦的是妻子邵琳的背叛。在批斗会上，邵琳声色俱厉、牵强附会，控诉、揭露叶哲泰的罪行，叶哲泰心潮起伏，内心痛苦不堪。但仅此而已，他默默忍受妻子出卖自己，背负十字架，最后死在十字架上。邵琳投机取巧、见风使舵、唯利是图。叶哲泰完全是妻子的反面，刚正不阿，捍卫学术的尊严，成了一个完美的殉道者。他如圣人般倒下，没有欲望、没有反抗，连一声抱怨都没说出口。

这是刘慈欣塑造的老知识分子的形象，大义凛然、舍身成仁，符合中国传统的行为规范。但译者刘宇昆赋予叶哲泰更多常人的品质，符合西方人关于"人性"的概念。刘宇昆认为："对西方人来说，人性是一个个人的概念，在故事中表现在个人面对危险的挣扎。刘慈欣小说中的人性是人间，大写'人'这个概念。故事中的人物为了一个更大用意的存在。他们不是在救爱人或孩子，他们是为了人类的未来战斗（新京报：2014）。"

在原著中，叶哲泰被红卫兵活活打死，看客纷纷撤离现场，邵琳也仓皇而逃，只剩下叶文洁和叶哲泰冰冷的尸体，"当遗体要被抬走时，叶文洁从衣袋中拿出一样东西放到父亲的那只手中，那是父亲的烟斗。"有趣的是，作者并没有交代烟斗为什么跟随死者到另一个世界？译者刘宇昆以烟斗为契机，试图揭开叶哲泰的感情世界，塑造了一个名叫"Ruan"的红颜知己，来满足读者对于一个正常人的期望。如果说原文中的叶哲泰是个大写的人，译文中的叶哲泰却是有隐情或私情的人，因为译者看到了宏大人物背后的寂寥和内心的需求。浩然正气是多数中国读者所热爱和追求的，爱和被爱却是西方读者所崇尚的。

下面这段纯属增译。

"Ruan had studied at Cambridge University, and her home had once fascinated Wenjie: refined books, paintings, and records brought back from Europe; a piano; a set of European-style pipes arranged on a delicate wooden stand, some made from Mediterranean briar, some from Turkish meerschaum. Each of them seemed suffused with the wisdom of the man who had once held the bowl in his hand or clamped the stem between his teeth, deep in thought, though Ruan had never mentioned the man's name. The pipe that had belonged to Wenjie's father had in fact been a gift from Ruan."

Ruan 毕业于剑桥大学，爱好不俗，家里有很多书画、唱片，最打眼的摆件是烟斗，产地正宗、做工精良、摆放讲究。谁用过这些物件却是一个谜。但文洁知道父亲的烟斗是她赠送的。烟斗在 Ruan 的心中占据特殊的地位，叶哲泰去世，文洁把烟斗作为陪葬物，也可见叶哲泰跟烟斗形影不离。可以推断，烟斗是叶哲泰和 Ruan 的爱情媒介和爱人的象征物。在现实世界中，邵琳拥有婚姻，但是她太过聪明、见风使舵，在精神层面上是与叶哲泰完全属于两个世界的人。译者刘宇昆塑造的 Ruan 才是叶哲泰身上的一根肋骨，气质相符、气息相通。她跟叶哲泰一样坚守底线、宁折不屈，最后选择了宁为玉碎、不为瓦全。叶哲泰被打死在批斗会现场的那一天，Ruan 吞安眠药自杀。译本中的叶哲泰生前有知音相随，死后也没有孤苦伶仃。

增加的这一段除暗示叶哲泰的婚外情外，鉴赏资源如 refined、delicate、European-style 折射了叶哲泰的高雅，判断资源 wisdom、deep in thought 更是对老知识分子的正面判断。

"文洁默默地离开了空无一人、一片狼藉的操场，走上回家

第七章 评价视角下的翻译策略

的路。当她走到教工宿舍楼下时,听到从二楼自家窗口传出,一阵阵痴笑声,这声音是那个她曾经叫作妈妈的女人发出的。文洁默默地转身走去,任双脚将她带向别处。"

这一段是原著第七章《疯狂年代》的最后一段,在第八章中文洁出现在大兴安岭,其间双脚把文洁带向何处?刘慈欣没有交代。译者刘宇昆从这接手续写了七段,创造了这个与叶文洁和叶哲泰均有联系的人物 Ruan。

下面是增写的第一段。

Finally, she found herself at the door of Professor Ruan Wen. Throughout the four years of Wenjie's college life, Professor Ruan had been her advisor and her closest friend. During the two years after that, when Wenjie had been a graduate student in the Astrophysics Department, and through the subsequent chaos of the Cultural Revolution, Professor Ruan remained her closest confidante, other than her father.

Ruan 与文洁亦师亦友。在动乱的风雨飘摇的岁月中,文洁与 Ruan 的亲密程度甚至超过了自己的父亲。Ruan 同时在扮演文洁母亲的角色。Ruan 和文洁的关系不是血缘,而是理解、信任和爱,her closest friend 和 her closest confidante 表明了叶文洁对 Ruan 的信任和依赖,同时也说明后者具有文洁母亲完全不同的人品。血缘关系在西方文化中显然没有中国文化重要,西方文化更看重、更信赖以理解和爱为基础的纽带关系。文洁失去了父亲和 Ruan 两位亲人兼精神导师,为日后性格发展走向极端和分裂做了铺垫。

以上两处增译均表明译者刘宇昆根据目的语读者的价值标准对叶哲泰和叶文洁的人品做了调整,从一个正常人的需求出发,反抗冰冷虚假的夫妻或母女关系,勇于追求温情和爱情,赋予两个主要人物个性化特征。

187

7.1.3 物值鉴赏女性主义化

鉴赏系统属于美学范畴，是指对文本/过程及现象的评价，同样有正面含义和负面含义。该系统围绕三方面构成，即反应性（reaction）、构成性（composition）和估值性（valuation）（王振华：2001：18）。对女性的描写蕴含的审美标准属于物值鉴赏。

《三体》系列创造了一系列的女性形象。对这些科幻作品中的女性角色，读者做出了不同的回应。

郎静（2015：17）认为，"在《三体》中，刘慈欣塑造的都是具有知识内涵和独立品格的新型女性形象。这些女性人物都不再受到男性权威的束缚，他们甚至并不向往爱情和婚姻。不仅如此，这些女性的外貌大多娇小消瘦、性格冷漠、人格独立，以追求自身理想与事业为全部生活目标。这些女性形象颠覆了传统男权视角下女性应有的附属角色，不符合普遍的男性审美特点，与女性主义中将女性从男性压迫中解放出来的观点相契合。"

然而，张璐（2019：83）对海外读者的反应做了海量研究，发现多位读者对刘慈欣塑造的女性人物形象表示了不满。认为"从西方人的角度来看，小说中所有的女性角色都是顺从的、依附的、柔弱如纸片般，令人尴尬"。有读者认为可能是作者在深度刻画女性人物时能力不足，也可能是作者本身对女性带有歧视。

郎静从一个中国读者的视角看到《三体》与女性主义相契合的观点，但西方读者嗅到了男权思想下的男性视角。尽管《三体》的女性形象没有全然符合西方读者的期待，作品展现的女性价值观基本符合西方女性主义思想，这也应该是《三体》英译本受到追捧的原因之一。然而，文化差异并不是刘慈欣的关注点，换句话说，刘慈欣在创作的时候，目的读者是中国人，他不会考量女性角色是否符合了西方审美标准。文化差异不是原作者考量的问题,却是译者和英译本编辑必须面对的问题。编辑丽兹在处理《黑暗森林》时给译者的修改意见中就包括性别歧视(王瑶,2015:73)。

译者刘宇昆用女性主义滤镜对《三体》中的一些女性描写做了文字处理,进行了价值转换。

- 对于**普通的女性**,也许时间能够渐渐愈合这些创伤,毕竟"文化大革命"中有她这样遭遇的女性太多了,比起她们中的很多人,她算是幸运的。但叶文洁是**一位科学女性**,她拒绝忘却,而且是用理性的目光直视那些伤害了她的疯狂和偏执(刘慈欣,2005)。

- 译文:For **most people**, perhaps time would have gradually healed these wounds. After all, during the Cultural Revolution, many people suffered fates similar to hers, and compared to many of them, Ye was relatively fortunate. But Ye had the mental habits of **a scientist**, and she refused to forget. Rather, she looked with a rational gaze on the madness and hatred that had harmed her.

译者对有明显性别指示的内容做了改写,模糊了性别差异,消除了男女性别的二元对立。"普通的女性"译成"most people","科学女性"译成"a scientist"。

- 她父亲留下了一堆唱片,她听来听去,最后选择了一张巴赫的反复听,那是最不可能令孩子,特别是**女孩子**入迷的音乐了(刘慈欣,2005:52)。

- 译文:Her father left behind some records. She listened to all of them and finally picked something by Bach as her favorite, listening to it over and over. That was the kind of music that shouldn't have mesmerized **a kid**.

幼年时候的杨冬（叶文洁的女儿），特别喜欢音乐，译者认为"女孩子不可能喜欢巴赫这样的音乐"带有对女性艺术审美能力的偏见，所以"女孩子"译成了"a kid"。

• "是的"，**女作家**点头赞同，"从文学角度看，《三体》也是卓越的，那二百零三轮文明的兴衰，真是一首首精美的史诗（刘慈欣，2005：169）。"

• 译文："Yes"，**the author** agreed, and nodded. "I like the literary elements of *Three Body*. The rises and falls of two hundred and three civilizations evoke the qualities of epics in a new form."

• 他的心中突然涌起了一阵对史强的憎恨，这个人怎么会想出这样的主意？！正像那位联合国**女官员**所说，他是个魔鬼（刘慈欣，2005：258）！

• 译文：All at once, he was overwhelmed by a deep hatred for Shi Qiang. *How could the bastard have come up with such an idea? Like that UN **official** said, he is a demon*!

上述两个例子中的"女作家"和"女官员"在前文都提及过，在不存在歧义的情况下，刘宇昆主张避免用性别差异来引发关注。"女作家"和"女官员"分别译成了"the author"和"official"。

• 两三分钟后，叶文洁护卫中的一员，一名苗条美丽的少女动人地笑了笑，那笑容是那么醒目，将很多人的目光引向了她。少女袅袅婷婷地向潘寒走去。

• 潘寒脸色骤变，一手伸进胸前的外衣里，但那少女闪电般冲过来，旁人还没明白怎么回事，她已经用一条看上去如春藤般柔软的玉臂夹住了潘寒的脖颈，另一只手放在他的头顶上，以她不可能具有的力量和极其精巧的受力角度，熟练地将潘寒的头颅转了180度，寂静中颈椎折断的咔嚓声清晰可闻。（刘慈欣，2005：189）

第七章　评价视角下的翻译策略

- 译文：A few moments later, one of the bodyguards near Ye, a young woman, smiled. She walked toward Pan Han casually.

　　Pan's face changed. He stuck a hand inside the lapel of his jacket, but the young woman dashed quicker than the eyes can follow. Before anyone could react, she wrapped one of her slender arms around Pan's neck, placed her other hand on top of his head, and, by applying her unexpected strength at just the right angle, she twisted Pan's head 180 degrees with practiced ease. The cracks from his cervical vertebrae breaking stood out against the complete silence.

这段原文包含大量的女性外貌描写，如"苗条美丽""笑容是那么醒目""袅袅婷婷地""如春藤般柔软的玉臂"等，刘宇昆对此做了淡化或删改处理。在男权思想下，女性的身体被物化。在男性的凝视之下，女性的某些身体部位被放大、被渲染。女性主义反对女性身体被客体化。"不可能具有的力量"包含对女性的歧视，被翻译为"her unexpected strength"。

- "要说在论资排辈的理论研究圈子，本来轮不到她的。可那些老家伙不敢先来，怕丢人，就让她捡了个便宜。""什么？杨冬是……女的？！"（刘慈欣，2005：7）

- 译文："Now, seniority matters in theoretical physics, and normally, she wouldn't have been senior enough to get the first shot. But those older academics didn't dare to show up first, afraid that they might fail and lose face, so that's why she got the chance." "What? Yang Dong is...a woman?"

纳米研究中心主任认为杨冬脱颖而出，是"捡了个便宜"，含有对女性的歧视，刘宇昆将之翻译为"she got the chance"。

- 然后他对一直没说话的徐冰冰说，"小徐，现在在专案组里值班的只有两个人，不够，知道你们信息处理处的都是金枝玉叶，但今天你这个专家得出这趟外勤了。"徐冰冰很快点点头，她巴不得快些离开这个烟雾腾腾的地方（刘慈欣，2005：147－148）。

- 译文：Then he turned to Xu Bingbing, who'd been silent the whole time. "Bingbing, right now I have only two men on duty, and that's not enough. I know the Information Security Division isn't used to fieldwork, but I need you to come along." Xu nodded, glad to leave the smoke-filled office.

- 姑娘到底还是不老练，最后这句话使汪淼明白她隐瞒了自己许多（刘慈欣，2005：148）。

- 译文：The young woman was not experienced in lying, and her last remark made Wang realized that she was hiding much of the truth from him.

"金枝玉叶"和"巴不得快点离开"都包含男性对女性工作能力的否认，认为女性是娇弱的、不能担当重任的，译者在保留具象的同时去除了歧视女性的色彩，分别译成"isn't used to fieldwork""glad to leave the smoke－filled office"。"姑娘到底还是不老练"也含有轻视女性的内容，译文"was not experienced in lying"则巧妙地绕过了男性中心主义的思想，树立了女性的正面形象。

7.2　介入意义的翻译——个人视角和上帝视角的切换以及介入资源的丰富

从篇章语言学的角度看，对小说的分析应该是三维的，即作家视角、篇章视角和读者视角。三个维度相互作用、相互依赖，是一个完整的系统。从这三个视角看作品，能够比较全面有效地评价作品（王振华，

2004：42）。

作家视角主要指分析作家的背景和写作意图，包括作家的身份、社会地位、经济地位、受教育程度、社会交往、社会经历、价值观念、宗教信仰、性别、年龄以及作家写作的目的。篇章视角主要是指分析体现作家意图的媒介，即作品和作品中的人与事。篇章视角的分析重在篇章结构和语言特点。篇章结构主要包括衔接和连贯以及语类结构特点或篇章格律（periodicity），即篇章信息发展的波浪特点。语言特点主要包括及物性系统和语气系统揭示的在现实世界中人物、地点、事物、事件和事态之间的关系。读者视角主要指分析读者对作品的反应、态度和站位或立场（王振华，2004：42）。

语言评价不仅停留在词汇层面上。事实上，评价的功能是由语言的各个层面来体现的，除词汇层外，还有句法层、语篇层、音系层（王振华，2004：43）。

《三体》译本篇章间的衔接连贯与原著相比，有几处明显的变化，作家视角做了相应改变，介入方式因此也发生了转变。

> 原文：
> 汪淼觉得，来找他的这四个人是一个奇怪的组合：两名警察和两名军人，如果那两个军人是武警还算正常，但这是两名陆军军官(刘慈欣，2005：1)。

原作的第一章《科学边界》第一个出场的人物汪淼是一名年轻的科学家。一方面，汪淼参与或推动了主要情节，一是亲历倒计时和宇宙闪烁"超自然"现象，遭遇科学信仰崩塌的可怕时刻；二是进入三体游戏，从人类的角度理解三体世界在生存与毁灭之间的无序交替的文明演进历程；三是参与古筝计划，贡献自己研发的纳米材料"飞刃"。另外，汪淼是一个线人，连接了许多其他的角色，见证或听闻了一些事件，如汪淼结识了申玉菲和魏成，触摸到科学边界的诡异事件；走进叶文洁的家，与叶文洁的学生沙瑞山对话，了解到叶文洁的过往以及她的家人的覆灭；

汪淼是个三体游戏玩家，被邀请参加网友见面会，打入三体地球叛军的核心。作者处心积虑地安排汪淼作为叙述视角，符合作者视角，作者就是要创造一个科幻气氛浓厚的、可信度高的视角。"《三体》为什么选择汪淼作为主要叙述或转述视角呢？这是一个'文本形式'问题，也是一个'社会分析'问题，两者的结合构成科幻小说的基本'阅读契约'，即科幻小说的认知拟真性和可信性（陈颀，2016）。"

原文：

那是一年前，汪淼是"中华二号"高能加速器项目纳米构件部分的负责人。那天下午在良乡的工地上，在一次短暂的休息中，他突然被眼前的一幅构图吸引了。作为一名风景摄影爱好者，现实的场景经常在他眼中形成一幅幅艺术构图。构图的主体就是他们正在安装的超导线圈，那线圈有三层楼高，安装到一半，看上去是一个由巨大的金属块和乱麻般的超低温制冷剂管道组成的怪物，仿佛一堆大工业时代的垃圾，显示出一种非人性的技术的冷酷和钢铁的野蛮。（刘慈欣，2005：6）

作品开篇就开启了科学家的视角，镜头特写呈现了扑面而来的科幻气息，技术设想占据了刘慈欣的最多关注，也是他最想实现的层面，正如作者所说："我的作品比较关注那些核心的科幻创意，而你说的这些变化之后的社会，在技术上好像没有什么创意（王瑶：2015：76）。"

然而译本的开篇是这样的：

The Red Union had been attacking the headquarters of the April Twenty–eighth Brigade for two days. Their red flags fluttered restlessly around the brigade building like flames yearning for firewood.

译本第一章从"文化大革命"切入，大标题是"The Madness Years"，原文的第一小段"中国，1967 年"被提升为小标题"China, 1967"。可是，"文化大革命"在原作中是众多插叙的一个，而且是通过汪淼的视角,从沙瑞山那听到的见闻。

原文:

然后,他们来到一家为游客开的通宵酒吧。沙瑞山一杯接一杯地灌啤酒,变得更加健谈。话题集中在叶文洁身上。从她的学生这里,汪淼得知了她那历经风霜的前半生(刘慈欣,2005:57)。

语言使用者利用介入手段调节其对所说或所写内容承担的责任和义务。介入可以由自言和借言实现。自言意味着排除对话性,没有投射。这种表达通常体现语言使用者的主观性。借言具有参照对话性,主要由间接投射、直接投射、话外投射和领域投射来实现。这样做是为了让语言使用者可以推卸或摆脱责任,同时能让所说的话显得十分客观(王振华,2001:18)。原作中有关"文化大革命"的篇章采用了汪淼的视角,汪淼听到的是叶文洁学生沙瑞山的转述,介入资源属借言。两重借言表明作者在力图创造疏离感,转述亲历者的故事,试图保持叙事的客观性。

上述原著第57页的内容是第七章《疯狂年代》的引子,汪淼和沙瑞山是"文化大革命"往事的见证人和叙事者;在译作中,《疯狂年代》这一章失去了见证人叙事视角。《疯狂年代》在原作中是第七章,在译作中,"文化大革命"被译者做了特别处理,被放置在最醒目的位置,即第一章。见证人叙事转变为典型的全知型上帝叙事。"全知叙述者不是故事中的人物,无论他/她叙述的是人物的内心活动还是外部言行,他/她的观察位置一般均外于故事之外(申丹,1994:72)。"汪淼和沙瑞山都是小说中的人物,汪淼还是主要人物之一,参与或推动了主要情节,所以原作运用了第三人称叙事,但不是全知叙事。译本的第一章《疯狂年代》去除了见证人视角,转换成了全知上帝视角。申丹(1994:73)认为,在第三人称叙述中,"外视角"指的是故事外的叙述者用自己的旁观眼光来叙事,"内视角"指的是叙述者采用故事内人物的眼光来叙事。故事内人物的眼光通常较为主观,带有偏见和感情色彩,而故事外叙述者的眼光则通常较为冷静、客观、可靠。刘慈欣选择汪淼做叙述视角,充分考虑了"科幻小说的认知拟真性和可信性",但原作仍属于内视角,译作选择外视角,显得更为冷静客观,读者容易接纳作者要传递的信息。译作第一章《疯狂年代》生成了历史小说一般的厚重和分量,为整部小说定下了基调,即这是一部中国科幻小说,历史性、政治性和社会性都是区别于中国科幻小说和其他国家科幻小说的因素。从海外读者的反应来看,译本成功地把握住读者的兴趣点。在亚马孙上的一位西方读者说:"《三体》不同于我读过的任何小说。它关注更多的是社会科学而不是科学幻想,更多的是历史而不是历险,更多的是人性的异化而不是外星人的异化。"在人物、情节和叙事角度三个方面,西方读者对叙事角度最满意。以"中国"和"文化"为视角的叙事不但没有影响接受效果,反而被读者认为是"有趣"和"独特(张璐,2019:82-83)"。

除调整叙事角度外,译者还扩展了人物的对话空间,丰富了介入资源。Martin 和 White(2005)在合著的《评估语言:英语评价系统》中指出,介入系统是表达说话者立场与其他立场的关系、调节说话者与潜在听话者关系的语义资源。在新闻、科技等语篇中,说话者即语篇作者,潜在听话者就是语篇读者,不存在其他对话方。因此,在《评估语言》中提出的介入系统只区分调节对话空间大小的语义资源,分为收缩和扩展两个范畴。这种分类方法揭示的是介入系统的一般特征。从语言的层次观来看,介入系统位于语篇语义学层面,它的功能和范畴要体现语篇语境。小说的语境不同于其他语篇类型,从而小说中的介入意义也具有一般特征之外的特殊性。在小说中存在四类对应的说话者—听话者,即叙述者—读者,人物言语—读者,人物言语—人物,人物思想—读者。调节对话双方的结盟关系是介入意义的主要功能(陈玉娟,2014:24-25)。

译者刘宇昆在第一章"The Madness Years"中,有几处做了较大幅度的增译，译作第 5 页增加了三个段落，描述叶文洁妹妹的死，译作第 17~18 页增加了七个段落，叙述 Ruan Wen 教授以及她跟叶文洁一家的交集。增译扩充了叙述者—读者的对话关系以及人物思想—读者的对话关系，叙述者声音大多为否定和对立介入意义。

（12）Most of the gate's metal bars, capped with sharp tips, had been pulled down at the beginning of the factional civil wars to be used as spears, **but** two still remained.

（13）For her, the dense storm of bullets was now **no** different from a gentle rain, as she could **no** longer feel anything.

（14）And then half of her young head was blown away, and **only** a single, beautiful eye remained to stare at the blue sky of 1967. There was **no** pain in that gaze, **only** solidified devotion and yearning.

在马丁和怀特看来，否定是把肯定意见引入对话的一种方法，但是承认它的存在是为了反对它，即从"对话"角度理解否定，否定不仅是肯定的逻辑反面，同时也是承认肯定的存在（彭宣维，2015：172）。例（13）表明，对她来说，密集的子弹不过是一场绵绵细雨，她感觉不到任何东西了；no longer feel anything 的否定运用提醒读者，被枪林弹雨射击的肉身的正常反应是剧痛无比的。对立是另一种否认方式，即用一个命题取代或反对另一个有可能在此出现的命题。其实，对立在某种意义上也属于非命题性否定的范围，只不过这种否定不是直接由否定形式体现，而是用一个命题取代或反对一定条件或语境下有可能存在的另一个命题，这一命题对于读者或听话人来讲通常是出乎意料的（彭宣维，2015：180）。例（12）中的"but"表明超出预期，具有对立义。大门上带尖头的铁条被拆了下来，做成了梭镖，读者期待危险消除，转折的运用说明危险仍旧存在，令人不安。例（14）中的两个"only"暗示惊讶或惊悚，具有对立义。她半边脑袋都被打飞了，只留下一只美丽的眼睛盯着蓝天。眼神没有一丝痛苦，只有挚爱和热望。结果是出人意料的、是怪异的、是反常的、是违背人性的。叙述者通过否定和对立介入，希冀读者接受自己的立场，从而建立叙述者和读者观点一致的关系，谴责疯狂年代的残忍和荒谬。

（15）Ruan had studied at Cambridge University, and her home had once **fascinated** Wenjie: refined books, paintings, and records brought back from Europe; a piano; a set of European-style pipes arranged on a **delicate** wooden stand, some made from Mediterranean briar, some from Turkish meerschaum. Each of them seemed suffused with the **wisdom** of the man who had once held the bowl in his hand or clamped the stem between his teeth, deep in thought, **though** Ruan had never mentioned the man's name. The pipe that had belonged to Wenjie's father had **in fact** been a gift from Ruan.

例（15）中有许多肯定态度词，如具有情感义的"fascinate"，具有判断义的"wisdom"，具有鉴赏义的"delicate"。叙述者运用肯定态度词，希望读者也能认同 Ruan 教授的学识和修养。"though"和"in fact"属于对立介入，制造了惊奇和悬念。

（16）This elegant, warm home had **once** been a safe harbor for Wenjie when needed to escape the storms of the larger world, **but** that was before Ruan's home had been searched and her possessions seized by the Red Guards.

（17）the toppled piano had been set upright and wiped clean, **though** it was broken and could **no longer** be played.

（18）She could **no longer** feel grief. She was now like a Geiger counter that had been subjected to **too much** radiation, **no longer** capable of giving any reaction, noiselessly displaying a reading of zero.

（19）**But** as she was about to leave Ruan's home, Wenjie turned around for a final look.

例（16）中的"once"和"but"体现对立义，安全的港湾一去不复返了，Ruan 教授高雅温馨的家遭受了红卫兵的洗劫。例（17）中"though"体现了对立义，"no longer"表达了否定义，掀翻的钢琴被放正了，擦干净了，可是破了，再也不能弹了，超出预期、令人惊讶。例（18）中"no longer"是否定义，"too much"体现对立义，叶文洁失去了父亲，又失去了最亲密的导师和朋友，却感觉不到悲哀了，就像遭受了太多的辐射，竟然没有了反应能力。否定和对立意义的介入，让读者体会到主要人物叶文洁遭遇的劫难并心生绝望，没有了正常人的反应能力，为后面的人物蜕变和人类生存危机埋下伏笔。例（19）中"but"体现了对立义，叶文洁虽然失去了知觉，但还是回头看了最后一眼，像是出于本能，与昔日的美好生活作别，又像是人种变异成某种另类，以复仇女神的面目示人。人物思想—读者的对话关系意在缔结人物和读者之间的结盟，读者理解、同情叶文洁，就会关注她的命运走向，也迫切想知道这个大难不死的、曾经温文尔雅的女人如何变身成霹雳娇娃，把整个人类推入风雨飘摇的不归路。译文的增译部分富含否定和对立的介入意义，大大增强了"文化大革命"对人产生的异化作用，渗透了惊悚之意，使故事更具张力。

7.3 级差意义的翻译

级差指态度的增衰，其程度可分级，如评价人"聪明"可以在 intelligent 前面加程度不同的修饰语 extremely, sharply, really, quite, fairly 或 somewhat。另外，比较、数量、方式和情态等语言手段也都具分级性。在增衰过程中，程度上扬的语言资源比下降的语言资源多。强调程度的上扬和下降称为"语势"（force）。语势的上扬和下降可通过强调性副词（intensifier）、表态实词（attitudinal lexis）、隐喻和咒语来实现。语势资源可以"上下调控"（Martin 和 Rose，2003 /2007：39）评价词语的评价力度。实现这种调控的语言包括如 very /really /extremely 等程度副词以及表示程度不同的态度词汇，如 happy/delighted / ecstatic 等。对人或物等不可分级范畴的"清晰"（sharpening）或"模糊"（softening）描述称为"聚焦"（focus），如 We are real policemen now 以及 not quite my first love 等表述。聚焦系统这一评价资源主要是使事物、性质或数字之间的"界限变得明显或模糊"（Martin 和 Rose，2003/2007：42），如 kind/sort of policeman 使焦点模糊，real policeman 使焦点明显；bluish 使焦点模糊，deep blue 使焦点明显；about three years 使焦点模糊，exactly three years 使焦点明显（王振华，2007：20 – 22）。

王振华所举有关级差的例子都属词汇层面，然而级差在语言中的体现方式复杂多样（彭宣维等，2015：255），如标示特殊含义的双引号也可以体现聚焦（彭宣维等，2015：347）。

> 因为我的器具都卖完了，这一堆书和画架白天要当写字台，晚上可当床睡的。摆好了画架的板，我就朝着这张由书叠成的桌子，坐在小一点儿的那堆书上吸烟，我的背是朝着梯子的接口的。

> I had sold all the furniture I had ever possessed, so my arrangement of books and picture frames had to serve as a desk during the day and a bed at night. I then sat myself down on the smaller stack of books, facing the "desk", and lit a cigarette.

"由书叠成的桌子"不是真正的桌子，只是具备了一些桌子的功能，译文用双引号实现聚焦，表示 desk 的特殊含义。

在《三体》译本中，级差评价资源发生变化了的有词汇层面的和语篇层面的。具体包括以下六个方面：①通过词汇使语势减弱或持平；②通过段落切分，实现聚焦；③通过改变标点符号，增强语势；④通过增译使焦点明显；⑤通过减译增强语势；⑥通过斜体使焦点明显。

7.3.1　通过词汇使语势减弱或持平

- 一走出纳米中心的大楼，汪淼又被那噩梦的感觉追上了，他觉得布满群星的夜空像一面覆盖一切的放大镜，他自己是镜下的一只**赤裸的**小虫，无处藏身。

- As soon as Wang left the Research Center building, the nightmare like feeling caught us to him. He felt like the starry sky was a magnifying glass that covered the world, and he was a tiny insect below the lens with nowhere to hide.

- 小汪啊，其实，你到了我这个年纪，就会发现当年以为**天要塌下来的**那些大事，其实没有什么的。

- Xiao Wang, let me tell you: By the time you're my age, you'll realize that everything you once thought mattered so much turns out to mean very little.

原文"赤裸的小虫"，虫子本身就是赤裸的，但中文加上"赤裸"做修饰语，毫无违和感，使语势加强；译文没有译"赤裸"，可能认为没有必要。"天要塌下来"是暗喻，包含很强的语势，译成"mattered so much"，意象丢失，语势减弱。

- 爱因斯坦叹息着摇摇头："不提了，**往事不堪回首**，我的**过去**，文明的**过去**，宇宙的**过去**，都不堪回首啊！"

- Einstein sighed and shook his head: "Let's not speak of it. Forget the past. My past, civilization's past, the universe's past—all of it too painful to recall!"

- 一个**努力**的，一个延续了近二百轮文明的**努力**，为解决三体问题的**努力**，寻找太阳运行规律的**努力**。

- For an aspiration, a striving that lasted through almost two hundred civilizations: the effort to solve the three – body problem, to find the pattern in the suns' movements.

原作通过重复词汇"不堪回首""过去""努力"加强语势；译作中"past"也重复了三次，此外，译作避免词汇重复，用近义词基本保持了原作的语势，"let's not speak of it"和"all of it too painful to recall"意义相近，"aspiration""striving""effort"词义相近。

- 大王，这就是宇宙的密码，借助它，我将为您的王朝献上一部精确的万年历。
- My king, this is the code of the universe. With it, I can present your dynasty with an accurate calendar.
- 我将为你树起一座丰碑，比这座宫殿还要高大。
- I shall erect a monument for you, one even greater than this palace.
- 这些水在沙地上形成了几条小小的溪流，追随者的整个躯体如一根熔化的蜡烛在变软变薄。
- The water coalesced into a few small rivulets in the mud. His body turned soft and lost its shape like a melting candle.

汉语量词作为独立词类确立下来经历了很长的一段历史，这个长时间的发展使量词在汉语表达中获得了额外的表达力，即量词除用来计量事物和行为单位外，还具备审美、情感、态度等意义。"一尊佛像""一座佛像"和"一个佛像"表达的情感是不同的；"一位教师""一名教师"和"一个教师"表达的态度是不一样的；"一弯月亮""一个月亮"表达的审美意义是有差异的；"打一下""打一顿"表达的程度也是不等的（曹迎春，2012：61）。"部"体现了体积比较庞大、态度庄重，"座"体现了厚实的形状和较重的分量，"条"体现了细长而且能弯曲的形状，"根"体现了细长的形状。译者对这些量词做了虚化处理，即零翻译，但语势并没有减弱，基本持平，因为量词修饰的名词足以激活目标语读者的认知。

- 他们睁大**大梦初醒**的眼睛看着这**风和日丽**的世界。
- Looking around at the sunny world with wide-open eyes, they appeared to have just awoken from a dream.
- 其他复活者纷纷拥过他的身边，**兴高采烈**地奔向湖岸，没有人注意他。
- Others, who had also just been revived, passed by him as they happily waded ashore, ignoring him.
- 一轮红日升出地平线，大地上**星罗棋布**的湖泊开始解冻，这些湖泊原来封冻的冰面上落满了沙尘，与大地融为一体，现在渐渐变成了一个个**晶莹闪亮**的镜面，仿佛大地睁开了无数只眼睛。
- A red sun rose above the horizon, and the numerous frozen lakes and ponds scattered over the plain began to melt. These lakes had been covered by dust and had merged into the dun ground, but now they turned into numerous mirrors, as though the earth had opened many eyes.
- 那些巫师、玄学家和道学家们都是些无用的东西，他们**四体不勤、五谷不分**，动手能力极差，只是沉浸在自己的玄想中。
- Those shamans, metaphysicians and Daoists are all useless. Like those proverbial bookish men who could not even tell types of grains apart, they donot labor with their hands, and know nothing practical. They have no ability to do experiments, and they're immersed in their mysticism all day long.
- 金字塔下面**人山人海**，无数火把在寒风中摇曳。
- Multitudes thronged at the foot of the pyramid, their innumerable torches flickering in the chill wind.

在马丁的评价系统中，量化是指对实体的数目、大小、重量、分布和范围的非精确估量。四字成语包含较强语势，有描写形状的，如"晶莹闪亮""星罗棋布"；有描写数量的，如"人山人海""四体不勤""五谷不分"。在评价系统中，强化是对品质和过程进行分级的语言资源。品质是指人或事物的特征，如外貌、性格、价值等。对这些特征进行分级的语言资源就是品质强化成分，如"非常贵重"和"价值连城"都属于事物的价值特征。其中，"贵重"是品质，"非常"是品质强化，而"价值连城"既是品质，又是品质强化。品质强化不仅可以修饰实体特征，还可以表示动作特征的程度（彭宣维等，2015：284）。"风和日丽"和"兴高采烈"同属于强化成分。在四字成语中还包含相当一部分的隐喻，隐喻和其他修辞手法一样，可以增强语势，如"大梦初醒""星罗棋布""人山人海"。译文对四字成语基本做了对等翻译，"晶莹闪亮的镜面"只翻译成"mirror"，因为在英语语境中"mirror"足以激发"晶莹闪亮"的情景。"大梦初醒""风和日丽""四体不勤""五谷不分"的译文都保留了意象，"兴高采烈""星罗棋布""人山人海"则没有保留意象，采取了意译法。

7.3.2 通过段落切分实现聚焦

• "西方资本主义的奢侈玩意儿，用微波被吸收后产生的热效应加热食物。我以前在的那个研究所，为了精密测试某种元件的高温老化，从国外进口了一台。我们下了班也用它热馒头、烤土豆，很有意思，里面先热，外头还是凉的。"雷政委说着站了起来，来回踱步，他走得如此贴近悬崖边缘，令叶文洁十分紧张，"红岸系统就是一台微波炉，加热的目标是敌人在太空中的航天器。只要达到0.1~1瓦/平方厘米的微波能量辐射，就可直接使卫星通信、雷达、导航等系统的微波电子设备失效或烧毁"。

- "They are a luxury play thing of the capitalist West. Food is heated by the energy generated from absorbing microwave radiation. At my previous research station, in order to precisely test the high-temperature aging of certain components, we imported one. After work, we would use it to warm *mantou* bread, bake a potato, that sort of things. It's very interesting: The inside heats up first while the outside remains cold."

Commissar Lei stood up and paced back and forth. He was so close to the edge of the cliff that it made Ye nervous.

"Red Coast is a microwave oven, and its heating targets are the enemy's space vessels. If we can apply microwave radiation at a specific power level of one-tenth of a watt to one watt per square centimeter, we'll be able to disable or destroy many electronic components of satellite communications, radar, and navigation systems."

原作的一段在译作中被劈成了三段：雷政委讲述微波炉原理，雷政委踱步子的位置让叶文洁很紧张，雷政委把微波炉原理跟红岸系统结合起来。雷政委为叶文洁介绍红岸系统，但叶文洁分了神，她注意到雷政委边上的悬崖。这是一处重要的伏笔，就在同一个地方，叶文洁谋杀了雷政委。译者把这处细节单独成段，段落的主题思想分明、意图清晰。切分段落属于聚焦系统。在译作中，通过段落切分实现聚焦的例子还有很多。

- 夕阳给叶文洁瘦弱的身躯投下了长长的影子。在她的心灵中，对社会刚刚出现的一点希望像烈日下的露水般蒸发了，对自己已经做出的超级背叛的那一丝怀疑也消失得无影无踪，将宇宙间更高等的文明引入人类世界，终于成为叶文洁坚定不移的理想。

● The setting sun cast a long shadow from Ye's slender figure. The small sliver of hope for society that had emerged in her soul had evaporated like a drop of dew in the sun. Her tiny sense of doubt about her supreme act of betrayal had also disappeared without a trace.

Ye finally had her unshakable ideal: to bring superior civilization from elsewhere in the universe into the human world.

原作的一个段落被译者切分成两个段落：第一个段落讲述叶文洁的心理活动，希冀消失，罪恶感也消散了；第二个段落讲述叶文洁的决定，把外太空更高级的文明引入人类。通过切分，聚焦叶文洁的心路历程，聚焦叶文洁引发天翻地覆变化的决心。

7.3.3 通过改变标点符号，长句变短句，增强语势

● 我答应了他，然后离开了办公室，这时我已经在心里决定了一切。

● I assented. Then I left his office. I'd already decided everything.

叶文洁知道了雷志成盗取科研成果的企图，意识到了他的存在对她自己是个威胁，决定干掉他。原文的两个逗号变成句号，一个句子切分成三个句子，表明每一步都是策划过的，带着分量的。

7.3.4 增译以提升语势和清晰聚焦

● 与其他牛鬼蛇神相比，反动学术权威有他们的特点：当打击最初到来时，他们的表现往往是高傲而顽固的，这也是他们伤亡率最高的阶段；他们**有的**因不认罪而被活活打死，**有的**

则选择了用自杀的方式来维护自己的尊严。

- Compared to other "Monsters and Demons", reactionary academic authorities were special: During the earliest struggle sessions, they had been both arrogant and stubborn. That was also the stage in which they had died in the largest numbers. Over a period of forty days, in Beijing alone, more than seventeen hundred victims of struggle sessions were beaten to death. Many others picked an easier path to avoid the madness; Lao She, Wu Han, Jian Bozan, Fu Lei, Zhao Jiuzhang, Yi Qun, Wen Jie, Hai Mo, and other once-respected intellectuals had all chosen to end their lives.

原作"他们**有的**因不认罪而被活活打死，**有的**则选择了用自杀的方式来维护自己的尊严"译成了"Over a period of forty days, in Beijing alone, more than seventeen hundred victims of struggle sessions were beaten to death. Many others picked an easier path to avoid the madness; Lao She, Wu Han, Jian Bozan, Fu Lei, Zhao Jiuzhang, Yi Qun, Wen Jie, Hai Mo, and othe once – respected intellectuals had all chosen to end their lives"做了增译。跟"有的"相比，"四十多天，打死 1 700 人"，在级差上属于语势提升；举真人的例子，具体说明用自杀方式维护尊严的人群，清晰焦点。

7.3.5　通过减译增强语势

- 这个世界收到了你们的信息。

我是这个世界的一个和平主义者，我首先收到信息是你们文明的幸运，警告你们：不要回答！不要回答！！不要回答！！！

你们的方向上有千万颗恒星，只要不回答，这个世界就无法定位发射源。

如果回答，发射源将被定位，你们的文明将遭到入侵，你们的世界将被占领！

不要回答！不要回答！！不要回答！！！

- Do not answer! Do not answer!! Do not answer!!!

三体世界 1379 号监听员收到来自地球的信息，知道真的有一个地方永远处于恒世纪，永远风调雨顺，深深爱上了蓝色地球文明。他也清楚三体入侵太阳系，就意味着毁灭地球文明。为了拯救地球美丽家园，他决定让自己卑微的生命燃烧一次，按下了发射键，发送了上述简短信息。原作的信息经过减译之后，变得像电报那样简短有力，增强了语势。

7.3.6 通过斜体使焦点明显

- 难道只有拯救人类才称得上救世主，而拯救别的物种就是一件小事？
- Why does one have to save *people* to be considered a hero? Why is saving other species considered insignificant?

伊文斯憎恨人类，译文中 *people* 用斜体，对人的说话语气非同寻常，引发特别关注，聚焦清晰。

- 监听员又一遍阅读来自地球的信息，他的思绪在地球那永不封冻的蓝色海洋和翠绿的森林田野间飞翔，感受着那和煦的阳光和清凉的微风的抚摸，那是个多么美丽的世界啊，二百多轮文明幻想中的天堂居然真的存在！
- The listener read over the message from the Earth again. His thoughts drifted over the blue ocean that never froze and the green forests and fields, enjoying the warm sunlight and the caress of a cool breeze. *What a beautiful world! The paradise we imagined really exists*!
- 在老之将至的这几年，监听员千万遍问自己：这是我的一生吗？他又千万次回答：是的，这就是你的一生，这一生所拥有的，只有在监听室这小小空间中无尽的孤独。

- In the last few years, the listener had asked himself millions of times: *Is this all there is to my life*? And millions of times he had answered himself: *Yes, this is all there is. All that you have in this life is the endless loneliness in the tiny space of this listening post.*

监听员深深地为地球的美所震撼，*What a beautiful world*！*The paradise we imugincd really exists*！斜体清晰聚焦了三体监听员对美丽地球的赞叹和向往，同时与叶文洁憎恨人类文明形成对比。监听员在梦中见到地球被毁，惊醒后反省自己的人生，不禁厌恶三体文明机械麻木的生存状态，决定做三体文明的叛逆者。斜体部分让读者聚焦监听员的心理变化过程，他渴望火热的生命、甜蜜的爱情和广袤的空间。

通过以上分析可以看出，中文用词汇手段提升语势的级差资源丰富，包括冗语、重复、量词、四字句以及隐喻等手段，译作中词汇手段体现的语势与原作基本持平或有所减弱，但译作通过段落切分、段内标点符号的改变、增译、减译和斜体的方法，增强语势或清晰焦点。

参考文献

中文著作

[1] 爱德华·詹姆斯,法拉·门德尔松. 剑桥科幻文学史[M]. 穆从军,译. 天津:百花文艺出版社,2018.

[2] 常敬宇. 语用·语义·语法[M]. 杭州:杭州大学出版社,1996.

[3] 陈景元. 基于网络热点事件的汉语评价研究[M]. 北京:中国社会科学出版社,2016.

[4] 陈望道. 宗廷虎,陈光磊. 修辞学发凡 文法简论[M]. 上海:复旦大学出版社,2015.

[5] 陈颖. 现代汉语传信范畴研究[M]. 北京:中国社会科学出版社,2009.

[6] 达科·苏恩文. 科幻小说变形记[M]. 丁素萍,等译. 合肥:安徽文艺出版社,2011.

[7] 达科·苏恩文. 科幻小说面面观[M]. 郝琳,等译. 合肥:安徽文艺出版社,2011.

[8] 戴维-锡德. 科幻作品[M]. 邵志军,译. 南京:译林出版社,2017.

[9] 福斯特. 小说面面观. 北京:人民文学出版社,2009.

[10] 付瑶. 评价系统的理论与实践研究[M]. 厦门:厦门大学出版社,2015.

[11] 郭先珍. 现代汉语量词手册[M]. 北京:中国和平出版社,1987.

[12] 何杰. 现代汉语量词研究[M]. 北京:北京语言大学出版社,2008.

[13] 胡壮麟,朱永生,张德禄,等. 系统功能语言学概论[M]. 北京:外语教学与研究出版社,2017.

[14] 胡壮麟. 理论文体学[M]. 北京:外语教学与研究出版社,2000.

[15] 惠红军. 汉语量词研究[M]. 成都：西南交通大学出版社，2012.

[16] 蓝纯. 认知语言学和隐喻研究[M]. 北京：外语教学与研究出版社，2005.

[17] 李广益，陈颀. 三体的X种读法[M]. 北京：生活·读书·新知三联书店，2017.

[18] 李秀明. 汉语元话语标记语研究[M]. 北京：中国社会科学出版社，2011.

[19] 李宇明. 汉语量范畴研究[M]. 武汉：华中师范大学出版社，2000.

[20] 李战子. 话语人际意义的研究[M]. 上海：上海外语教育出版社，2002.

[21] 刘慈欣. 最糟的宇宙，最好的地球：刘慈欣科幻评论随笔集[M]. 成都：四川科学技术出版社，2015.

[22] 刘叔新，周荐. 同义词语与反义词语[M]. 北京：商务印书馆，1992.

[23] 刘叔新. 汉语描写词汇学[M]. 北京：商务印书馆，2005.

[24] 罗伯特·斯科尔斯，等. 科幻文学的批评与建构[M]. 王逢振，等译. 合肥：安徽文艺出版社，2011.

[25] 聂炎. 广义同义修辞学[M]. 北京：中国社会科学出版社，2009.

[26] 彭宣维，刘玉洁，张冉冉，等. 汉英评价意义分析手册[M]. 北京：北京大学出版社，2015.

[27] 齐沪扬. 语气词与语气系统[M]. 合肥：安徽教育出版社，2002.

[28] 申丹，王丽亚. 西方叙事学：经典与后经典[M]. 北京：北京大学出版社，2010.

[29] 申丹. 叙述学与小说文体学研究[M]. 北京：北京大学出版社，2004.

[30] 申丹. 叙述学与小说文体学研究[M]. 北京：北京大学出版社，2019.

[31] 石毓智. 汉语语法[M]. 北京：商务印书馆，2011.

[32] 谭君强. 叙事学导论：从经典叙事学到后经典叙事学[M]. 北京：高等教育出版社，2014.

[33] 王希杰. 修辞学通论[M]. 南京：南京大学出版社，1996.

[34] 王佐良，丁往道. 英语文体学引论[M]. 北京：外语教学与研究出版社，1980.

[35] 吴飞. 生命的深度：《三体》的哲学解读[M]. 北京：生活·读书·新知三联书店，2019.

[36] 吴岩. 科幻文学理论和学科体系建设[M]. 重庆：重庆出版社，2008.

[37] 武田雅哉，林久之. 中国科学幻想史 [M]. 李重民，译. 杭州：浙江大学出版社，2017.

[38] 张德禄，等. 英语文体学重点问题研究 [M]. 北京：外语教学与研究出版社，2017.

[39] 张德禄. 语言的功能与文体 [M]. 北京：高等教育出版社，2005.

[40] 张谊生. 现代汉语副词研究 [M]. 上海：学林出版社，2000.

[41] 张谊生. 现代汉语副词研究 [M]. 北京：商务印书馆，2014.

[42] 赵元任. 汉语口语语法 [M]. 吕叔湘，译. 北京：商务印书馆，1968.

[43] 朱德熙. 现代汉语语法研究 [M]. 北京：商务印书馆，1980.

[44] 朱德熙. 语法讲义 [M]. 北京：商务印书馆，1982.

中文论文

[1] 布占廷. 夸张修辞的态度意义研究 [J]. 当代修辞学，2010（4）：53－59.

[2] 曹秀玲. 汉语全称限定词及其句法表现 [J]. 语文研究，2006（4）：15－19.

[3] 曹迎春，刘悦明，乐秀华. 现代汉语量词的评价意义及其翻译简析 [J]. 当代外语研究，2012（11）：61－66，78.

[4] 曾军. 《三体》的"Singularities"或科幻全球化时代的中国逻辑 [J]. 文艺理论研究，2016，36（1）：84－93.

[5] 陈芳芳. 阐释学运作理论视域下《三体》文化负载词的英译研究 [D]. 大连：大连理工大学，2019.

[6] 陈芳蓉. 类型文学在美国的译介与传播研究：以《三体》为例 [J]. 浙江师范大学学报（社会科学版），2017，42（3）：96－102.

[7] 陈颀. 文明冲突与文化自觉：《三体》的科幻与现实 [J]. 文艺理论研究，2016，36（1）：94－103.

[8] 陈薇薇. 刘慈欣《三体》中的修辞特色研究 [D]. 昆明：云南师范大学，2018.

[9] 陈小荷. 主观量问题初探：兼谈副词"就""才""都" [J]. 世界汉语教学，1994（4）：18－24.

[10] 陈新榜，王瑶，林品. 评刘慈欣科幻系列《三体》[J]. 西湖，2011（6）：102－112.

[11] 陈玉娟，刘玉洁. 小说语类中的评价者与态度意义的范畴化 [J]. 北京科技大

学学报（社会科学版），2018，34（5）：20-27.

[12] 陈玉娟. 小说中的介入意义 [J]. 北京科技大学学报（社会科学版），2014，30（4）：24-30.

[13] 成晓光. 亚言语的理论与应用 [J]. 外语与外语教学，1999（9）：4-7.

[14] 成晓光. 语言哲学视域中主体性和主体间性的建构 [J]. 外语学刊，2009（1）：9-15.

[15] 程微. 态度的转渡：从评价理论到语篇翻译中人际意义的传达 [J]. 安阳师范学院学报，2010（1）：13-17.

[16] 崔诚恩. 现代汉语情态副词研究 [D]. 北京：中国社会科学院研究生院，2002.

[17] 崔晋苏，王建华. 现代汉语评价话语研究述评 [J]. 湖北师范大学学报（哲学社会科学版），2018，38（2）：21-25.

[18] 崔萌萌. 基于评价理论的小说《凉亭》中介入资源分析 [J]. 淮阴工学院学报，2014，23（2）：34-38.

[19] 崔向前. 从译者主体性角度分析《三体》系列《三体》、《黑暗森林》英译本 [D]. 北京：北京外国语大学，2016.

[20] 戴凡. 格律论和评价系统在语篇中的文体意义 [J]. 中山大学学报（社会科学版），2002（5）：41-48.

[21] 单慧芳，丁素萍. 用评价理论分析童话《丑小鸭》[J]. 西安外国语学院学报，2006（3）：14-17.

[22] 邓昊熙. 生成语法框架下汉语量词研究的新视野：《汉语普通话的量词结构》述评 [J]. 海外华文教育，2017（5）：703-712.

[23] 丁慧慧 从期待视野视角看《三体》的英译 [D]. 广州：广东外语外贸大学，2017.

[24] 董秀芳. 实际语篇中直接引语与间接引语的混用现象 [J]. 语言科学，2008（4）：367-376.

[25] 杜海. 汉语言据性的评价分析 [J]. 外语学刊，2015（5）：57-61.

[26] 方环海，沈玲. 西方汉学视域下汉语量词的性质与特征 [J]. 语言教学与研究，2016（3）：31-40.

[27] 方梅. 负面评价表达的规约化 [J]. 中国语文，2017（2）：131-147，254.

[28] 方晓枫. 试析《三体》中三位女性形象的伦理意义 [J]. 文学教育, 2016 (9): 28-31.

[29] 房红梅, 方伟琴. 言据性的人际功能阐析 [J]. 苏州教育学院学报, 2012, 29 (3): 33-37.

[30] 房红梅. 论评价理论对系统功能语言学的发展 [J]. 现代外语, 2014, 37 (3): 303-311, 437.

[31] 封宗信, 张俊, 牟许琴, 等. 系统功能语言学前沿与文体学研究: 文体学前沿研究专题 (笔谈) [J]. 外语学刊, 2017 (2): 19-31.

[32] 冯仰操.《三体》: 镜像中的世界建构 [N]. 中国社会科学报, 2016-05-11 (005).

[33] 高翔. 从刘慈欣作品看中国科幻小说的语体特点 [J]. 陕西师范大学学报 (哲学社会科学版), 2008, 37 (S2): 255-258.

[34] 谷峰. 汉语语气副词的语用功能研究综述 [J]. 汉语学习, 2012 (4): 76-82.

[35] 顾忆青. 科幻世界的中国想象: 刘慈欣《三体》三部曲在美国的译介与接受 [J]. 东方翻译, 2017 (1): 11-17.

[36] 管淑红.《达洛卫夫人》的系统功能文体分析 [D]. 上海: 上海外国语大学, 2009.

[37] 管淑红.《达洛卫夫人》的人物思想表达的评价功能: 叙述学与文体学的分析 [J]. 山东外语教学, 2011, 32 (3): 77-81.

[38] 郭继懋. 再谈量词重叠形式的语法意义 [J]. 汉语学习, 1999 (4): 7-10.

[39] 韩颖. 格林童话的教育功能探析: 以评价意义为视角 [J]. 外语与外语教学, 2014 (3): 5-10.

[40] 何伟, 王连柱. 系统功能语言学学术思想的源起、流变、融合与发展 [J]. 外语教学与研究, 2019, 51 (2): 212-224, 320.

[41] 何伟, 张瑞杰. 现代汉语副词"也"的功能视角研究 [J]. 汉语学习, 2016 (6): 10-18.

[42] 何伟. 基于评价系统理论的汉语评价词典构建 [J]. 江汉学术, 2016, 35 (6): 118-122.

[43] 何中清. 评价理论中的"级差"范畴: 发展与理论来源 [J]. 北京第二外国语学院学报, 2011, 33 (6): 10-18.

[44] 贺卫国. 新中国成立以来动词重叠研究述评 [J]. 广西社会科学, 2011 (1): 126-130.

[45] 胡敏. 从"地球往事"三部曲试看刘慈欣重返伊甸园的努力 [J]. 大众文艺, 2011 (22): 144-145.

[46] 胡文辉, 余樟亚. 语言评价理论的哲学基础 [J]. 江西社会科学, 2015, 35 (3): 31-35.

[47] 胡壮麟. 功能主义的文体观 [J]. 外语与外语教学, 2001 (1): 2-8.

[48] 胡壮麟. 语篇的评价研究 [J]. 外语教学, 2009, 30 (1): 1-6.

[49] 黄灿. 作为宇宙的个体与作为个体的宇宙: 论《三体》三部曲中的张力艺术 [J]. 名作欣赏, 2014 (10): 39-41.

[50] 黄健秦. 汉语空间量表达研究 [D]. 上海: 上海师范大学, 2013.

[51] 黄帅. 后发国家科幻小说现代性症候之魅: 以《三体》为中心的考察 [J]. 合肥学院学报 (社会科学版), 2014, 31 (5): 64-69.

[52] 黄雪娥. 评价理论介入系统中"借言"之嬗变 [J]. 语文学刊 (外语教育教学), 2012 (5): 3-7.

[53] 霍伟岸. 《三体》中的政治哲学 [J]. 读书, 2016 (3): 22-30.

[54] 贾立元. 中国科幻与"科幻中国" [J]. 南方文坛, 2010 (6): 34-37.

[55] 贾立元. "光荣中华": 刘慈欣科幻小说中的中国形象 [J]. 渤海大学学报 (哲学社会科学版), 2011, 33 (1): 39-45.

[56] 江晓原, 刘兵. 碾碎中国科幻小说的《三体》系列 [J]. 中国图书评论, 2011 (2): 63-69.

[57] 蒋协众. 21世纪重叠问题研究综述 [J]. 汉语学习, 2013 (6): 89-96.

[58] 赖良涛, 白芳. 巴赫金的对话理论及其对介入系统的启示 [J]. 江西社会科学, 2010 (11): 203-207.

[59] 赖小玉. 汉语言语交际的言据性研究 [J]. 广东工业大学学报 (社会科学版), 2009, 9 (3): 85-88.

[60] 郎静. 论《三体》英译本中的女性主义翻译策略 [D]. 北京: 北京外国语大学, 2015.

[61] 乐耀. 汉语引语的传信功能及相关问题 [J]. 语言教学与研究, 2013 (2): 104-112.

[62] 乐耀. 现代汉语传信范畴的性质和概貌 [J]. 语文研究, 2014 (2): 27-34.

[63] 李广益. 史料学视野中的中国科幻研究 [J]. 清华大学学报（哲学社会科学版）, 2015, 30 (4): 131-141.

[64] 李广益. 中国转向外在：论刘慈欣科幻小说的文学史意义 [J]. 中国现代文学研究丛刊, 2017 (8): 48-61.

[65] 李桂周. 也谈名词的 AABB 重叠式 [J]. 汉语学习, 1986 (4): 11-13.

[66] 李桔元, 李鸿雁. 戏剧话语中的人际态势：《荷兰人》评价资源分析 [J]. 天津外国语大学学报, 2018, 25 (5): 106-117, 161.

[67] 李善熙. 汉语"主观量"的表达研究 [D]. 北京：中国社会科学院研究生院, 2003.

[68] 李胜梅. 论表比喻的"仿佛" [J]. 华文教学与研究, 2013 (1): 87-94.

[69] 李水, 辛平. 近十年现代汉语传信范畴研究综述 [J]. 汉语学习, 2020 (4): 62-75.

[70] 李文浩. 量词重叠与构式的互动 [J]. 世界汉语教学, 2010, 24 (3): 354-362.

[71] 李鑫. 评价理论视域下的中国外宣文本翻译策略研究 [D]. 淮北：淮北师范大学, 2016.

[72] 李秀明. 汉语元话语标记研究 [D]. 上海：复旦大学, 2006.

[73] 李战子. 评价与文化模式 [J]. 山东外语教学, 2004 (2): 3-8.

[74] 梁思华. 运用评价理论分析"不忠实"的翻译现象 [D]. 北京：北京林业大学, 2015.

[75] 廖紫微, 毕文君. 从译介效果看当代文学的对外传播：以刘慈欣《三体》系列为例 [J]. 对外传播, 2016 (7): 63-65.

[76] 林晓韵. 硬科幻中的"忠实"翻译：《三体》英译本介评 [J]. 福建教育学院学报, 2016, 17 (1): 124-127.

[77] 刘慈欣. 重返伊甸园：科幻创作十年回顾 [J]. 南方文坛, 2010 (6): 31-33.

[78] 刘慈欣. 从大海见一滴水：对科幻小说中某些传统文学要素的反思 [J]. 科普研究, 2011, 6 (3): 64-69.

[79] 刘慈欣. 关于科幻文学的一些思考 [J]. 名作欣赏, 2013 (28): 20-23.

[80] 刘舸, 李云. 从西方解读偏好看中国科幻作品的海外传播：以刘慈欣《三体》

在美国的接受为例［J］．中国比较文学，2018（2）：136-149．

［81］刘慧．现代汉语评价系统刍论［J］．华文教学与研究，2011（4）：72-78．

［82］刘慧．现代汉语评价系统研究述略［J］．汉语学习，2011（4）：81-88．

［83］刘瑾．汉语主观视角的表达研究［D］．北京：首都师范大学，2009．

［84］刘秋芬，汤丽．《三体2：黑暗森林》的语言学解读［J］．安徽文学，2016（10）：93-94，99．

［85］刘世铸．评价理论在中国的发展［J］．外语与外语教学，2010（5）：33-37．

［86］刘婷婷，徐加新．评价理论研究综述［J］．英语教师，2018，18（24）：9-13．

［87］刘兴兵．Martin评价理论的国内文献综述［J］．英语研究，2014，12（2）：6-11．

［88］刘艳茹．现代汉语时间词的语义分析［J］．佳木斯大学社会科学学报，2005（4）：66-68．

［89］刘月华．动量词"下"与动词重叠此较［J］．汉语学习，1984（1）：1-8．

［90］刘悦明．现代汉语量词的评价意义分析［J］．外语学刊，2011（2）：62-67．

［91］芦京．《三体》所见语言变异现象研究［D］．兰州：西北民族大学，2020．

［92］陆俭明．现代汉语时间词说略［J］．语言教学与研究，1991（1）：24-37．

［93］吕俊．普遍语用学的翻译观：一种交往理论的翻译观［J］．外语与外语教学，2003（7）：42-46．

［94］马春霖．与形容词重叠式相关研究［D］．上海：上海师范大学，2014．

［95］牟许琴．态度意义的隐喻性实例化［J］．西南科技大学学报（哲学社会科学版），2011，28（3）：41-46．

［96］牟许琴．态度意义在隐喻中的具体实现［J］．重庆科技学院学报（社会科学版），2011（10）：146-149．

［97］牟许琴．隐喻态度意义的显隐性体现［J］．襄樊学院学报，2011，32（3）：52-57．

［98］纳杨．从刘慈欣"地球往事"三部曲谈当代科幻小说的现实意义［J］．当代文坛，2012（5）：83-86．

［99］聂尧．基于评价理论的文本情感分析：以Last Orders与As I Lay Dying为例［J］．外语学刊，2015（5）：138-141．

［100］欧树军．"公元人"的分化与"人心秩序"的重建：《三体》的政治视野［M］//李广益．中国科幻文学再出发．重庆：重庆大学出版社，2016．

［101］潘田．现代汉语语气副词情态类型研究［D］．武汉：武汉大学，2010．

[102] 彭利贞. 现代汉语情态研究 [D]. 上海：复旦大学，2005.

[103] 彭宣维，程晓堂. 理论之于应用的非自足性：评价文体学建构中的理论问题与解决方案 [J]. 中国外语，2013，10（1）：27-35.

[104] 彭宣维. 现代汉语词语褒贬语义特征的级差性及其基本历时演进类型 [J]. 南开语言学刊，2005（1）：68-75，227.

[105] 彭宣维. 汉语的介入与级差现象 [J]. 当代外语研究，2010（10）：55-63.

[106] 彭宣维. 西方文学批评史重构：以评价范畴为依据的审美立场综观 [J]. 北京师范大学学报（社会科学版），2011（4）：69-81.

[107] 彭宣维. 小成分之大视野：《廊桥遗梦》宣称成分的故事组织功能 [J]. 外国语文，2012，28（3）：37-40.

[108] 彭宣维. 以意愿和愉快范畴为中心的西方当代"梁祝"：论《廊桥遗梦》情感成分分布模式 [J]. 当代外语研究，2012（3）：87-98，161.

[109] 彭宣维. 罗伯特·金凯的魅力何在？从《廊桥遗梦》可靠性成分看男主人公的刻画方式 [J]. 外语教学，2013，34（1）：19-23，29.

[110] 彭宣维. 泛时性穿梭波动平衡：现在主义视野里评价文体学的批评与审美观 [J]. 当代外语研究，2014（6）：114-123，126-127.

[111] 彭宣维. 共时性对立波动平衡：评价文体学的批评与审美观 [J]. 外语教学，2014，35（4）：1-4，28.

[112] 彭宣维. 一维过程性、轨迹在线性与层次结构性：《评价文体学》建构的三个基本原则 [J]. 外语教学，2015，36（1）：7-12.

[113] 朴珍仙. 近二十年来汉语主观性研究综述 [J]. 国际汉语学报，2014，5（1）：228-242.

[114] 齐春红. 现代汉语语气副词研究 [D]. 上海：华中师范大学，2006.

[115] 钱宏. 运用评价理论解释"不忠实"的翻译现象：香水广告翻译个案研究 [J]. 外国语（上海外国语大学学报），2007（6）：57-63.

[116] 乔艳华. 评价理论视角下的文学翻译 [D]. 哈尔滨：东北林业大学，2013.

[117] 秦国栋. 动词"算"的语义认知和语法化考察 [D]. 长沙：湖南科技大学，2010.

[118] 冉永平. The Pragmatics of Discourse Markers in Conversation [D]. 广州：广东外语外贸大学，2000.

[119] 饶琪,王厚峰,汪梦翔,李慧.现代汉语形容词资源库的构建[J].中文信息学报,2018,32(4):50-58.

[120] 任骁霖.目的论视角下中国科幻小说《三体》中文化负载词的日英翻译对比研究[D].北京:外交学院,2020.

[121] 尚必武.《灿烂千阳》中的态度系统及其运作:以评价理论为研究视角[J].山东外语教学,2008(4):18-23.

[122] 申丹.对叙事视角分类的再认识[J].国外文学,1994(2):65-74.

[123] 沈家煊.副词和连词的元语用法[J].对外汉语研究,2009(1):113-125.

[124] 沈家煊.语言的"主观性"和"主观化"[J].外语教学与研究,2001(4):268-275,320.

[125] 史金生.语气副词的范围、类别和共现顺序[J].中国语文,2003(1):17-31,95.

[126] 司显柱,陶阳.中国系统功能语言学视角翻译研究十年探索:回顾与展望[J].中国外语,2014,11(3):99-105.

[127] 司显柱.评价理论与翻译研究[J].浙江外国语学院学报,2018(5):87-95.

[128] 宋成方,刘世生.功能文体学研究的新进展[J].现代外语,2015,38(2):278-286,293.

[129] 宋成方."情感表达型交际"功能分析的新视角:人际语用学与评价理论的结合[J].北京科技大学学报(社会科学版),2017,33(5):36-42.

[130] 宋成方.汉语情感动词的语法和语义特征[J].外语研究,2012(4):10-18.

[131] 宋成方.现代汉语情感词语表达系统研究[J].现代语文(语言研究版),2014(8):8-13.

[132] 宋改荣,梁沙沙.概念整合理论对科幻小说《三体》的语篇连贯解读[J].河南理工大学学报(社会科学版),2017,18(1):73-77.

[133] 宋明炜,金雪妮.在崇高宇宙与微纪元之间:刘慈欣论[J].当代文坛,2021(1):200-209.

[134] 宋明炜.弹星者与面壁者 刘慈欣的科幻世界[J].上海文化,2011(3):17-30.

[135] 宋玉柱.关于量词重叠的语法意义[C]//载现代汉语语法论文集.天津:天津人民出版社,1981:126-132.

[136] 孙洪威, 柳英绿. 动词"算"的主观性用法 [J]. 华夏文化论坛, 2013 (1): 196-201.

[137] 唐青叶, 俞益雯. 现代汉语"程度副词+名词"构式的评价功能分析 [J]. 北京第二外国语学院学报, 2012, 34 (10): 1-7.

[138] 汪静. 从读者接受理论视角浅析《三体》的英译 [D]. 上海: 华东师范大学, 2018.

[139] 王博, 王军. 百年汉语量词研究述评 [J]. 宁夏大学学报（人文社会科学版）, 2020, 42 (1): 21-28.

[140] 王立永. 汉语量词重叠的认知语法分析 [J]. 华文教学与研究, 2015 (2): 53-60.

[141] 王贤钏, 张积家. 形容词、动词重叠对语义认知的影响 [J]. 语言教学与研究, 2009 (4): 48-54.

[142] 王显志, 马赛. 2002—2013年中国评价理论研究综述 [J]. 河北联合大学学报（社会科学版）, 2014, 14 (5): 92-97.

[143] 王新. 国内2002—2016年评价理论及其应用研究综观 [J]. 海外华文教育, 2017 (10): 1433-1440.

[144] 王雪明, 刘奕. 中国百年科幻小说译介: 回顾与展望 [J]. 中国翻译, 2015, 36 (6): 28-33, 128.

[145] 王雅丽, 管淑红. 小说叙事的评价研究: 以海明威的短篇小说《在异乡》为例 [J]. 外语与外语教学, 2006 (12): 9-12.

[146] 王瑶. 我依然想写出能让自己激动的科幻小说: 作家刘慈欣访谈录 [J]. 文艺研究, 2015 (12): 70-78.

[147] 王占馥. 渗透进数量词语中的情感 [J]. 修辞学习, 2000 (2): 23-24.

[148] 王振华, 路洋. "介入系统"嬗变 [J]. 外语学刊, 2010 (3): 51-56.

[149] 王振华, 马玉蕾. 评价理论: 魅力与困惑 [J]. 外语教学, 2007 (6): 19-23.

[150] 王振华, 吴启竞. 元话语和评价系统在人际意义研究上的互补 [J]. 当代修辞学, 2020 (3): 51-60.

[151] 王振华, 张庆彬. 现代汉语"个"在其非典型结构中的人际意义 [J]. 山东外语教学, 2012, 33 (1): 21-26.

[152] 王振华. 评价系统及其运作: 系统功能语言学的新发展 [J]. 外国语（上海

外国语大学学报），2001（6）：13-20.

[153] 王振华. 杂文中作者的介入 [J]. 暨南大学华文学院学报，2002（1）：58-64.

[154] 王振华. 介入：言语互动中的一种评价视角 [D]. 郑州：河南大学，2003.

[155] 王振华. "物质过程"的评价价值：以分析小说人物形象为例 [J]. 外国语（上海外国语大学学报），2004（5）：41-47.

[156] 王中祥. 近三十年来现代汉语连词研究述评 [J]. 汉语学习，2016（6）：69-76.

[157] 翁义明，王金平. 人际功能视角下《围城》中的评价语气副词英译研究 [J]. 西安外国语大学学报，2019，27（4）：21-25.

[158] 吴佳. "可""可算""可算是"的叠加强化探析 [J]. 淮南师范学院学报，2017，19（3）：58-62.

[159] 吴言. 同宇宙重新建立连接：刘慈欣综论 [J]. 南方文坛，2015（6）：113-118.

[160] 吴岩，珍妮丝·伯格斯泰德，王鹏飞. 21世纪头十年的中国科幻文学 [J]. 当代世界文学，2012（1）：188-195.

[161] 吴岩. 论科幻小说的概念 [J]. 昆明师范高等专科学校学报，2004（1）：5-9.

[162] 吴吟，邵敬敏. 试论名词重叠AABB式语法意义及其他 [J]. 语文研究，2001（1）：12-16.

[163] 吴吟. 汉语重叠研究综述 [J]. 汉语学习，2000（3）：28-33.

[164] 吴赟，何敏. 《三体》在美国的译介之旅：语境、主体与策略 [J]. 外国语（上海外国语大学学报），2019，42（1）：94-102.

[165] 夏云，李德凤. 评价意义的转换与小说人物形象的翻译效果：以《飘》两个译本为例 [J]. 外语与外语教学，2009（7）：44-47.

[166] 邢红兵. 汉语词语重叠结构统计分析 [J]. 语言教学与研究，2000（1）：32-37.

[167] 徐玉臣，剡璇，苏蕊. 态度评价手段的篇章分布规律研究 [J]. 外语学刊，2014（4）：28-32.

[168] 徐玉臣. 中国评价理论研究的回顾与展望 [J]. 外语教学，2013，34（3）：11-15.

[169] 许欣. 操纵理论视角下《三体》的译者主体性研究 [D]. 上海：上海外国语大学，2019.

[170] 闫雅莉. 刘慈欣《三体》修辞元素和文本解读 [D]. 福州: 福建师范大学, 2017.

[171] 严锋. 创世与灭寂: 刘慈欣的宇宙诗学 [J]. 南方文坛, 2011 (5): 73-77.

[172] 杨彬, 孙炬, 曹春春. 从评价理论看旅行指南的翻译: 以《孤独星球: 牙买加》为例 [J]. 福州大学学报（哲学社会科学版）, 2017, 31 (1): 80-85.

[173] 杨宸. "历史"与"末日": 论刘慈欣《三体》的叙述模式 [J]. 文艺研究, 2017 (2): 29-37.

[174] 杨立华. 科技纪元与三体《春秋》[J]. 哲学动态, 2019 (3): 26-31.

[175] 杨曙, 常晨光. 情态的评价功能 [J]. 外语教学, 2012, 33 (4): 13-17.

[176] 杨尉.《评价文体学》述介 [J]. 外文研究, 2016, 4 (4): 97-100, 108.

[177] 杨信彰. 英文小说中语言的功能意义 [J]. 外国语（上海外国语学院学报）, 1992 (5): 31-34.

[178] 姚双云, 樊中元. 汉语空间义量词考察 [J]. 湖南师范大学社会科学学报, 2002 (6): 107-112.

[179] 于江. 动词重叠研究概述 [J]. 汉语学习, 2001 (1): 35-39.

[180] 袁志平.《三体》比喻修辞研究 [D]. 安徽阜阳: 阜阳师范学院, 2017.

[181] 岳颖, 刘玉洁, 罗道玉. 基于态度意义的语篇组织文本可视化 [J]. 外语学刊, 2017 (2): 38-44.

[182] 岳颖. 评价理论中"级差"的来源与发展 [J]. 黑龙江教育学院学报, 2014, 33 (8): 108-111.

[183] 岳颖. 评价理论中"级差"的语篇功能研究概述 [J]. 外语学刊, 2012 (1): 84-88.

[184] 张德禄, 何继红. 韩礼德、哈桑访谈解评 [J]. 外国语（上海外国语大学学报）, 2011, 34 (5): 88-92.

[185] 张德禄. 系统语法与语用学 [J]. 外国语（上海外国语学院学报）, 1992 (2): 12-16.

[186] 张德禄. 论话语基调的范围及体现 [J]. 外语教学与研究, 1998 (1): 10-16, 80.

[187] 张德禄. 系统功能语言学的新发展 [J]. 当代语言学, 2004 (1): 57-65, 94.

[188] 张德禄. 评价理论介入系统中的语法模式研究 [J]. 外国语（上海外国语大学学报），2019，42（2）：2-10.

[189] 张飞. 译者主体性视阈下《三体》三部曲文化负载词的英译研究 [D]. 济南：山东大学，2018.

[190] 张锦. 关联理论视角下《三体》的英译策略研究 [D]. 西安：西北大学，2019.

[191] 张璐. 从 Python 情感分析看海外读者对中国译介文学的接受和评价：以《三体》英译本为例 [J]. 外语研究，2019，36（4）：80-86.

[192] 张美芳. 语言的评价意义与译者的价值取向 [J]. 外语与外语教学，2002(7)：15-18，27.

[193] 张敏. 从类型学和认知语法的角度看汉语重叠现象 [J]. 国外语言学，1997(2)：37-45.

[194] 张鸣瑾. 汉语小说中的显性评价与隐性评价 [J]. 学术交流，2014（7）：161-165.

[195] 张全真. 动词"算"的语义、语用及语法偏误分析 [C] // 世界汉语教学学会. 第八届国际汉语教学讨论会论文选. 世界汉语教学学会：世界汉语教学学会，2005：9.

[196] 张冉冉. 介入意义的评价型组篇功能研究：以散文《猛禽》为例 [J]. 北京科技大学学报（社会科学版），2017，33（1）：18-24.

[197] 张先刚. 评价理论对语篇翻译的启示 [J]. 外语教学，2007（6）：33-36.

[198] 张谊生. 副词的重叠形式与基础形式 [J]. 世界汉语教学，1997（4）：43-55.

[199] 张谊生. 30 年来汉语虚词研究的发展趋势与当前课题 [J]. 语言教学与研究，2016（3）：74-83.

[200] 张颖. 汉语评价语言研究 [D]. 哈尔滨：黑龙江大学，2017.

[201] 张云秋，李若凡. 普通话儿童早期语言中的情态量级 [J]. 中国语文，2017（1）：74-87，127-128.

[202] 张云秋，林秀琴. 情态副词的功能地位 [J]. 首都师范大学学报（社会科学版），2017（3）：120-129.

[203] 赵倩莹，周杰. 写景散文评价特征分析及对语言教学的启示：一项基于平行语料库的实证研究 [J]. 教育文化论坛，2017，9（6）：75-79.

[204] 赵柔柔. 逃离历史的史诗：刘慈欣《三体》中的时代症候 [J]. 艺术评论, 2015（10）：38-42.

[205] 赵汀阳. 最坏可能世界与"安全声明"问题 [J]. 哲学动态, 2019（3）：5-15.

[206] 郑莹. 现代性视野下的中国近期科幻小说创作 [J]. 科学文化评论, 2008（3）：35-41.

[207] 周孟战, 张永发. 汉语副词重叠研究述评 [J]. 中南大学学报（社会科学版）, 2012, 18（1）：212-218.

[208] 周明强. 现代汉语话语标记研究的回顾与前瞻 [J]. 浙江外国语学院学报, 2015（4）：38-46.

[209] 周亚红, 茅慧. 国内言据性研究的可视化分析 [J]. 哈尔滨学院学报, 2018, 39（5）：110-113.

[210] 朱景松. 动词重叠式的语法意义 [J]. 中国语文, 1998（5）：378-386.

[211] 朱磊. 新兴程度副词及其功能拓展研究综述 [J]. 汉语学习, 2017（4）：53-61.

[212] 朱永生. 系统功能语言学与语用学的互补性 [J]. 外语教学与研究, 1996（1）：6-10, 80.

[213] 朱永生. 汉语中的隐性评价及其体现方式 [J]. 浙江外国语学院学报, 2018（5）：81-86.

[214] 邹韶华. 语用频率效应刍议 [J]. 语言教学与研究, 1993（2）：32-41.

报纸、演讲、网络

[1] 吴岩. 新古典主义的科幻文学 [N]. 文艺报. 2015-09-30（003）.

[2] 王德威. 乌托邦, 恶托邦, 异托邦：从鲁迅到刘慈欣 [EB/OL]. （2018-02-25）[2019-05-02]. https：//www.sohu.com/a/131572481_559362.

[3] 林嘉燕. 《三体》英文译者刘宇昆：要避免刘慈欣显得笨 [N]. 新京报. 2014-12-05. https：//m.newsmth.net/article/SF/359404？p=1.

[4] Manfred J N. A Guide to the Theory of Narrative [EB/OL]. （2005-03-01）[2016-12-17]. http：//www.uni-koeln.de/~ame02/ppp.htm.

英文著作

[1] Halliday M A K. Language as Social Semiotic：The Social Interpretation of Language

and Meaning [M]. London: Arnold, 1978.

[2] Halliday M A K. An Introduction to Functional Grammar [M]. London: Arnold, 1985.

[3] Halliday M A K. Complementarities in Language [M]. Beijing: The Commercial Press, 2008.

[4] Halliday M A K et al., Matthiessen C. Construing Experience through Meaning: A Language-based Approach to Cognition [M]. London, New York: Continuum.

[5] Leech G N, Short M H. Style in Fiction [M]. London: Longman, 1981.

[6] Rimmon-Kenan. Narrative Fiction: Contemporary Poetics [M]. London: Methuen, 2011.

[7] Martin J R. English Text: System and Structure [M]. Amsterdam: Benjamins, 1992.

[8] Martin J R. & White, P. R. R. The Language of Evaluation: Appraisal in English [M]. London: Palgrave Macmillan, 2005.

[9] Martin J R. & David Rose. Working with Discourse: Meaning Beyond the Clause [M]. London: Continuum, 2003/2007.

[10] Neubert A, Gregory M S. Translation as Text [M]. Ohio: The Kent State University Press. 1992.

[11] Munday J. Evaluation in Translation: Critical Points of Translator Decision-making [M]. Oxford, New York: Routledge, 2012.

[12] O'Donnell M. A Dynamic Systemic Representation of Exchange Structure [M]. Mimeo, Department of Linguistics, University of Sydney. 1987.

英文论文

[1] Halliday M A K. Categories of the Theory of Grammar [J]. Word, 1961 (3): 241-292.

[2] Halliday M A K. Some Notes On "Deep" Grammar [J]. Journal of Linguistics, 1966 (1): 57-67.

[3] Halliday M A K. Notes on Transitivity and Theme in English: Part 1 [J]. Journal of Linguistics, 1967a (1): 37-81.

[4] Halliday M A K. Notes on Transitivity and Theme in English: Part 2 [J]. Journal of Linguistics, 1967b (2): 199-244.

[5] Halliday M A K. Notes on Transitivity and Theme in English: Part 3 [J]. Journal of

Linguistics, 1968 (2): 179 - 215.

[6] Halliday M A K. Language Structure and Language Function [C] // Lyons J. New Horizons in Linguistics. Harmondsworth: Penguin, 1970.

[7] Halliday M A K, McIntosh A, Stevens P. The Users and Uses of Language [C] // Webster J. Language and Society. London: Continuum, 1964, 2007.

[8] Halliday M A K. Foreword [J]. Cummings and Simmons. 1983 (vii - xiv).

[9] Cummings M, Robert S. The Language of Literature: A Stylistic Introduction to the Study of Literature [M]. Pargamon Press, 1983: 26 - 32.

[10] Halliday M A K. Linguistic Function and Literary Style: An Inquiry Into the Language of William Golding's *The Inheritors*'[M] //Seymour B C. Literary Style: A Symposium. London and New York: Oxford University Press, 1971: 330 - 365.

[11] Macken H M. Appraisal and the special instructiveness of narrative [J]. Text, 2003, 23 (2): 285 - 312.

[12] Martin J R. Beyond Exchange: Appraisal Systems in English [C] // Hunston S, Thompson G. Evaluation in Text: Authorial Stance and the Construction of Discourse, Oxford: Oxford University Press, 2000: 142 - 175.

[13] Zhang N. The Constituency of Classifier Constructions in Mandarin Chinese [J]. Taiwan Journal of Linguistics [J]. 2011 (9): 1 - 49.

[14] Page R E. An analysis of Appraisal in Childbirth Narratives With Special Consideration of Gender and Story Telling Style [J]. Text, 2007, 23 (2): 211 - 237.

[15] White P R. Attitudinal meanings, translationalcommensurability and linguistic relativity [J]. Revista Canaria de Estudios Ingleses, 2012 (11): 147 - 162.